Zum Buch:

Nirgendwo in der gesamten nördlichen Hemisphäre ist der Nachthimmel so dunkel wie im »Dark Sky Reserve« der Grafschaft Kerry am südwestlichsten Zipfel Irlands. Im einzigen bewohnten Lichtschutzgebiet der Welt rückt, umtost vom Atlantik, zwischen grünen Wiesen, einsamen Buchten und beschirmt von gewaltigen Bergen, die unendliche Weite des Universums mit einem einzigen Blick in den Nachthimmel in greifbare Nähe. Das fühlt auch Aidan sofort, der überraschend das Haus seiner leiblichen Eltern erbt. Bis vor wenigen Tagen wusste er noch nicht einmal, dass er adoptiert wurde, nun findet er sich in einem dringend renovierungsbedürftigen Anwesen im Süden Irlands wieder. Er fängt an, das Haus selbst auf Vordermann zu bringen. Schnell lernt er die junge Musikerin Orla sowie deren Sohn Shay kennen und fühlt sich zum ersten Mal in seinem Leben wirklich angekommen. Doch je näher er und Orla sich kommen, desto öfter muss er sich fragen, ob sie beide die Vergangenheit ruhen lassen können. Liegt das Glück der beiden wirklich in den Sternen?

Zur Autorin:

Julie Larsen, Jahrgang 1979, lebt mit ihrem Ehemann, zwei Töchtern, Hund und Katzen im Umland von München. Nach dem Abitur in England studierte sie Kommunikation in München und Prag und arbeitete in der Pressestelle eines Filmrechtevermarkters. In ihrer Freizeit zieht es sie an die schönsten Fleckchen der Erde, denn neben dem Schreiben gilt ihre Leidenschaft dem Reisen. Wenn beides zusammenkommt, entstehen ihre gefühlvollen Geschichten mit Happy-End-Garantie.

JULIE LARSEN

LICHTER, DIE VOM HIMMEL FALLEN

ROMAN

HarperCollins

1. Auflage 2023
Originalausgabe

Umschlaggestaltung von FAVORITBUERO, München
Umschlagabbildung von Mio Buono, Purrga, THesIMPLIFY / Shutterstock
Gesetzt aus der Stempel Garamond
von GGP Media GmbH, Pößneck
Druck und Bindung von GGP Media GmbH, Pößneck
Printed in Germany
ISBN 978-3-365-00450-0
www.harpercollins.de

Klimaneutral
Druckprodukt
ClimatePartner.com/15109-2009-1001

MIX
Papier
FSC FSC® C014496

Prolog

Zehn Jahre zuvor

**Nans Tipp von den Sternen:
Die Sonne steht im Widder besonders hoch – Zeit für einen Neuanfang und schicksalhafte Begegnungen.**

Orlas Hände zitterten, als sie das Handy wieder wegsteckte. Es war wirklich lieb von ihrer Nan, dass sie glaubte, Orla mit ihren täglichen Horoskopen aufmuntern zu können. So, wie die Dinge momentan lagen, hätte nicht einmal ein spontaner Lottogewinn Orla davon überzeugt, dass es das Universum gut mit ihr meinte.

»Noch zehn Minuten. Bist du so weit?« Emanuelles Stimme erhob sich über dem Hintergrundrauschen des Pubs.

Wäre sie *jemals* bereit? Um Emanuelle nicht misstrauisch zu stimmen, verbarg sie die bebenden Hände in den Hosentaschen und bemühte sich um ein Lächeln. Die Laune ihrer neuen Managerin schwankte stets zwischen professionell neutral und einschüchternd. Mit den übergroßen Sonnenbrillen, die sie auch in geschlossenen Räumen trug, dem rasiermesserscharf geschnittenen französischen Bob und dem Kleidungsstil, den sie sich wahrscheinlich direkt von Anna Wintour abgeguckt hatte, hätte sie auf der Stelle eine Rolle in »Der Teufel trägt Prada« übernehmen können. Und genau wie Anne Hathaway in dem Film wusste auch Orla, dass das hier ihre große Chance war und sie sie auf keinen Fall vermasseln durfte.

Sie atmete tief durch. »So gut wie.« Wenn man mal von der Übelkeit absah, die ihr mit jeder Sekunde mehr die Kehle heraufkroch. Ob es Emanuelle und die Leute vom Plattenlabel, die angeblich ins *Pink Monk Emporium* gekommen waren, um Orlas ersten Auftritt vor Publikum beizuwohnen, Orla übel nehmen würden, wenn sie mitten im Set vor Aufregung auf die Bühne kotzte? Instinktiv sah sie sich suchend um. Aber nein, kein Eimer weit und breit. Irgendwie musste sie es ohne überstehen.

Aus dem Augenwinkel sah sie, wie Emanuelle schon wieder einen Blick auf die Uhr warf. Wenn sich die Zeit doch anhalten ließe! Wenn das Universum Orla nur noch ein paar zusätzliche Minuten schenken würde, in denen sie sich sammeln, an ihren Text erinnern und, verdammt noch mal, wieder lernen könnte, zu atmen! Seit einem geschlagenen Monat schien alles wie im Schnelldurchlauf zu passieren. Selbst die Stimmen in ihrem Kopf klangen, als hätte man die Abspielgeschwindigkeit verdoppelt. Eben hatte sie noch mit Shay auf dem Arm im *Jolly Sailor* gesessen und dem Baby »Danny Boy« vorgesungen, damit es endlich aufhörte zu schreien, und schwups, vier Wochen später, hatte sie eine Managerin, war in London und stand kurz vor ihrem ersten Live-Auftritt. Manchmal glaubte sie, das alles sei zu gut, um wahr zu sein. Nan teilte diese Meinung übrigens. Als Orla ihrer Großmutter mitgeteilt hatte, dass sie nach London gehen würde, um eine Musikkarriere zu starten, hatte die nur die Augen verdreht und etwas auf Shelta gemurmelt, das Orla nicht verstand. Aber Nan war eben alt und begriff nicht, wie wichtig es für Orla war, jemand zu sein, zu dem Shay aufblicken konnte. Was hatte sie ihrem Sohn denn zu bieten, wenn sie zu Hause blieb, wo sie nie mehr sein würde als die, die mit siebzehn schwanger geworden war, weil ein hübscher Junge einmal mit den Wimpern geklimpert hatte?

Dad war so wütend gewesen, als er von der Schwangerschaft erfahren hatte. Normalerweise schlug er nur die Brüder, aber an dem Tag hatte auch Orla eine Abreibung bekommen. Mam hatte weggeschaut. Die kannte Dads Wut zur Genüge. Aber dass sie selbst dann geschwiegen hatte, als Dad Orla unmissverständlich klargemacht hatte, dass eine »Hure« in seiner Familie nichts zu suchen hatte, hatte Orla wirklich getroffen.

Zur Übelkeit in ihrem Magen gesellte sich nun auch noch ein Brennen hinter den Augen. Verflixt und zugenäht, warum konnte sie sich nicht einfach auf das Gute konzentrieren? Immerhin hatte Nan sie aufgenommen! Auch wenn ihre Großmutter nichts gegen das Gerede hatte machen können, das Orla zu Hause überallhin folgte, hatte sie bei ihr ein Zuhause für sich und ihren Sohn gefunden. Und jetzt hatte Emanuelle sie entdeckt und mit nach London genommen, und Orla bekam eine echte Chance. Eine Möglichkeit, Shay irgendwann einmal mehr zu bieten als einen Trailer, der mal hier stand und mal da. Eigentlich glaubte sie ja nicht an Nans Horoskope, aber hatten nicht selbst die Sterne Orla eine blendende Zukunft prophezeit? Dann musste dieser Auftritt doch richtig sein, selbst wenn ihre Hände vor Angst zitterten.

Okay, langsam. Eins nach dem anderen. So schlimm konnte das alles nicht sein! Immerhin hatte sie zu Hause in Kerry auch schon vor Publikum gesungen. Gut, das *Jolly Sailor* war nicht wirklich mit dem *Pink Monk* vergleichbar – die Leute dort kannten Orla entweder seit ihrer Geburt oder Orla kannte sie seit deren. Im *Pink Monk Emporium* hingegen waren Musikgrößen wie Ed Sheeran oder Amy Winehouse aufgetreten, ehe sie zu Stars wurden.

Wieder zog sich ihr Magen zusammen. An diese beiden Superstars hätte sie besser nicht gedacht. *Atmen, Orla!*, beschwor sie sich. *Ganz ruhig atmen. Ein und aus. Kein Hexenwerk. Immer nur ein und aus.*

Um sich nicht in der Vergangenheit zu verlieren, sah Orla sich um. Das hier war jetzt ihre Realität. Sie stand am Bühnenrand des *Pink Monk Emporium* und wartete auf ihren Auftritt. Der Hauptakt des heutigen Abends würde erst in ein paar Stunden die Bühne betreten. Sie war sozusagen die Vorgruppe der Vorgruppe der Vorgruppe, doch das machte nichts. Trotz des relativ frühen Abends hatte sich schon eine ordentliche Menge in dem Musik-Pub versammelt. Die meisten der Gäste standen in mehreren Reihen vor der Theke, von oben beleuchtet durch dicke gelbe Kugellampen. Mindestens zwanzig verschiedene Sorten Whiskey waren in den Glasregalen hinter dem Tresen ausgestellt, dazu Spirituosen aus der ganzen Welt. Soweit sie es beurteilen konnte, hielten sich die meisten Besucher dennoch an gutes altes Bier oder Cider. Wenigstens eines, das Orla hier bekannt vorkam. Zwar war das *Pink Monk Em-*

porium bei Weitem nicht die größte Musik-Bar in London, doch für ein Mädchen, das zwischen grünen Wiesen, alten Steinmauern und Schafen aufgewachsen war, wirkte es geradezu gigantisch. Obwohl es schon seit Jahren verboten war, in geschlossenen Räumen zu rauchen, trug die Luft im Inneren immer noch eine Erinnerung an durchzechte Nächte im Rauch Tausender Zigaretten. Die Wände waren über und über mit Plakaten von Künstlern beklebt, die schon einmal hier aufgetreten waren, viele von ihnen signiert. Würde sie jemals dazugehören? Würde all das, was Emanuelle ihr versprochen hatte, tatsächlich Wirklichkeit werden – könnte sie mit ihrer Lust am Singen und Spielen ihren Lebensunterhalt verdienen? Und nicht nur ihren, sondern auch den von Shay und Nan? Ihr wurde ganz schwindelig, so unfassbar war der Gedanke. Zu groß und wild, um ihn überhaupt zu denken.

Ein tiefes Lachen in der Nähe zog ihre Aufmerksamkeit auf sich. Seitlich der Bühne, im Grunde genau gegenüber von dort, wo sie stand und auf ihren Auftritt wartete, hatte sich eine Gruppe junger Männer um einen Stehtisch versammelt. Der, der lachte, hatte ihr den Rücken zugewandt. Er hatte den Kopf in den Nacken gelegt, und seine ganze Körperhaltung verriet sein Selbstbewusstsein. Dennoch war nicht er es, an dem Orlas Blick hängenblieb, sondern einer seiner Begleiter. Ein Junge, etwa in ihrem Alter. Er stand zwar bei den anderen, doch hielt sich ein wenig abseits. Die Intensität, mit der seine Augen den Raum scannten, erinnerte sie an die Aufmerksamkeit eines Wolfes. Klug und achtsam. Als hätte er gespürt, dass sie ihn beobachtete, fokussierte sich sein Blick auf sie. Er lächelte. Ehrlich und breit und ganz und gar hinreißend. Zu dem Nervositätsgrummeln in ihrem Magen kam eine Art seltsames Hüpfen. Als hätte ihr Bauch plötzlich Schluckauf.

Schnell wandte sie den Blick ab. Auf halbem Weg zum Mund stockte ihre Hand. Als Kind hatte ihre Mam ihr das Nägelkauen abgewöhnt, indem sie ihr Senf auf die Fingerkuppen schmierte. Es hatte gewirkt. Wenigstens für ein Jahrzehnt, doch seit sie im letzten Sommer James kennengelernt und dann auf den positiven Schwangerschaftstest auf dem Waschbeckenrand gestarrt hatte, kämpfte sie wieder mit dieser schrecklichen Angewohnheit.

Eine Hand auf ihrer Schulter ließ sie aufblicken. Emanuelle.

»Jetzt bloß keine Schüchternheit vortäuschen, Mädchen. Wenn es losgeht, musst du sie weghauen. Du hast die Stimme und das Talent, aber das haben viele. Was zählt, ist die Ausstrahlung! Denk dran: Es gibt keine zweite Chance für den ersten Eindruck. Nirgends gilt das mehr als im Showbiz.«

»Also absolut kein Druck.« Orla hatte so leise gemurmelt, dass sie hoffte, Emanuelle würde sie nicht hören, doch dieses Glück blieb ihr missgönnt.

»Ohne Druck entstehen keine Diamanten.« Emanuelles Stimme klang so fröhlich, als würde ihr das alles hier einen Riesenspaß machen. »Du schaffst das schon, Kleine.« Sie tätschelte Orlas Schulter. »Nutz die letzten Minuten, um dich zu sammeln, und dann geht's los. Ich bin dann mal weg. Kontakte pflegen und den Leuten einheizen, damit sie richtig scharf auf dich sind.«

»In Ordnung.« Orlas Lippen formten die Wörter, doch kein Laut kam aus ihrer Kehle. Das alles hier war einfach … zu viel. Emanuelle mit ihren Erwartungen. Das Publikum. Die Menschen, die da irgendwo saßen und nur darauf warteten, sie zu beurteilen. Sie war doch nur ein Mädchen aus Kerry. Wusste Emanuelle nicht, dass sie nie irgendetwas anderes als eine Enttäuschung gewesen war? Warum sollte das ausgerechnet heute anders sein?

Du kannst einfach gehen, flüsterte eine kleine, aber ach so verführerische Stimme in ihrem Hinterkopf. *Du kannst deine Gitarre nehmen und abhauen. Niemand würde dich vermissen. Erspar dir die Blamage. Erspar dir eine weitere Situation, in der du dich angreifbar und verletzlich machst.*

Ihre Finger tasteten nach dem Gitarrenkoffer, ihre Muskeln vibrierten, so nachdrücklich forderte ihr Instinkt sie zur Flucht. *Raus hier. Raus, raus, raus.* Kein Auf-die-Bühne-Kotzen, keine sinnlose Hoffnung, keine Enttäuschung und Häme. Emanuelle würde es verkraften. Die hatte jede Menge Künstlerinnen und Künstler unter Vertrag. Niemand brauchte …

»Hey, du bist Orla Reilly, oder?«

»Was?« Sie fuhr herum. Wann hatte sie sich auf den Weg gemacht? Sie erinnerte sich, an Flucht gedacht zu haben, jetzt stand sie schon vor der Hintertür, die Klinke in der Hand, und jemand hatte sie ertappt.

»Orla Reilly. Dein Name steht auf dem Flyer.«

Orla ließ die Türklinke los. Es war der Junge von vorhin. Der mit dem umwerfenden Lächeln und den schlauen Augen. Von Nahem wirkten sie noch klüger als über die halbe Bar hinweg. Sein rechter Mundwinkel zuckte. Als würde er lächeln wollen, wäre sich aber nicht sicher, ob das der Situation angemessen sei.

»Das klingt jetzt vielleicht ein bisschen seltsam, aber kannst du mir ein Autogramm geben?«

»Ein Autogramm?«

Er nickte verlegen. »Auf dem Flyer oder hier.« Aus der hinteren Tasche seiner Hose fischte er ein zerknittertes Heft.

»Und jetzt soll ich … da etwas reinschreiben?«

Nein, auch mit ein paar Sekunden zeitlichem Abstand ergab seine Bitte keinen Sinn.

»Ja, deinen Namen vielleicht. Oder wie wär's mit ›An meinen zukünftigen Superfan Aiden‹.«

»Du hast sie nicht mehr alle!«

»Ich kann nicht behaupten, das zum ersten Mal zu hören. Würdest du trotzdem?« Er hielt ihr das Notizbuch unter die Nase. Sogar einen Stift hatte er aus dem Nirgendwo hervorgezaubert. Weil es einfacher war, das zu machen, worum er sie bat, statt zu protestieren, nahm sie Stift und Heft an sich.

»Du hast mich noch nicht einmal singen gehört. Warum willst du ein Autogramm von mir? Das ergibt überhaupt keinen Sinn.«

»Das sagst du jetzt.« Er zwinkerte ihr zu. »Aber warte mal zehn Jahre. Wenn du der hellste Star am Musikhimmel bist und dein erstes Autogramm mindestens eine Million wert ist.«

Die Vorstellung war so absurd, dass sie nicht anders konnte, als zu lachen. Sie setzte den Stift an, überlegte, was sie schreiben sollte.

»Wie kommst du darauf, dass ich einmal ein Star werde? Wer sagt denn, dass ich nicht ganz schrecklich singe?«

»Niemand.« Wieder zuckte er mit den Schultern. Sein Shirt saß eng genug, dass sie genau beobachten konnte, wie seine Brustmuskeln dabei arbeiteten. »Aber wer sagt, dass es nicht so ist?« Wieder so ein Killergrinsen, das den Balanceakt schaffte, kein bisschen arrogant zu wirken, sondern eher selbstironisch.

Dann wurde er wieder ernst. »Du sahst außerdem so aus, als ob du eine kleine Aufmunterung gebrauchen könntest.«

Das hatte er vom anderen Ende des Pubs aus gesehen?

Er musste ihr Zögern bemerkt haben, denn er setzte noch einmal nach: »Was, wenn du *wirklich* das Zeug dazu hast, deine Träume zu verwirklichen? Wäre es dann nicht echt doof, es nicht einmal zu probieren?«

Er hatte recht. Was, wenn sie einmal im Leben die richtige Entscheidung getroffen hatte, indem sie Emanuelle nach London gefolgt war?

Ehe sie es sich anders überlegen konnte, schrieb sie das Erste, was ihr in den Sinn kam:

An meinen zukünftigen Superfan Aiden. In einem Moment der Dunkelheit warst du mein Licht.
Danke,
Orla R.

Ihr blieb gerade noch genug Zeit, um Notizheft und Stift zurückzugeben, da trat bereits der Typ auf die Bühne, der ihren Gig ansagte. Emanuelle hatte ihn ihr vorgestellt, aber in ihrer Aufregung hatte Orla den Namen vergessen.

Das war jetzt egal. Alles war egal. Denn jetzt wusste sie, dass wenigstens eine Person im Publikum an sie glaubte – und daran, dass sie es schaffen konnte. Das machte den entscheidenden Unterschied.

1

Jetzt – zehn Jahre später

Nans Tipp von den Sternen:
Ein rückläufiger Jungfrau-Merkur macht uns das Leben schwer. Nicht alles läuft nach Plan, doch jede Krise ist eine Chance.

Als Kind hatte Orla von Menschen gehört, die Ballinskelligs besuchten und sich derart in dem Flickenteppich aus grünen Wiesen, eng gewundenen Wegen, ausgefranster Küstenlinie und verstreut liegenden Häusern, Ruinen und Cottages verloren, dass sie nie mehr nach Hause fanden. Sie konnte das sehr gut verstehen, denn der Ort hatte eine geradezu magische Anziehungskraft. Kaum sah sie den ersten Hinweisstein auf dem Boden, wusste sie, dass sie zu Hause war. *Dungegan* stand in perfekter Koboldhöhe auf dem Stein, der Name eins der Townlands von Ballinskelligs. Niemand, der nicht hier aufgewachsen war, konnte ihn aussprechen.

Sie ließ sich tiefer in den Fahrersitz ihres Honda Civic sinken und atmete durch. Von hier aus waren es höchstens noch zehn Minuten, bis sie ihr Ziel erreichte. Es regnete, seit sie in Limerick auf die M20 abgebogen war, und seit sie sich auf dem Ring of Kerry befand, schlugen die Tropfen mit einer solchen Heftigkeit gegen die Windschutzscheibe, dass die Scheibenwischer Mühe hatten, der Wassermassen Herr zu werden. Auf der anderen Seite des Glases verwischten die Orte ihrer Kindheit im Regengrau. Da war die Autowerkstatt des alten Michael, hier das *Jolly Sailor* mit dem romantischen schmiedeeisernen Hängeschild über der Eingangstür. Vor den Ruinen der alten Abtei grasten ein paar Schafe, weit unter ihr schlug der Regen kreisrunde Krater in den Sand von St. Finian's Bay. Mit einem Summton verkündete ihr Handy den Eingang einer neuen E-Mail. Sicher war die von Emanuelle. Seit ihrem Streit vor zwei Tagen hatte ihre Managerin Orla mit Anrufen, Textnachrichten und E-Mails bombardiert. Orla verstärkte den Griff ums Lenkrad, zwang sich dann bewusst dazu, ihn wieder zu lockern. Emanuelle würde sich schon wieder einkriegen – oder eben nicht. Orla konnte nicht einmal sagen, warum es ihr auf einmal so wenig bedeutete, was ihre Managerin von ihr hielt. Zehn Jahre lang hatte sie immer genau das gemacht, was Emanuelle ihr geraten hatte. Wenn ihre Managerin gesagt hatte: »Spring!«, dann hatte Orla nur gefragt: »Wie hoch?«

Dabei war die Sache vorgestern bei Weitem nicht die erste Gelegenheit gewesen, bei der Orla an Emanuelles Entscheidungen gezweifelt hatte. Bis heute verstand sie zum Beispiel nicht, inwiefern die Aufnahme eines lächerlichen Lieds über lachende Kühe für den Werbespot einer Buttermarke ihre Karriere als Sängerin und Songwriterin vorantreiben sollte. Welche Karriere denn? Seit beinah zehn Jahren spielte sie das Tanzäffchen für Emanuelle, und noch immer war sie beinah genauso unbekannt wie am Tag ihres ersten Auftritts. Aber jedes Mal, wenn Orla gezweifelt hatte, hatte sie sich gesagt, dass Emanuelle die Expertin war. Sie hatte die Branchenkontakte, die Ausbildung, die Erfahrung. Wenn Emanuelle die Brauen hochzog und in dieser ganz bestimmten Tonlage mit ihr redete, kam Orla sich dagegen immer noch wie der verlorene Teenager vor, der vor zehn Jahren seinen Träumen nachgehechtet war.

Am Ballinskelligs Pier führte die Straße von den Klippen weg ins Landesinnere – die ausgebaute Fahrbahn endete und ging in einen holprigen Pfad über. Früher hatte man von hier aus schon die Zelte und Wohnmobile auf dem Campingplatz ihrer Nan gesehen. Wenn sie als Kind die Sommer mit ihren Eltern und Geschwistern hier verbracht hatte, dann hatte immer Wäsche an den Leinen zwischen den Wohnwagen geflattert, wie Fahnen, die ihr, ihren Geschwistern und zahlreichen Cousins und Cousinen den Weg nach Hause leuchteten.

Heute war Nans Trailer der einzige Wohnwagen auf dem gesamten Platz. Nur ein schiefer Holzzaun grenzte den Campingplatz vom Rest der Landschaft ab. Vor dem Eingangstor hielt Orla an. Sie wollte gerade aussteigen, um die Eingangsschranke zu öffnen, als ihr Telefon erneut klingelte. Ein echtes Klingeln diesmal, nicht nur der Summton, der Textnachrichten oder E-Mails ankündigte. Gespräch annehmen oder nicht, das war die Frage. Das Handy lag in der Mittelkonsole. Vom Display aus leuchtete ihr Emanuelles Name entgegen. Nicht dass Orla das überraschte.

Orlas Blick versuchte im Regen Schemen hinter den Scheiben des Trailers auszumachen. Was natürlich unmöglich war – auf diese Entfernung würde sie selbst bei bestem Wetter nicht sehen, wie viele Leute sich in dem Wohnwagen befanden. Wenn sie Shay gleich in die Arme schloss, wollte sie jedoch sicher sein, dass ihr Wiedersehen nicht durch den Telefonterror ihrer Managerin unterbrochen wurde.

Seufzend nahm sie das Gespräch an. Sie kam nicht einmal dazu, ihre Begrüßung zu vollenden, da polterte Emanuelle bereits los.

»Hast du meine Mail bekommen?«

Das *Wusch-wusch* des Scheibenwischers verursachte Orla auf einmal Kopfschmerzen. Sie kniff sich mit Daumen und Mittelfinger an die Nasenwurzel und schloss kurz die Augen.

»Von welcher deiner zahlreichen Mails sprichst du, Emanuelle?«

»Ich mag diesen Tonfall nicht, Orla.«

Dann sagte sie wohl besser gar nichts mehr, denn so klang ihre Stimme nun mal. Dass ausgerechnet Emanuelle es einst gewesen war, die Orlas *glockenhellen Sopran* als den Erfolgsgaranten zum Einstieg in die Irish-Folk-Szene gesehen hatte, kam Orla plötzlich höchst ironisch vor.

»Hast du gar nichts zu sagen?«

»Ich weiß nicht, was. Schließlich hast du mich angerufen. Also schätze ich, dass *du* etwas von *mir* willst.«

Emanuelles Seufzen klang, als würde sie in diesem Moment all ihre Lebensentscheidungen hinterfragen. »Ich brauche eine Antwort von dir. So kann es nicht weitergehen.«

»Ich habe dir meine Antwort gegeben, und das schon vor Wochen. Ich habe sehr klar gemacht, dass ich diese zwei Wochen frei brauche und für keine Engagements zur Verfügung stehe.«

»Das stimmt nicht. Du hast gesagt, dass du dich über einen Auftritt im *Music Cottage* freuen würdest.«

»*Falls* mein Terminplan es zulässt!« Kaum etwas hasste Orla mehr, als wenn Emanuelle ihr das Wort im Mund umdrehte. Wenn sie sich nicht ausgerechnet dieses Mal absolut sicher gewesen wäre, dass sie von Anfang an festgelegt hatte, dass sie Anfang September zwei Wochen Urlaub brauchte, wäre sie spätestens jetzt ins Zweifeln geraten. Darin war Emanuelle nämlich gut: es immer so aussehen zu lassen, als hätte Orla etwas falsch verstanden. »Ich vergesse doch nicht, wann mein Sohn Geburtstag hat! Als ich das letzte Mal hier war, habe ich ihm versprochen, dieses Jahr mit ihm zu feiern.«

»Es ist ein Geburtstag von vielen, aber diese Chance kommt nur einmal.« Auch das behauptete Emanuelle andauernd. Bei jeder Tour, auf der sie nur als Gitarristin auftreten durfte, bei jedem Gig als Studiomusikerin oder Hintergrundsängerin beschwor Emanuelle die »einmalige Möglichkeit« des großen Durchbruchs herauf. Und das schon seit Jahren. Künstler brauchen eben einen langen Atem, sagte sie immer. Niemand wusste, wann die richtigen Leute zuhörten. Und die Sache war die: Orla wollte ja daran glauben. Sie wollte es so sehr, dass kein Engagement ihr zu lächerlich oder klein gewesen war, um eine Gelegenheit, mit ihrer eigenen Musik wahrgenommen zu werden, abzuschlagen. Dabei war sie so sehr in ein Hamsterrad geraten, dass sie seit Jahren nichts mehr selbst geschrieben hatte. Doch diesmal stand mehr auf dem Spiel. Schon bei ihren letzten Besuchen in Kerry hatte sie gemerkt, dass ihr Sohn sich von ihr abwendete. Weil sie ihre Besuche zu oft verschoben oder frühzeitig abgebrochen hatte, vertraute Shay ihr nicht mehr, und dieser Verlust wog schwerer als jede musikalische Enttäuschung. Shay verstand nicht, dass sie all das immer nur für ihn gemacht hatte. Nichts wünschte sie sich mehr, als eine Mutter zu sein, auf die ihr Sohn eines Tages stolz sein könnte.

»Sein zehnter Geburtstag kommt auch nur einmal. Am achtzehnten bin ich wieder in London, dann können wir …«

»Nein!«, unterbrach Emanuelle sie in scharfem Ton. »Wir können gar nicht. Ich habe es dir geschrieben. Wenn du deine Mails abrufen würdest, wüsstest du, wie ernst die Lage ist, aber ich sage es dir gerne noch einmal persönlich: Wenn du mich derart hängen lässt, kann ich deine Interessen nicht weiterhin vertreten und als deine Managerin tätig sein. Unser Verhältnis setzt gegenseitiges Vertrauen voraus. Wie soll ich dir weiterhin vertrauen, wenn ich deinetwegen das Gesicht vor den Veranstaltern verliere? Nachdem du gesagt hattest, du würdest dich über den Gig freuen, habe ich zugesagt, dass wir eine Lösung finden würden. Du lässt mich aussehen wie die Unzuverlässigkeit in Person. Mit jemandem, der mir bei so wichtigen Dingen in den Rücken fällt, kann ich nicht zusammenarbeiten.«

»Dann ist das jetzt final? Du kündigst mir, wenn ich nicht noch einen Geburtstag meines Sohnes verpasse?« Gerne hätte Orla behauptet, dass ihre Stimme fest und gefasst klang, doch das wäre eine glatte Lüge gewesen. Sie bekam die paar Worte kaum über die Lippen.

»Wenn du mir nicht versichern kannst, am achten in Bromsgrove zu sein und deinen Pflichten nachzukommen, dann ja. Du lässt mir keine andere Wahl. Ich wünschte, es wäre anders. Ich dachte, wir wären mehr als Managerin und Künstlerin. Ich dachte, wir wären Freundinnen.« Und auch das war Emanuelle. Die mütterliche Vertraute, die Orla immer bewundert hatte, weil sie auf eine Art erwachsen wirkte, die Orla niemals empfand. Die in Orla einen Rohdiamanten gesehen hatte, als alle sie wie einen Klumpen Dreck behandelt hatten.

Sie sog die Unterlippe in den Mund und biss so fest hinein, dass der Schmerz auf der Haut den Schmerz hinter der Brust übertönte. Ihr Blick fiel auf die Päckchen auf dem Beifahrersitz. Die Geburtstagsgeschenke, für die sie beinah ihre gesamte letzte Gage ausgegeben hatte. Bei einem ihrer Facetime-Anrufe hatte Shay ihr von den Videodrohnen erzählt, mit denen die Jungs in seiner Klasse spielten, und wie cool es wäre, selbst so eine zu haben. Sie wusste, wie es sich anfühlte, nie dazuzugehören, also hatte sie sich aufgemacht, um für Shay die beste Drohne zu kaufen, die ein Zehnjähriger bedienen konnte. Wie sollte sie ihrem Sohn jemals wieder einen Wunsch erfüllen, wenn Emanuelle sie jetzt abservierte? Wie sollte sie ihren eigenen Lebensunterhalt verdienen, jemals auf eigenen Beinen stehen? Welche Achtundzwanzigjährige musste sich noch mit solchen Fragen herumschlagen? Sollte sie nicht langsam alt genug sein, um ihr Leben im Griff zu haben? Ohne Emanuelle würde es keine Gagen mehr geben. Keine Geschenke, niemanden,

den sie anrufen konnte, wenn sie sich in Karrierefragen unsicher war.

»Wenn es nur um den sechsten …« Sie war drauf und dran, zurückzurudern, da öffnete sich die Tür von Nans Camper, und ihre Großmutter trat ins Freie. Sie musterte Orlas Wagen, dann leuchtete Erkennen auf ihrer Miene auf, begleitet von so unverstellter Freude, dass sich Orlas Herz zusammenzog. Als wäre das nicht schlimm genug, blitzte hinter Nans Schulter ein strubbeliger blonder Haarschopf auf. Das gleiche Blond, das auch ihre Haare hatten.

Sie räusperte sich. »Nein«, unterbrach sie sich diesmal selbst. »Ich bleibe bei meinem Entschluss. Auch wenn es nur um den sechsten geht, bin ich nicht verfügbar. Wenn du mir deshalb kündigst, dann ist es eben so.« Ehe Emanuelle etwas erwidern konnte, legte sie auf und schaltete das Handy aus.

Über zehn Jahre waren vergangen, und wieder stand sie mit nichts auf der Matte ihrer Großmutter. Sie schluckte den Kloß in der Kehle herunter, straffte die Schultern und öffnete die Autotür. Es würde weitergehen. Schließlich tat es das immer. Dort drüben warteten ihre Großmutter und ihr Sohn.

☆

Aiden rückte seine Messengerbag auf der Schulter zurecht und machte sich mit beschwingtem Schritt auf den Weg von der Tube-Haltestelle zum Haus seiner Eltern. Auch wenn das Leben in der City einen gewissen Reiz hatte, liebte er es, nach Taddington zurückzukehren. Hier, in den Außenbezirken Londons, war er groß geworden. Geheimnisse gab es in dem Vorstadtidyll aus Reihenhäusern im Schuhkartonformat, Ligusterhecken und gepflegten Vorgärten nicht. Dafür kannten die Menschen einander. Man grüßte sich, Brot kaufte man beim Bäcker um die Ecke, und wenn wie heute auch noch die Sonne schien, wirkte die Stadt mit ihrer Hektik und all ihren oberflächlichen Begegnungen so weit weg, als läge sie in einem anderen Universum.

Tatsächlich dauerte es kaum zwei Straßenecken, bis er zum ersten Mal seinen Namen hörte.

»Hi, Aiden, besucht du deine Mam und deinen Dad?«

»Nein, Miss Margaret, die Glücklichen befinden sich gerade irgendwo auf dem Atlantik auf einer Kreuzfahrt. Aber irgendwer muss ja die Post durchsehen und die Blumen vor dem Vertrocknungstod bewahren!«

Miss Margaret lächelte von ihrem Aussichtsposten auf der Küchenfensterbank ein seliges Lächeln. »Du bist so ein guter Junge, Aiden.«

Lachend legte er sich den Zeigefinger auf die Lippen. »Psst! Verraten Sie das bloß niemandem. Sie zerstören sonst noch meinen Ruf.«

Die alte Dame schüttelte den Kopf und schickte ihn mit einem Winken auf den Weg.

Im Vorgarten von Mr. und Mrs. Patel spielte der Labradoodle-Welpe der Familie mit einem Ball. Mr. Patel kniete vor einem Seitenbeet und zupfte Unkraut.

»Hallo, Mr. Patel. Was macht das Sodbrennen?«

Der Mann sah von seiner Arbeit auf und legte sich zum Schutz vor dem Gegenlicht die Hand über die Augen. »Ahhh, Aiden, wie schön, dich zu sehen. Und danke der

Nachfrage. Es geht, es geht. Mal ist es schlimmer und mal besser.«

»Hören Sie denn auf meinen Rat und halten sich mit dem Kaffee zurück?«

In einer theatralischen Geste legte sich Mr. Patel die freie Hand an die Brust. »Aiden, Aiden, wie kannst du nur so etwas Schreckliches fragen? Ich bin Banker, Koffein ist mein Lebenselixier.«

»Wenn Sie das nächste Mal leiden, sagen Sie aber nicht, ich hätte Sie nicht gewarnt.«

»Niemals, Ehrenwort.« Noch einmal winkte Mr. Patel ihm zu, dann wandte er sich wieder seiner Arbeit zu.

Den restlichen Weg zum Haus seiner Eltern legte Aiden ohne Unterbrechungen zurück. Seit seinem letzten Besuch hatte der Wind ein paar Efeublätter von den Ranken gerissen, die den Erker und die Eingangstür des Klinkerbaus bewuchsen. Er wischte sie mit dem Fuß beiseite und zückte den Haustürschlüssel. Beim Öffnen der Haustür verhakte sich das Türblatt an einem Widerstand am Boden. Aiden seufzte. Seit seinem letzten Besuch waren zwei Wochen vergangen. Eigentlich hatte er Mam und Dad versprochen, mindestens zweimal die Woche vorbeizuschauen, aber in der Arbeit war einfach die Hölle los gewesen, und als dann Rebecca zum dritten Mal in Folge ihr Date verschoben und Aiden sich endlich eingestanden hatte, dass sie niemals vorgehabt hatte, ihn noch einmal zu treffen, war ihm am vergangenen Wochenende nur danach gewesen, sich in seinem WG-Zimmer zu verkriechen und der Welt den Rücken zu kehren. Heute hatte er wieder einen freien Tag, und schließlich ging das Leben weiter.

Er quetschte sich durch den schmalen Spalt zwischen Tür und Zarge und bückte sich nach den Briefen am Boden. Es hatte sich einiges angesammelt. Er ließ die Messengerbag von der Schulter gleiten und blätterte durch die Schreiben.

Werbung, Werbung, Werbung. Ein Reisekatalog des Studienreiseveranstalters, den seine Eltern häufig nutzten. Werbung. Eine Traueranzeige. Kontoauszüge, Werbung, ein Brief, der an ihn adressiert war. *Wer …?*

Mittlerweile hatte er die Küche erreicht. Er blätterte zurück, legte die restlichen Briefe auf den Tisch und zog sich einen Stuhl heran. Seit Jahren bekam er keine Post mehr an die Adresse seiner Eltern. Warum schrieb ihm jetzt ein Anwalt? Aiden hatte mit niemandem Streit, er widmete sich seinem Job, hing ab und zu mit Freunden ab und versank zum Abschalten am liebsten in einem Buch über Astronomie. Alles in allem führte er, wie Rebecca es halb ironisch genannt hatte, ein »durch und durch langweiliges Leben«. Ein Anwaltsschreiben ergab absolut keinen Sinn!

Aus der Schublade unter der Tischplatte holte er ein Buttermesser und öffnete den Umschlag. Das Schreiben, das daraus hervorkam, sah nicht nach einem anonymen Rundschreiben aus. Es war ein fein säuberlich getippter Brief auf einem Bogen mit schlichtem Briefkopf von einem Herrn Thomas Doyle, Anwalt für Erbrecht und Testamentsvollstrecker aus Dublin.

Ein Teil von Aiden wollte lachen. Wurde ja Zeit, dass irgendwer ihn als den verschollenen Erben eines über sechzehn Ecken verwandten Edelsteinmoguls aus Südafrika identifizierte und unschätzbare Reichtümer versprach, wenn er nur eine kleine Vorabüberweisung auf ein dubioses Nummernkonto auf den Bahamas tätigte. Er hatte sich schon ein bisschen ausgeschlossen gefühlt, nachdem sich all seine Kumpels über diese Art von Phishing-Mails beklagt hatten. Nur er hatte mal wieder nicht dazugehört. Was – zugegeben – wahrscheinlich daran lag, dass er nicht besonders aktiv in den sozialen Medien war. Außer einem uralten Facebook-Account und einem Instagram-Profil, das er sehr, sehr sporadisch mit Aufnahmen seiner astronomischen Beobachtungen füllte, hatte er nicht viel zu bieten.

So richtig einstellen wollte sich das Lachen dennoch nicht. Dieses Anwaltsschreiben wirkte nicht wie eine Finte, sondern wirklich echt.

Er rückte das Blatt in seinen Händen zurecht und begann zu lesen.

Sehr geehrter Herr Taylor,

hiermit informieren wir Sie über den Nachlass von Francis und Nora Lynch. Bereits vor ihrem Ableben hat das Ehepaar Lynch testamentarisch veranlasst, dass im Fall ihres frühzeitigen Todes ihr gesamtes Vermögen an den ungeborenen Sohn gehen soll. Die offizielle Übertragung für das von der Property Registration Authority of Ireland geführte Grundstück in der Gemeinde Ballinskelligs samt auf dem Grundstück befindlichen Einfamilienhaus sowie die in der Filiale in Cahersiveen der Bank of Ireland geführten monetären Mittel sollen dem Erben mit Vollendung des dreißigsten Lebensjahres zugehen.

Obwohl die aktuelle Rechtslage besagt, dass adoptierte Kinder kein Recht auf das Erbe ihrer leiblichen Eltern haben, ist die Sachlage aufgrund der testamentarischen Eindeutigkeit in Ihrem Fall anders.

Ich bitte Sie deshalb dringend, alsbald mit mir Kontakt aufzunehmen, um die Angelegenheit zu klären.

Erlauben Sie mir abschließend noch einige persönliche Worte. Ich kannte ihren Vater, Francis Lynch, seit unserem gemeinsamen Studium auf der NUI Galway. Francis und Nora werden mir für immer als herzensgute, freundliche Menschen in Erinnerung bleiben. Dass sie viel zu früh aus dem Leben scheiden mussten und Sie auf tragische Weise darum betrogen wurden, die beiden kennenzulernen, ist eine der großen Ungerechtigkeiten des Lebens. Umso wichtiger ist es mir, den letzten Wunsch Ihrer Eltern zu erfüllen und das Haus, in dem Sie hätten aufwachsen sollen, in Ihre Hände zu überführen. Ich bin mir sicher, Ihre Adoptiveltern waren Ihnen liebende, fürsorgliche Eltern, doch Aiden, Sie nehmen Ihnen nichts an Liebe weg, wenn Sie durch die Vollstreckung des Erbes auch mit Francis und Nora in Kontakt bleiben.

Mit freundlichen Grüßen

Thomas Doyle

Er las den Brief einmal, zweimal, dreimal. Jedes Mal entzog sich ihm der Sinn weiter. Das konnte nicht sein. Nein, das durfte nicht sein! Er ließ den Briefbogen sinken. Seine Finger fühlten sich taub an, in seinem Kopf herrschte Leere. Er zitterte. Einzelne Wörter und Phrasen aus dem Schreiben sprangen ihn an, als wären sie das Einzige, was seine Augen zu sehen vermochten. *Adoptiveltern. Vorzeitiges Ableben. Francis und Nora Lynch.*

Er wusste noch nicht einmal, wo Ballinskelligs sein sollte. Der Name klang so fremd, dass er ebenso zu einer fremden Galaxie wie zu einer abgefahrenen Indie-Punk-Band gehören konnte. Seine Finger griffen nach dem Handy in der Jeanstasche, ohne dass sich Aiden erinnern konnte, ihnen den Befehl dazu gegeben zu haben. Er öffnete den Internetbrowser und tippte die Namen »Francis und Nora Lynch« ein.

Ein paar Klicks, und die Suchmaschine führte ihn zu alten Zeitungsartikeln über das Ehepaar. Nora und Francis waren vor etwas über dreißig Jahren bei einem tragischen Autounfall in der Nähe von Killarney im irischen County Kerry im Südwesten der Insel ums Leben gekommen.

Wie schon zuvor den Brief ließ Aiden nun das Handy auf die Tischplatte fallen. Er schlang sich die Arme um den Oberkörper, kämpfte mit aller Macht gegen das Zittern an, das ihn beutelte. Er konnte es einfach nicht glauben. Ihm war so kalt, dass er glaubte, nie wieder aufhören zu können zu frieren.

☆

Seit siebenundachtzig Tagen war Orla nicht mehr hier gewesen, dennoch sprang ihr jede noch so kleine Veränderung geradezu ins Auge, als sie aus dem Wagen stieg. An den Fensterrahmen des Trailers war deutlich mehr Farbe abgeblättert als bei ihrem letzten Besuch. Die Klapptreppe hing schiefer – wahrscheinlich weil der Untergrund vom vielen Regen aufgeweicht war und keinen festen Halt mehr bot. Vom Dach des Campers stürzte ein löchriger Wasserteppich. Die Regenrinne konnte die Wassermassen nicht in geregelte Bahnen lenken – sie war übervoll mit alten Blättern. Der Weg zum Waschhäuschen versank unter einer dicken Schicht Matsch, in den niedrigen Mulden der einzelnen Stellplätze sammelte sich Regenwasser.

Alles in allem war es ein trauriger Anblick: Der Campingplatz ihrer Kindheit war zu einem Ort geworden, der die Abfahrt zu »idyllisch« verpasst hatte und geradewegs weiter zu »vernachlässigt« gerast war. Ziemlich ironisch, dass ausgerechnet diese Einöde in Orla mehr Wärme zu wecken vermochte als jeder andere Ort.

Sie zwang sich, die Mundwinkel zu einem Lächeln zu verziehen und die Arme auszubreiten. Nan und Shay sollten nicht merken, wie sehr ihr das Gespräch mit Emanuelle in den Gliedern saß.

Sie trat auf Shay zu. »Ja, wen haben wir denn hier? Das ist doch nicht etwa der Junge, der sehr, sehr bald schon zehn wird?!«

Shay machte es ihr nicht einfach. Statt ihr entgegenzukommen, drückte er sich enger an Nans Seite.

»Was?« Sie ließ die Arme sinken. »Sag bloß, du bist noch nicht aufgeregt? Warum schaust du nicht in den Wagen? Die Geschenke liegen auf dem Beifahrersitz, die sollten schleunigst nach drinnen.« Mit der Hand wischte sie sich Regen aus dem Gesicht. Die kalte Nässe des Bodens kroch ihr die Beine hoch. In Ballinskelligs waren Sneaker nicht das richtige Schuhwerk, ohne Gummistiefel ging hier gar nichts. Zumindest nicht an Tagen wie diesem.

Sie umrundete das Auto und nahm ihre Tasche aus dem Kofferraum. Dabei achtete sie darauf, Shay nicht zu offensichtlich zu mustern. Er hatte sich von Nan gelöst, um zu tun, was Orla ihm aufgetragen hatte. Aus dem Augenwinkel erkannte sie, dass er im letzten Vierteljahr einen ordentlichen Wachstumsschub hingelegt hatte. Die Beine seiner Hosen reichten nur noch bis knapp über die Knöchel, die Bündchen des Wollpullis saßen viel zu hoch. Mit dem bisschen Unterhalt, das Orla von Shays Vater bekam und jeden Monat direkt an Nan weiterüberwies, ließ sich nun mal nicht viel erreichen.

Orla sog die Innenseite ihrer Wange zwischen die Zähne und biss zu, bis es weh genug tat, um die brennende Schuld zu übertönen, die sie jedes Mal überkam, wenn sie daran dachte, dass es eigentlich sie sein müsste, die sich um ihren Sohn kümmerte. Egal was ihr Unterbewusstsein ihr vorgaukeln wollte, sie hatte die Verantwortung für Shay nicht abgeschoben, als sie beschlossen hatte, Emanuelle nach London zu folgen. Sie lief auch nicht vor ihren Verpflichtungen davon oder belastete die viel zu gutmütige Nan mit ihren Problemen, um selbst ein unbeschwertes Leben zu führen. Bei allem, was sie tat, hatte sie immer in erster Linie Shay im Kopf. Wenn es nur nach ihr gegangen wäre, hätte sie dem Lampenfieber nachgegeben und wäre noch vor ihrem ersten Auftritt mit eingezogenem Schwanz nach Hause zurückgekommen. Zwar war die Nervosität mittlerweile nicht mehr so schlimm wie damals, aber dass Orla nicht auf eine große Bühne gehörte, ließ sich nicht verleugnen. In den vergangenen zehn Jahren hatte sie genug Musikerinnen und Musiker kennengelernt, um zu wissen, dass es nicht normal war, sich vor jedem Gig die Seele aus dem Leib zu kotzen. Dass Shay ihr jetzt die kalte Schulter zeigte, schmerzte vor allem deshalb so sehr, weil ein Teil von ihr immer noch glaubte, dass sie genau das verdiente.

Unter dem Schutz des Vordachs angekommen, ließ sie ihre Tasche fallen. Im nächsten Moment fand sie sich in Nans Umarmung. Wenigstens ihre Großmutter teilte Shays Vorbehalte nicht.

»Mein Mädchen! Ich freu mich so, dass du endlich hier bist. Bleibst du diesmal länger? Du hast versprochen, dass dir nicht wieder irgendwas dazwischenkommen wird.«

Sanft befreite sie sich aus Nans Umarmung und holte tief Luft. »Diesmal bleibe ich für immer, Nan. Wenn ich darf?«

»Sicher?« Die Skepsis stand Nan ins Gesicht geschrieben. »Was ist, wenn Emanuelle anruft und dich für irgendein …«

»Emanuelle hat mich abgeschossen.« Orla tat, als würde sie auf eine nicht vorhandene Armbanduhr gucken. »Seit ziemlich exakt fünf Minuten habe ich keine Managerin mehr.«

»Oh, Liebes …«

»Nein.« Mit einem Kopfnicken unterbrach Orla ihre Großmutter. »Lass uns das wann anders besprechen.« An ihnen vorbei quetschte sich Shay mit dem Arm voller Geschenke. »Im Moment bin ich einfach nur so froh, wieder bei euch zu sein. Bekommt eine durchgefrorene Reisende nach fast dreizehn Stunden Fahrt eine Tasse Tee? Ich sterbe vor Hunger und Durst.«

Lachend schob Nan Orla in den Camper. »Keine Sorge, Mädchen, hungern musste bei der alten Nan Reilly noch niemand.«

Natürlich behielt Nan recht. Eine Viertelstunde später waren Orlas mitgebrachte Geschenke unter der Essbank verstaut, ihre Tasche in dem Zimmerchen verschwunden, das ihr bei Aufenthalten als Schlafzimmer diente, und Nan, Shay und sie hielten jeder eine dampfende Tasse Tee in der Hand.

Endlich hatte Orla Gelegenheit, Shay unumwunden zu betrachten. Sein Gesicht hatte die kindlichen Rundungen verloren, ohne bereits die scharfen Kanten und Ecken eines Erwachsenen zu haben. Wenn er den Mund öffnete, um sich ein Stück Shortbread zwischen die Lippen zu schieben, wurden seine oberen Schneidezähne sichtbar. Sie waren zu groß für den schmalen Kindermund und standen ein wenig schief. Orla sollte dringend einen Termin beim Kieferorthopäden für ihn ausmachen. Daran, was eine Spange kostete, wollte sie lieber nicht denken. Nicht solange ein Teil von ihr immer noch nicht ganz begriffen hatte, dass sie wirklich keine Managerin mehr hatte.

Trotz oder vielleicht auch gerade wegen der zu großen Schneidezähne war Shay ein wirklich hübscher Junge. Hinter ihrer Brust flammte jedes Mal Wärme auf, wenn er sich mit einer fahrigen Geste die blonden Ponysträhnen aus der Stirn wischte. Am kostbarsten waren die Sekundenbruchteile, in denen er sein Misstrauen Orla gegenüber vergaß und sie auf diese spitzbübische Art angrinste, die seine Sommersprossen zum Leuchten brachten und seine Augen zum Glänzen.

Schade nur, dass diese Augenblicke meist viel zu schnell vergingen. Auf ihre Fragen antwortete er einsilbig. Kaum hatten sie den letzten Keks von dem Teller verspeist, sprang er von der Bank auf.

»Kann ich jetzt gehen?« Bei der Frage sah er weder Nan noch Orla an, seine Fußspitzen wiesen exakt unter den Tisch, die Schultern hielt er so gerade, als hätte er sich mit einem Lineal an der Kante der Fensterscheibe ausgerichtet. Seine ganze Körperhaltung war angespannt und misstrauisch.

»Wohin?«, wollte Orla fragen, doch Nan hielt sie zurück, indem sie ihr unter dem Tisch die Hand auf den Oberschenkel legte.

»Wenn es dunkel wird, bist du zurück, verstanden?« Der Blick, den Nan Shay zuwarf, hatte bereits Generationen von Reilly-Kindern deutlich gemacht, dass sie es ernst meinte.

Auch bei Shay zeigte er Wirkung. »Bin ich doch immer«, nuschelte er, warf sich eine Öljacke über, schlüpfte in ein paar Gummistiefel, und schon war er weg.

Orla sank auf der Essbank in sich zusammen.

»Er meint es nicht so«, versuchte Nan zu trösten. »Er kommt jetzt in dieses Alter, weißt du? Zu mir ist er die meiste Zeit genauso, das hat gar nichts mit dir zu tun.«

Warum hörte sich Nans Versicherung nach leerem Trost an? Missmutig sah Orla den Regentropfen auf der Fensterscheibe nach. Weiter nördlich, über der St. Finian's Bay, klarte der Himmel langsam auf, doch hier bei ihnen wirkte es immer noch, als wollte die Welt jeden Augenblick untergehen.

Nan folgte ihrem Blick. Mit dem Zeigefinger deutete sie auf den Streifen Helligkeit am Horizont.

»Da kommt die Sonne schon wieder raus. Kein Grund, einen Flunsch zu ziehen. Shay ist ein hervorragender Forscher. Du kannst ruhig stolz auf deinen Jungen sein! An manchen Tagen sehe ich ihn so gut wie gar nicht. Er streift durch die Hügel und über die Wiesen. Jeder Käfer ist sein Freund. Der ist zäh wie die Schuhsohle vom alten Paddy Doherty, sag ich dir, dem passiert so schnell nichts.«

Paddy Doherty war ein entfernter Cousin von Nan. Er hatte sich nicht weit von hier niedergelassen, als Orla noch ein kleines Mädchen gewesen war, und züchtete seither Tinker-Ponys. Seine Tiere hatten den Ruf, zu den besten in ganz Irland zu gehören. Was würde sie dafür geben, mal wieder auf dem Bock eines Sulkys zu sitzen! Die Zügel in der Hand und den Wind in den Haaren … Doch selbst wenn sie einen Ausflug zu Paddy machen würde, stand es in den Sternen, ob sie dort willkommen wäre.

»Sollte er nicht lieber etwas mit seinen Freunden unternehmen?«

»Ach, nun.« Seufzend nahm Nan eine Ecke ihrer Schürze zwischen die Finger. »Er hat's nicht so mit den anderen Jungs aus der Schule. Du weißt doch, wie das ist. Einer wie Shay, der hat's nie leicht.«

»Was meinst du damit? Einer, dessen Mutter bei seiner Geburt selbst noch ein halbes Kind war?«

Freudlos zuckte Nan mit den Schultern. »Einer, der auf einem Campingplatz lebt. Einer, der immer ein bisschen anders angezogen ist als die anderen. Einer, dessen Mutter selten da ist. Einer, der ein ganz und gar einzigartiges Lächeln hat, so ein Lächeln, das niemand hier je bei irgendwem anders gesehen hat, das also nur von seinem Vater kommen kann, den niemand kennt, was schon ein Skandal für sich ist.«

»Und was ist, wenn es einfach nur *sein* Lächeln ist? Warum muss es überhaupt von irgendwem sein?« Orlas Wut war schneller als ihre Vernunft. Ein kleiner Pieks, und die Frustration von Jahren platzte aus ihr heraus. »Warum denken die Leute überhaupt, sie hätten ein Recht auf irgendeine Meinung? Shay gehört ihnen nicht!«

»Ich sag nur, wie es ist, Liebes.« Beschwichtigend legte Nan eine Hand auf die von Orla. Die Haut ihrer Finger fühlte sich dünn und ledrig an, wie Pergament, aber ihr Griff war fest. »Die Leute kannst du nicht ändern. Alles, was du ändern kannst, ist, wie du mit dem Geschwätz umgehst. Dein kleiner Mann macht das schon. Er hat einen Dickkopf und tut, was ihm gefällt. Das ist nicht die schlechteste Eigenschaft, um in der Welt zurechtzukommen.«

Orla war nicht überzeugt. Nur gut, dass sie wieder zu Hause war. Jetzt konnte sie ihrer Nan zur Seite stehen. Das würde ihnen beiden guttun.

Auf der Tischplatte verschränkte sie die Finger ineinander. »Weißt du was? Warum sagst du mir nicht, was für uns in den kommenden Tagen in den Sternen steht? Ich könnte ein bisschen Unterstützung aus dem Kosmos gut gebrauchen.«

Das ließ Nan sich nicht zweimal sagen. Aus einem Blätterstapel am Tischende holte sie einen Taschenplaner. Ein gelber Klebezettel markierte den heutigen Tag. Nan drehte die Seite so, dass auch Orla einen Blick darauf werfen konnte, doch für sie hätten die Zahlen, Kürzel und Symbole am unteren Bildrand genauso gut Hieroglyphen sein können.

Nan dagegen ließ sich nicht mehr bremsen. Unternehmungslustig rieb sie sich die Finger. »Dann wollen wir doch mal sehen, was die Sterne heute für uns bereithalten. Du belächelst mich zwar immer, aber glaub mir, manchmal sind die Sterne klüger als wir.«

Orla lehnte sich auf der Bank zurück und ließ Nans Worte über sich hinwegrauschen wie eine angenehm warme Dusche. Zwar teilte Orla den unverrückbaren Glauben ihrer Nan an die Macht himmlischer Konstellationen nicht, trotzdem hatte Nans Glaube an Astrologie und Horoskope für Orla etwas Tröstliches. Wenn Nan über Mondphasen, Tagesephemeride und Aspekte sprach, fühlte sich Orla geborgen. Die Sterne schlossen niemanden aus, sie strahlten für jeden Menschen gleich hell, egal woher man kam oder wohin man ging. Das allein genügte, um sich in der Ewigkeit des Kosmos' geborgen zu fühlen.

2

Nans Tipp von den Sternen:
Abnehmender Halbmond in den Zwillingen
mahnt zur Vorsicht. Neugier ist nicht immer gesund.

Aiden hatte die Astronomy-Photographer-of-the-Year-Ausstellung schon mindestens fünfmal gesehen – allein in diesem Jahr. Doch jedes Mal wenn er das National Maritime Museum im Londoner Stadtteil Greenwich besuchte, faszinierten ihn die Bilder aufs Neue. Was führte einem die Bedeutungslosigkeit der eignen Probleme besser vor Augen als die unendliche Weite des Universums? Stundenlang konnte er vor der Aufnahme von GJ Leonard stehen. Nicht nur, dass ein von ihm entdeckter Komet nach dem Fotografen benannt wurde. Das Foto, das Leonard den ersten Preis im Wettbewerb gesichert hatte, zeigte, wie sich ein Stück des Schweifs vom Kometen trennte und vom Sonnenwind weggetragen wurde. Auf dem Bild präsentierte sich das astronomische Großereignis als ein futuristisch anmutender Lichtstrahl in der ewigen Dunkelheit des Universums. Was für eine ergreifende Verbindung von Kunst, Astronomie und Mythos!

Dann war da das Bild des Flammensternnebels, eines Emissions- und Reflexionsnebels im Sternbild Auriga, ganze tausendfünfhundert Lichtjahre von der Erde entfernt. Auf dem Foto reflektierten die staubigen Filamente das Sternenlicht und erzeugten so eine Vielzahl an Formen und farbenfrohen Strähnen. Die Gesamtansicht wirkte dreidimensional, zum Greifen nah, dabei war der Moment, den der Fotograf eingefangen hatte, schon lange, lange vergangen.

Von morgens um neun bis nachmittags um fünf hielt Aiden sich in der Ausstellung auf, verlor sich in der Betrachtung der Fotos und der Träumerei, selbst einmal derart aussagekräftige, wundervolle Bilder schießen zu können. Für Astronomie interessierte er sich, seit er als Zehnjähriger sein erstes Hobbyteleskop zu Weihnachten geschenkt bekommen hatte. Mittlerweile hatte er eine deutlich bessere Ausrüstung, doch so lange er in London lebte, half ihm die nur bedingt. In einer Stadt, die Tag und Nacht vor Leben sprühte, war es selten dunkel genug für erfolgreiche Sternenbeobachtungen.

Erst als ihn einer der Museumsmitarbeiter wiederholt darauf hinwies, dass die Ausstellung in Kürze schließen werde, raffte er sich zum Gehen auf. Kaum verließ er das Museum, kam die Wirklichkeit zurück und mit ihr all die Gedanken, die er an der Museumskasse zurückgelassen und im Angesicht der Weite des Kosmos zumindest eine Weile verdrängt hatte.

Drei Tage war es her, seit er den Brief von Thomas Doyle aus der Post seiner Eltern gefischt hatte. Drei Tage, in denen er an kaum etwas anderes dachte als an die gewaltige Lüge, die seither im Raum stand. Sollte er Doyle anrufen? Wahrscheinlich schon. Doch statt sich dem Gespräch zu stellen und endlich Gewissheit zu bekommen, verkroch er sich im Museum, drückte die Anrufe seiner Eltern weg und quälte sich mit all den schrecklichen Was-wäre-wenns.

In Jahrtausenden, wenn das Licht unserer Sonne bis zu den Orten gereist war, die er auf den Bildern der Ausstellung bewundert hatte, wäre es nicht mehr wichtig, ob Aiden Taylor, dreißig Jahre alt, Advanced Practice Nurse in einer Stadtteilklinik in London, notorischer Single und Hobbyastronom, wirklich der leibliche Sohn seiner Eltern war. Doch in diesem Moment, in dem ebendieser Aiden Taylor sich durch Feierabendpendler und Touristen einen Weg zur Metro-Station Greenwich bahnte, existierte in seinem Kopf nichts anderes als die Frage, wer er eigentlich noch war, wenn alles, was er bisher als sicher angesehen hatte, auf einmal nicht mehr galt.

Wie durch ein Wunder fand er einen Sitzplatz in der Jubilee Line. Die Bahn ruckelte durch den Tunnel. Die Menschen um ihn herum taten, was jeder Londoner, der etwas auf sich hielt, in der Bahn machte: Sie schauten gelangweilt in die Gegend und vermieden es, mit den Mitreisenden in Kontakt zu treten.

Um nur ja nicht zu viel zu denken, zückte Aiden sein Handy und scrollte durch seine Textnachrichten-App.

Niemand hatte ihm geschrieben. Nicht dass er explizit auf eine Nachricht wartete, aber trotzdem. Es war nicht schön, sich wurzellos zu fühlen. Seit er den Brief gelesen hatte, wandelte er permanent auf Treibsand. Da wäre jedes Zeichen, dass er in seinem Leben tatsächlich verwurzelt war und seine gesamte Existenz nicht bloß Einbildung, willkommen gewesen.

Er tippte den aktuellsten Chatverlauf an und sprang in das Eingabefeld. »Hola, Miguel«, schrieb er. Miguel Alvarez kam aus Bolivien und war einer seiner Mitbewohner. Er arbeitete als Fremdsprachenlehrer bei einem privaten Nachhilfeinstitut und plante insgeheim schon seine Weiterreise nach Schweden und Finnland. Es war ein Quell unendlichen Amüsements für Miguel, wie schwer sich Aiden selbst nach vier Jahren Fremdsprachenunterricht in der Schule mit der spanischen Aussprache tat. Deshalb hatte er es zu seiner höchstpersönlichen Aufgabe erklärt, Aidens Fähigkeiten zu verbessern – unabhängig davon, ob Aiden das wollte. »Heute schon was vor?«

Die Antwort kam umgehend: »Heißes Date mit Lynn. Und bei dir so?«

Aiden ließ die Schultern hängen und versuchte es bei vier weiteren Freunden. Das Ergebnis war stets das Gleiche. Alle hatten ein paar nette Worte für ihn, belanglose Floskeln, bar jeder echten Bedeutung, doch niemand hatte Zeit.

Aiden steckte das Handy zurück in die Jackentasche und legte den Kopf gegen die Rückwand hinter dem Sitz. Wann hatte sein Leben in der City angefangen, ihm so leer und trivial vorzukommen? Wann hatte diese bodenlose Einsamkeit begonnen, von ihm Besitz zu ergreifen? An immer mehr Tagen fühlte er sich wie ein Clown in der Manege. Stets lächelnd vollführte er seine Kunststücke, doch hinter der fröhlichen Fassade warteten Müdigkeit und Leere. In Waterloo musste er umsteigen. Wie alle anderen Pendler hastete er an den Obdachlosen vorbei, die an mehreren Stellen, in Decken und Schlafsäcke gehüllt, die dunklen Ecken der Underground-Station bevölkerten. Ihr Anblick brannte sich ihm in die Netzhaut. Was war ihnen geschehen, dass ihr altes Leben keinen Platz mehr für sie hatte? Wie viele von denen hatten einmal geglaubt, ein ganz normales bürgerliches Leben zu führen? Mit Job, Freunden, einer Familie? Wie viele von denen waren belogen, betrogen und enttäuscht worden?

Im Gehen ballte Aiden die Hände zu Fäusten. Sein Herz hämmerte mit solcher Wucht gegen den Brustkorb, dass er glaubte, es wollte ihm die Rippen sprengen. Die Wände der U-Bahnstation rückten näher, er kämpfte gegen den Drang an, in einen Laufschritt zu verfallen. Er brauchte Antworten. Er brauchte jemanden, mit dem er reden konnte, eine neutrale Person, die ihn an die Hand nehmen und einen Ausweg aus dem Labyrinth wirrer Emotionen zeigen würde. Und davor, vor allem anderen, brauchte er Luft zum Atmen. Platz zum Nachdenken und ein wenig Ruhe.

Nur eine einzige Person fiel ihm ein, die ihm geben konnte, was er brauchte. Drei Tage lang hatte er den Anruf aufgeschoben, jetzt begriff er, dass er so nicht mehr weitermachen konnte. Was sollte schon groß passieren? Im schlimmsten Fall war der ganze Brief nur ein missratener Scherz eines gelangweilten Jugendlichen, und Thomas Doyle, Anwalt für Erbrecht und Testamentsvollstrecker, existierte gar nicht.

Nun, da er den Entschluss gefasst hatte, konnte Aiden es kaum abwarten, endlich zu Hause zu sein. Die Haustür war noch nicht hinter ihm zugefallen, da trat er sich bereits die Sneaker von den Füßen und holte das Handy aus der Jackentasche, hängte die Jacke an die Garderobe und zog sich in sein Zimmer zurück.

Statt sich wie meist, wenn er nach Hause kam, aufs Bett fallen zu lassen, nahm er auf dem Schreibtischstuhl Platz. Gemessen an anderen WG-Zimmern in London hatte er mit seinem einen Glückstreffer gelandet. Von seiner Haustür bis zur Arbeit brauchte er keine zehn Minuten zu Fuß. Die Wohnung war hell, seine Mitbewohner einigermaßen ordentlich und das Haus in einem insgesamt guten Zustand. Dass es dem Zimmer, wie der ganzen Wohnung, an Persönlichkeit fehlte, war im Grunde seine eigene Schuld. Niemand hatte ihn gezwungen, ein möbliertes Zimmer zu mieten und beim Einzug zu unterschreiben, keine zusätzlichen Möbel oder Ausstattungsgegenstände mitzubringen. Niemand hatte ihn gezwungen, außer vielleicht die horrenden Mietpreise in der City, die es einem examinierten Pflegespezialisten selbst mit drei Jahrhunderten Berufserfahrung unmöglich machen würden, eine Wohnung oder gar ein Haus ganz für sich allein zu haben.

Du schindest Zeit. Mit dem Zeigefinger stupste er das Mobiltelefon an, sodass es auf der Schreibtischplatte kreiselte. Der Brief des Anwalts lag fein säuberlich ausgebreitet exakt in der Mitte der Platte. Immer wenn das Handy bei seinen Kreiseln dagegenstieß, machte es ein leises Klackgeräusch und raubte dem Telefon Schwung. Das Handy wurde langsamer, eierte … Aiden unterbrach den Prozess, indem er das Gerät in die Hand nahm. Erst jetzt ging ihm auf, dass es für einen geschäftlichen Anruf wohl schon zu spät war. Nicht jeder arbeitete wie er im Schichtdienst. Sicherlich saß Thomas Doyle um diese Zeit glücklich und zufrieden mit seiner Frau und drei Corgis auf dem Sofa, während ihnen vom Kaminsims aus die netten Gesichter der erwachsenen Kinder zulächelten. Selbstverständlich hatten Thomas und seine Frau sie niemals belogen. Schon gar nicht bei so etwas Wichtigem wie ihrer eigenen Herkunft. Aiden hatte keine Ahnung, ob Thomas überhaupt verheiratet war, geschweige denn ob er Corgis oder erwachsene Kinder hatte. Aber in seiner Fantasie war die Vorstellung kaum von der Realität unterscheidbar, und so zuckte er zusammen, als eine energische Stimme sich am anderen Ende der Telefonleitung meldete.

»Thomas Doyle. Sie sind?«

»Ja, ähm, also …« Aiden schluckte trocken. Himmel, der Mann musste denken, er hätte einen Teenager an der Leitung. Dabei war Aiden durchaus krisengeprüft. Bei der Arbeit hatte er mehr als einmal miterlebt, wie sich eine Routinebehandlung von jetzt auf gleich in einen Notfall verwandelte. In solchen Situationen hieß es einen kühlen Kopf zu bewahren. Bisher war das für ihn nie ein Problem gewesen – im Gegenteil, wenn andere hektisch wurden, wurde er ruhig. Wie es aussah, funktionierte das allerdings nur, solange es nicht sein eigenes Leben war, das auf den Kopf gestellt wurde.

Einatmen, ausatmen, neuer Versuch. »Mein Name ist Aiden Taylor.« Pause. »Sie haben mich angeschrieben. Die Adresse war veraltet, deshalb melde ich mich jetzt erst bei Ihnen.«

Selbst durch die Leitung hörte er das erleichterte Aufatmen des Anwalts. »Ah, Aiden, endlich! Du machst dir keine Vorstellung davon, wie lange ich schon auf deinen Anruf warte. Es ist doch okay, wenn wir uns beim Vornamen nennen?«

Die Frage schien eher rhetorischer Natur. Ohne eine Antwort abzuwarten, fuhr Thomas fort.

»Es ist nämlich so: Wie ich dir schon geschrieben habe, kannte ich Francis wirklich sehr gut. Endlich mit dir zu sprechen, ist, als würde ich ein Teil meines alten Freundes zurückbekommen. Du klingst sehr ähnlich, weißt du? Deine Stimme ...« Er brach ab.

Auch Aiden kämpfte plötzlich mit den Tränen. »Dann stimmt es also? Ich ... Meine Eltern ... Ich meine, Francis und Nora ...«

»Sie haben sich sehr auf dich gefreut, Aiden. Das musst du mir glauben. Sie haben veranlasst, dass das Haus und ihr Barvermögen bis zu deinem dreißigsten Geburtstag für dich verwaltet wird, danach solltest du es aber erhalten. Gut, dass du dich jetzt meldest. Die letzten Mieter sind vor einiger Zeit ausgezogen, und es tut dem Haus nicht gut, zu lange leer zu stehen. Wir haben viel zu besprechen, Junge. Warum kommst du mich nicht demnächst in Dublin besuchen? Dann können wir uns persönlich kennenlernen.«

»Das Haus steht leer, sagen Sie?«

»Nun ...« Eine kurze Pause entstand, in der Aiden meinte, das Schaben von Bartstoppeln auf Haut zu hören. »Dort oben in Kerry steppt nicht gerade der Bär. Außer ein paar Touristen und dem Sternenpark hat die Gegend nicht viel zu bieten, und die Touristen kommen meist mit Reisebussen und bleiben nur einen Tag.«

»Der Sternenpark?« Von all den Informationen sprang ihn ausgerechnet dieses Detail an. »Was ...«

»Ach, du weißt schon. Es gibt da diese internationale Organisation, die sich dem Kampf gegen Lichtverschmutzung verschrieben hat. Auf ihre Initiative hin werden überall auf der Welt Lichtschutzgebiete, oder wie man auch dazu sagt, Sternenparks, errichtet. Einer davon ist eben in Kerry. Glaubt man dieser Organisation, handelt es sich dabei sogar um den dunkelsten der gesamten nördlichen Hemisphäre. Angeblich kann man nirgends sonst auf der nördlichen Erdhalbkugel so gut die Sterne beobachten wie dort.«

»Und Sie sagen, dieses Haus, das ich … das einmal mir gehören soll, steht mitten in diesem Sternenschutzgebiet?« Aiden stolperte über die Wörter, so größenwahnsinnig kam es ihm vor, sie auszusprechen. Gerade eben noch hatte er darüber nachgedacht, was für ein Glücksfall ein einzelnes Zimmer in Camden Town darstellte, und da erklärte ihm dieser Fremde, dass er Anspruch auf ein ganzes Haus hatte? Noch dazu eines, das sich in einem *Sternenpark* befand?

»Nicht *gehören soll*«, korrigierte Thomas milde. »Das Haus gehört dir bereits. Theoretisch musst du nicht mehr tun, als dir bei mir die Schlüssel abzuholen.«

Etwas in Aiden ordnete sich neu. Ein Heim so nah an den Sternen, wie er es sich bis vor ein paar Minuten nicht einmal hätte vorstellen können. Wie eine Löwenzahnblüte auf einem Trümmerfeld spross etwas wie Hoffnung in ihm.

»Ich glaube, das will ich«, sagte er, mehr zu sich selbst als zu dem Anwalt. »Ich glaube, ich will wissen, woher ich komme.«

Aiden sprach leise, dennoch antwortete Thomas, ebenso leise, dafür umso eindringlicher. »Das wollen wir alle, mein Junge. Das wollen wir alle.«

»*Happy birthday to you, happy birthday to you, happy birthday,* lieber Sha-hay, *happy birthday to you!*«

Mit wenig Können, dafür umso mehr persönlichem Einsatz beendeten Orla und Nan ihr Geburtstagsständchen für Shay.

Der letzte schiefe Ton hallte noch durch den Caravan, da begannen sie zu klatschen.

»Und jetzt die Kerzen auspusten!«, verlangte Orla. »Wenn keine mehr brennt, kannst du dir etwas wünschen.«

Shay beugte sich über die riesige Geburtstagstorte auf der Mitte des Esstischs. Die Backmischung dafür hatte sie aus London mitgebracht. Um das Kunstwerk zu vollenden, war sie gestern die halbe Nacht aufgeblieben. Die Torte zeigte eine Pferdekoppel mit mehreren Tieren darauf. Es gab kleine Zäune und Mauern und viele, viele Blumen. Zwar war ihr Exemplar nicht ganz so perfekt wie das auf dem Foto des Onlineshops, das sie zum Kauf verleitet hatte, aber dafür hatte es mehr Persönlichkeit.

Tatsächlich gelang es ihrem Sohn, in einem Zug alle zehn Kerzen auszublasen. Wieder jubelten Orla und Nan.

»Und, hast du dir was gewünscht?«

Als Antwort zuckte Shay mit den Schultern.

»Du hast recht – wenn man es verrät, geht der Wunsch nicht in Erfüllung. Aber wer weiß, vielleicht kann ich ja Gedanken lesen und einer deiner Wünsche erfüllt sich schon in ganz naher Zukunft.« Mit einem Zwinkern nickte sie zu den rund um die Geburtstagstorte arrangierten Geschenken.

»Okay.« Mehrsilbiger wurden Shays Antworten wohl auch zur Feier des Tages nicht. Orla tat ihr Bestes, sich ihre Enttäuschung nicht anmerken zu lassen. Eine Woche nach ihrer Ankunft zeigte Shay ihr noch immer die kalte Schulter. Nicht dass er direkt unhöflich zu ihr wäre – das nicht! –, aber er hielt sie auf Distanz. Nur als sie gestern von den Ponys erzählt hatte, die in ihrer Kindheit auf dem Campingplatz gestanden hatten, hatten seine Augen aufgeblitzt, und für einen kurzen kostbaren Moment war seine Maske aus vorsichtigem Desinteresse verrutscht.

»Moment, Moment, Moment«, mischte sich Nan ein. Sie zog Shay zu sich auf die Sitzbank und legte einen Arm um ihn. Aus dem immer präsenten Blätterstapel am Kopf des Esstischs pickte sie zielsicher ein Papier heraus. »Wollen wir uns doch erst einmal ansehen, was das kommende Lebensjahr für dich bereithält.«

Konzentriert blickte Nan auf Shays Geburtshoroskop.

»Was haben wir hier? Unser Shay ist im Sternzeichen der Jungfrau geboren. Sein Planet ist der Merkur und sein Element die Erde. Das heißt, er ist der geborene Forscher. Er liebt es, den Dingen auf den Grund zu gehen und sie bis ins kleinste Detail zu analysieren.« Spielerisch stupste sie ihn in die Seite. »Na, kommt dir das bekannt vor?«

Shay war an der Nasenspitze abzulesen, dass er von Nans Hokuspokus nicht beeindruckt sein wollte, von ihrer Treffsicherheit jedoch schwer beeindruckt war. Besser denn als kleinen Forscher hätte man Shay nicht beschreiben können. Schon als Dreikäsehoch hatte er alles Mögliche gesammelt und sortiert. Seine absolute Lieblingsfrage lautete: »Warum?«

Nan fuhr fort: »Jungfrauen sind groß im Denken. Das ist gut, denn es bedeutet, dass sie die Dinge kritisch hinterfragen und sich nicht so leicht etwas vormachen lassen.

Aber es kann auch zum Problem werden, wenn sie Fallen wittern, wo keine sind, und es ihnen schwerfällt, Menschen, die es gut mit ihnen meinen, zu vertrauen.«

Orlas Augen wurden groß. Stimmte das wirklich? Stand Shays Vorsicht und Misstrauen ihr gegenüber tatsächlich in den Sternen? Seit ihrer Rückkehr nach Kerry fiel es ihr zunehmend schwer, nicht zu denken, Shay wolle sie mit seiner ausweichenden Art bestrafen. Das musste nicht einmal bewusst sein, aber ob unbewusst oder nicht, der Schmerz war derselbe. Nans Worte halfen ihr, Shays Distanz nicht als Abweisung wahrzunehmen, sondern als seine Art, sich auf sicheres Terrain zurückzuziehen – in sich selbst.

»Aber weißt du was?« Die Stimme ihrer Großmutter holte Orla zurück aus ihren Gedanken. »In dieser Hinsicht ist dieses Jahr dein absolutes Glücksjahr.« Mit dem Finger deutete sie auf eine der zahlreichen Linien des Horoskops. »Siehst du das? Im Mars-Jahr kann dich quasi nichts stoppen. Gerade jetzt im Herbst deutet alles darauf hin, dass du Probleme, die dich schon lange belasten, ein für alle Mal lösen wirst. Klingt das nicht fantastisch?«

Shay nickte, doch sein Blick ruhte nicht auf dem Horoskop, sondern auf den Geschenken.

Orla fasste sich ein Herz. »Jetzt, wo du weißt, dass so viel Gutes auf dich wartet: Willst du nun dein erstes Geschenk auspacken?«

Wieder nickte Shay. Von den Hosen, die sie für ihn gekauft hatte, zeigte er sich wenig beeindruckt, da gefielen ihm die neuen Sneaker deutlich besser. Den absoluten Jackpot landete Orla allerdings mit der Drohne. Ehrfürchtig wog Shay das Paket hin und her, betrachtete den Karton von allen Seiten.

»Du kannst sie mit deinem Handy verbinden und steuern. Der Verkäufer hat mir versichert, dieses Modell sei der Traum aller zehnjährigen Jungen.«

»Und die ist wirklich für mich?« Shays Stimme bebte geradezu vor Staunen.

»Nur für dich. Und da ist noch etwas: Damit du Gelegenheit hast, sie richtig auszuprobieren, machen du und ich morgen einen Ausflug.«

»Einen Ausflug?«

Orla nickte. »Wir fahren zu Onkel Paddy auf den Ponyhof. Als ich so alt war wie du, habe ich meine Zeit am allerliebsten dort verbracht. Mal sehen, wie gut ich noch mit einem Sulky umgehen kann.« Sie grinste. »Und wenn ich mich doof anstelle, hast du gleich witziges Bildmaterial. Jedenfalls können wir den ganzen Tag mit den Ponys verbringen, sie striegeln und füttern und mit ihnen ausfahren. Du hältst das alles mit deiner Drohne für die Nachwelt fest, und so können wir den Tag, wann immer wir wollen, noch einmal erleben.«

»Echt?« Shays Grinsen verbreiterte sich, und da – endlich! – sah Orla diese süßen großen Schneidezähne in voller Glorie.

»Hoch und heilig versprochen.«

»Dann muss ich jetzt aber los! Ich muss üben. Damit die Aufnahmen morgen auch richtig gut werden.«

Er hatte den Satz noch nicht ganz zu Ende gesprochen, da war er schon halb zur Tür hinaus.

»Halt!«, verlangte Nan. »Was ist mit dem Kuchen?«

»Der kann warten. Ich muss die Drohne ausprobieren.«

»Und was ist, wenn wir Hunger haben?«

»Dann könnt ihr euch schon mal ein Stück nehmen. Mir macht das nichts aus.« Und schwups, weg war er. Nun, wie es aussah, würden sie den mühevoll zubereiteten Kuchen ohne das Geburtstagskind anschneiden. Nicht ganz die Feier, die Orla im Sinn gehabt hatte, aber das strahlende Gesicht ihres Sohnes ließ keinen Zweifel: So und nicht anders wollte sie es haben.

✫

Seit einer gefühlten Ewigkeit fuhr Aiden im Kreis. Was zum Teufel hatten die Menschen in dieser Gegend gegen Straßenschilder? Nach zig Stunden Fahrt sahen die wenigen Häuser neben der Straße alle gleich aus. Weit über seinem Kopf trieb der Wind Wolkenfetzen über den Himmel. So weit das Auge reichte, erstreckten sich Ginsterwiesen, niedrige Hecken und windzerfressene Steinmauern. Nur in den kurzen Momenten, wenn die Abendsonne durch dic Wolkendecke brach und die Umgebung mit einem goldenen Band verzierte, leuchtete ein kleines Stück der Landschaft auf. Das Wiesengrün wurde grüner, das Himmelblau blauer und das Weiß der vereinzelt in der Landschaft grasenden Schafe weißer. Dann kam es ihm vor, als würde das Universum selbst ihm den Weg weisen, und für den Bruchteil einer Sekunde ließen die Zweifel, ob er die richtige Entscheidung getroffen hatte, nach. Beim nächsten Atemzug schloss sich die Wolkendecke wieder, und die feuchtigkeitsschwangere Luft drückte auf seine Zuversicht ebenso wie auf die Hügel und Täler.

Er verstärkte den Griff um das Lenkrad. Er hätte einfach schon viel früher bei Thomas Doyle losfahren sollen. In eine fremde Gegend zu fahren, ohne genaue Vorstellung davon, was einen am Ende des Weges erwartete, war niemals eine gute Idee. Aber die Geschichten, die Thomas ihm über Nora und Francis erzählt hatte, waren zu verlockend gewesen. In Anekdoten über gemeinsame Campingausflüge, durchzechte Nächte an der Uni und laienphilosophische Gespräche, wie man sie nur nach einem geteilten Joint führen konnte, hatte der Anwalt zwei Menschen vor Aidens innerem Auge auferstehen lassen, von deren Existenz er bis vor Kurzem nicht einmal gewusst hatte, denen er sich aber schon jetzt so verbunden fühlte, dass ihr Verlust schmerzte.

Doch bei aller Trauer über das, was niemals sein würde, hatten Francis und Nora ihm mehr hinterlassen als Schmerz. In der Mittelkonsole seines Wagens lag der Schlüssel zu einem neuen Leben. Wortwörtlich. Zusammen mit einer dürftigen Wegbeschreibung hatte Thomas ihm den überreicht. Koordinaten hätten mehr geholfen, aber daran hatten weder Aiden noch Thomas gedacht.

Die Sonne war bereits hinter den Hügeln verschwunden, als er das Anwesen endlich erreichte. Wie ein Gipfelkreuz thronte es, umwuchert von Ginsterbüschen, Wollgras und Erika, am Ende der Straße am höchsten Punkt der Klippen.

Er stieg aus dem Auto aus. Auch wenn er das Meer nicht sah, roch und hörte er es. Als metallischer Film legte die salzige Luft sich auf seinen Gaumen, in rhythmischem *Wuuusch-wuuusch* schlugen die Wellen unter ihm gegen den Fels. Sein Herz klopfte ihm bis zum Hals.

Das war es also: das Haus seiner Eltern. Seiner *biologischen* Eltern. Der Menschen, deren Gene er teilte, die ihn, konnte er Thomas glauben, voller Liebe ersehnt und erwartet hatten.

Thomas hatte ihn gewarnt, dass das Haus seit etlichen Jahren unbewohnt sei und wahrscheinlich ein paar Schönheitsreparaturen benötige. Damit hatte der Anwalt nicht untertrieben: Das ganze Anwesen bestand aus einem dreistöckigen Haupthaus mit ausladendem Zierbalkon und zwei etwas kleineren Nebengebäuden. An zahlreichen Stellen blätterte die Fassadenfarbe ab, am Dach verrieten ein paar dunklere Stellen fehlende Schindeln.

Er wollte gerade den ersten Fuß auf die niedrige Treppe setzen, die in wenigen Stufen zur Haustür führte, als ein Geräusch ihn innehalten ließ. Ein filigranes Summen über dem Rauschen der Wellen und dem Pfeifen des Windes. Nicht laut, aber laut genug, um seine Aufmerksamkeit darauf zu lenken.

Er hielt inne. Instinktiv griff er nach dem Treppengeländer und geriet ins Schwanken, weil das Geländer unter ihm nachgab und abbrach.

»Verdammt!« Im letzten Moment fand er sein Gleichgewicht wieder. »Hallo? Ist da wer?«

Wieder dieses Sirren. Aufgeregter diesmal. Wie eine Monsterbiene auf der Flucht. Er legte den Kopf schief, lauschte, folgte dem Geräusch ums Haus herum zur hangwärtigen Seite. »Hallo? Ich …«

Ein lautes Klirren ertönte, dicht gefolgt von einem *rumms* und einem Schrei. Instinkt überrollte Vernunft. Er schrie: »He! Wer ist da? Das ist mein Haus!«

Schritte entfernten sich. Schnell. Er folgte hastig, aber auf den Kieselsteinen der Auffahrt fanden die abgetretenen Gummisohlen seiner Sneaker keinen richtigen Halt. Zwischen zwei Büschen verschwand ein Schatten. Ein hellblonder Haarschopf blitzte auf. Wie ein waschechter Kobold bewegte sich die Gestalt, huschte, duckte sich, rannte … und war weg.

»Was zur Hölle?« Aiden blieb stehen, hielt sich die schmerzende Seite. In seiner Aufregung hatte er nicht richtig geatmet, jetzt kam er sich nicht nur vor wie der letzte Idiot, sondern hatte auch noch Seitenstechen.

Er sah sich um. Das Klirren stammte eindeutig von einem eingeschlagenen Fenster. Das dritte von links im Erdgeschoss hatte es erwischt. Vorsichtig näherte sich Aiden, doch weil das Haus auf einer Art Sockel in den Hang gebaut war, konnte er nicht einmal auf Zehenspitzen in das Fenster schauen.

Dann also doch die Haustür. Langsamer diesmal umrundete er erneut das Gebäude.

Wohnte doch jemand hier? Wer war das gerade gewesen? Ein Landstreicher? Hausbesetzer? Jugendliche aus der Gegend, die das Haus für Partys nutzten?

Auf einmal wünschte er sich, er hätte mehr dabei als eine ausgefranste Sporttasche, randvoll mit seinen Lieblingsklamotten, und mehrere Bücherkartons.

Ach was, es musste auch so gehen. Jede Sekunde, die er zögerte, das Haus zu betreten, machte es schwerer. In dem alten Gemäuer würden weder Meuchelmörder noch Feenwesen auf ihn warten. Wahrscheinlicher waren Spinnen, ein paar Kellerasseln und eventuell auch ein oder zwei Mäuse.

Um das abgerissene Treppengeländer machte er einen Bogen. Der Mond war aufgegangen und warf fleckig silbriges Licht auf die Treppenstufen. Kam die Dunkelheit hier an der Küste immer so schnell? Eben hatte es noch gedämmert, jetzt war es dunkle Nacht.

Unter seinem Gewicht gaben die Stufen knarzend nach. Wenigstens der Schlüssel passte, die Tür schwang mühelos auf.

Vorsichtig, Schritt für Schritt, kämpfte er sich ins Innere des Hauses vor. Ohne Mondlicht musste er auf die Taschenlampen-App des Handys zurückgreifen. Es roch nach Moder. Die Polstermöbel waren mit Laken bedeckt, aber auf den Schränken und Ablageflächen lag Staub. Dennoch konnte er den Impuls nicht unterdrücken, mit dem Finger über die Möbel zu fahren. Diese Schrankwand hatte seine Mutter ausgesucht, im Schein dieser Lampe hatten seine Eltern gesessen und gelesen. Hatten sie sich auf dieser Couch geliebt? War er womöglich auf genau diesem Teppich vor dem Kamin gezeugt worden?

Er schloss die Augen, konnte dem Mahlstrom seiner Gefühle kaum Herr werden. Weiter ging er, immer einen Schritt nach dem anderen. Direkt an das Wohnzimmer schloss sich ein Esszimmer an, dann ein Salon. Auf der anderen Seite des Flurs befand sich die Küche. Ein großer rechteckiger Tisch mit acht passenden Stühlen bildete das Herzstück des Raums. Der alte Holzofen schien auf den ersten Blick intakt. Wenn er Feuerholz auftreiben konnte, wäre er nicht mal auf Heizung und Strom angewiesen. Im Erdgeschoss gab es außerdem eine Speisekammer, einen Wirtschaftsraum und ein Arbeitszimmer. Ein kalter Lufthauch streifte seinen Nacken, bahnte sich als Schaudern einen Weg die Wirbelsäule hinab. Unwillkürlich schlang Aiden die Arme um sich. Auf den britischen Inseln glaubten mehr als die Hälfte der Menschen an Geister, hatte er einmal gelesen. Er selbst hatte sich niemals dazu gezählt, zu sehr faszinierte ihn die Wissenschaft. Doch was war es dann, was er da spürte?

Sein Blick fiel auf das zerbrochene Fenster, und er grinste. Auf dem Boden lag eine abgestürzte Videodrohne. Das also war der geheimnisvolle Geist! Ein Kinderspielzeug. Lächelnd hob er das Gerät auf und legte es auf den Tisch. Er würde morgen im Dorf herumfragen, wem die Drohne gehörte. So überstürzt, wie der kleine Besitzer nach dem Missgeschick mit dem Fenster geflohen war, würde er sich heute Nacht sicherlich nicht mehr zurücktrauen.

Für die Inspektion des ersten Stockwerks nahm er sich weniger Zeit. Jetzt, wo das Adrenalin nachließ, griff bleierne Müdigkeit nach ihm. Er wollte sich nicht vorstellen, wie die Schlafzimmer im oberen Stockwerk aussahen. Stattdessen griff er lieber auf seine Isomatte zurück. Die und den Schlafsack hatte er nicht ohne Grund mitgenommen.

Eins nach dem anderen schleppte er die mitgebrachten Sachen ins Wohnzimmer. Hier würde er fürs Erste ein Lager beziehen. Er rollte die Isomatte aus, kletterte in den Schlafsack und schlief ein, während von draußen ganz leise das Rauschen des Meeres an sein Ohr drang.

3

Nans Tipp von den Sternen:
Ordnung ist das halbe Leben, doch die andere Hälfte macht meist mehr Spaß.

Ein penetranter Handyklingelton weckte Aiden am nächsten Morgen. Er tastete nach dem Störenfried. Augenblicklich schoss ein spitzer Schmerz von seinem Steißbein die Wirbelsäule empor. Auch das noch!

Ächzend rollte er sich zurück auf den Rücken, legte den linken Unterarm über die Augen und ließ den blöden Wecker Wecker sein. Die neue Körperhaltung machte die Gesamtlage nicht besser.

Seufzend nahm er den Arm vom Gesicht. Half ja nichts. Wahrscheinlich würde er sich besser fühlen, wenn er erst einmal in die Gänge kam und die steifen Muskeln streckte. Wenigstens fiel ihm so der vorläufige Abschied von seinem neuen Heim nicht ganz so schwer. Bevor er einen Baumarkt oder zumindest einen Supermarkt aufgetrieben und das Allernötigste besorgt hatte, um das Haus wohnlich zu machen, hielt ihn wenig in den alten Gemäuern.

Eine Katzenwäsche später machte er sich auf den Weg ins Dorf.

Auf gut Glück hatte er noch aus dem Auto gestern in der Hausarztpraxis angerufen, die laut Google Maps seinem neuen Zuhause am nächsten war. Die Dame am anderen Ende der Leitung hatte sich als Irene vorgestellt und sich vor Begeisterung kaum halten können, als er erzählte, ein Diplom als APN zu besitzen und mit dem Gedanken zu spielen, nach Ballinskelligs zu ziehen. Er solle auf jeden Fall vorbeikommen, hatte sie gesagt. Seit Monaten schon suche der Doktor Unterstützung, aber Aiden wisse ja, wie das sei. Pflegeexperten, noch dazu in einer abgeschiedenen Gegend, waren Mangelware.

Lachend hatte Aiden ihr versichert, sich auf das Kennenlernen zu freuen, und damit nicht einmal geschwindelt. Das war tatsächlich einer der ganz großen Vorteile an seinem Job. Zwar war er fordernd und anstrengend, und viel zu oft riss er einem das Herz aus der Brust, aber die Dankbarkeit, die Menschen ihm schenkten, wenn es ihm gelang, zu helfen, entschädigte für beinah alles.

Entschlossen, nicht denselben Fehler zweimal zu begehen und sich erneut zu verfahren, fütterte er diesmal die Navigations-App mit den Koordinaten der Praxis von Dr. Declan Robinson.

Nachdem er einmal begriffen hatte, dass die irische Aufschrift *Baile 'n Sceilg* auf den weißen Straßenschildern mit den Kilometerangaben wohl Ballinskelligs bedeutete und die Richtungspfeile ins Zentrum der Gemeinde wiesen, wurde es noch leichter. Am Strand verkündete eines der Schilder, es seien noch zwei Kilometer. Die Entfernung musste in Koboldmaß gemessen worden sein, denn nach höchstens zweihundert Metern erreichte er die Post, von der Irene ihm am Telefon berichtet hatte. Der Weiler, in dem sich die Arztpraxis befand, nannte sich Dún Geágaín – oder wie es seine englische Zunge aussprechen wollte: Dungegan.

Hier gab es eine Versammlungshalle, ein Pub mit dem lustigen Namen *Jolly Sailor* und sogar einen Bolzplatz. An einer Bushaltestelle warteten ein paar Kinder auf den Schulbus. Der Anblick ihrer nackten Knie unter den Hosen der Schuluniform ließ Aiden frösteln. Zwar hatte der gestrige Wind die meisten Wolken vom Himmel gepustet, die Seeluft besaß aber nach wie vor ordentlich Biss. Viel mehr als zwölf oder dreizehn Grad hatte es ganz sicher nicht. Die meisten Häuser, an denen er vorbeikam, besaßen die typische Architektur der Gegend: Weiß gekalkte Wände mit winzigen Fenstern duckten sich unter schiefergedeckten Dächern. *Slow* erinnerte eine Aufschrift direkt auf dem Asphalt. An gefühlt jedem dritten Haus war ein *Zu verkaufen*-Schild im Vorgarten aufgestellt. Hier und da parkte ein Auto am Straßenrand, doch Menschen sah er keine.

Das Haus, in dem Dr. Robinson praktizierte, unterschied sich nicht wesentlich von den anderen in der Straße. Die Fassade war geklinkert, ein weiß gerahmter Erker lockerte das Erscheinungsbild auf. An die Außenmauer gerückt stand eine Bank, die Haustür befand sich eingezwängt zwischen der Garage und dem Gebäude, das Aiden für das Wohnhaus hielt.

Er parkte den Wagen und stieg aus. Es gab zwei Klingelknöpfe, einen für *Robinson* und einen für *Praxis*. Ganz schön mutig, fand Aiden. Er wollte lieber nicht wissen, wie oft Patienten nachts oder an Feiertagen in der Privatwohnung des Arztes klingelten, wenn sie in der Praxis niemanden erreichten. Andererseits: Hier auf der Halbinsel machte das wohl kaum einen Unterschied. Egal wo man wohnte, die Leute kannten einander, und wenn sie einen rausklingeln wollten, würden sie das wohl selbst dann machen, wenn man am anderen Ende der Landzunge lebte.

Aiden entschied sich für den Klingelknopf mit der Aufschrift *Praxis*. Gleich darauf ertönte der elektrische Türbuzzer.

Noch mehr als von außen wirkte das Innere der Praxis wie ein Relikt aus einer anderen Zeit. Die Plakate an den Wänden entstammten Gesundheitskampagnen aus dem letzten Jahrtausend. Mit der restlichen Ausstattung bewies Doktor Robinson einen seltsamen schwarzen Humor. Ein abstrakter Kunstdruck von einem Gebilde, das vage an eine Cremetorte erinnerte, hing neben einem Plakat, das Adipositas den Kampf ansagte, und eine Reihe quadratischer Comiczeichnungen zeigte einen dunkelhaarigen Mann mit Freddy-Mercury-Schnäuzer, Brille, Arztkittel und Stethoskop in verschiedenen Alltagssituationen.

»Der Doktor meinte, es würde keine zwei Wochen dauern, dann könnte ich wieder laufen«, stand auf einem der Bilder.

»Und? Hat seine Prognose zugetroffen?«

»Aber so was von. Als ich seine Rechnung bekommen habe, musste ich mein Auto verkaufen.«

Aidens Mundwinkel zuckte. Selbstironie gehörte zu den Eigenschaften, die er an anderen am meisten schätzte.

»Hallo? Kann ich Ihnen helfen?« Eilige Schritte näherten sich vom anderen Ende des Flurs her. »Ich habe die Klingel gehört und – oh!«, unterbrach sich die Sprecherin selbst. »Sie müssen Aiden sein.«

Mit hochgezogenen Augenbrauen sah Aiden an sich herab. »Was hat mich verraten?«

»Oh, ich weiß nicht.« Die Frau, die zweifellos Irene sein musste, spiegelte seine Geste. »Vielleicht weil wir hier in unserem verschlafenen Eckchen von Irland selten männliche Pflegekräfte kennenlernen. Noch dazu welche mit schwarz lackierten Fingernägeln und einer Frisur wie Ihrer.«

Instinktiv fuhr Aiden sich mit den Fingern durch die Haare. »Was stimmt nicht mit meiner Frisur? Ich hab mir die Haare heute noch nicht einmal gekämmt.«

»Das sagen sie alle, Schätzchen. Das sagen sie alle.«

»Heißt das, ich soll mich doch lieber nicht vorstellen? Zu …« Er suchte nach den richtigen Worten. Zu sehr Hipster? Zu sehr Mann? Zu wenig Mann? Zu schrill, zu nerdig, zu eigensinnig, was Mode und Style betraf? Am Ende entschied er sich für: »… zu fremd?«

»Ganz und gar nicht.« Irene stemmte die Fäuste in die beachtlichen Seiten und fixierte ihn aus grell blau geschminkten Augen. Jede Wette, dass diese Frau mindestens ein halbes Dutzend Kinder großgezogen hatte. So eine Aura von Autorität kam nicht von irgendwoher. Er schätzte sie auf Anfang sechzig, vielleicht ein paar Jahre älter. Ihre Haare trug sie kurz, aber ordentlich geschnitten. Kleine goldene Ohrringe schmückten ihre Ohrläppchen, und die Lippen hatte sie in einem auffälligen Rotton nachgemalt.

So, wie sie vor ihm stand, hätte sie eins der Golden Girls sein können, bevor diese in Rente gingen.

»Nur leider muss ich Sie enttäuschen«, nahm Irene den Gesprächsfaden wieder auf. »Der Doc ist zu einem dringenden Hausbesuch gerufen worden. So, wie ich den alten MacMulley kenne, wird das ein bisschen länger dauern.« Vielsagend hob sie die Hand zum Mund und machte eine Geste, als würde sie trinken. »Ich würde ja sagen, Sie können wiederkommen, wenn er zurück ist, nur leider habe ich nicht den blassesten Schimmer, wann das sein wird.«

»Das macht nichts.« Noch einmal sah er sich um. »Wenn Sie mir sagen, wo das Wartezimmer ist, kann ich mir schon irgendwie die Zeit vertreiben. Ich habe Ihnen übrigens das hier mitgebracht.« Er reichte ihr die Bewerbungsmappe, die er im Auto gehabt hatte. »Ein persönliches Anschreiben fehlt, aber dafür bin ich ja hier. Meine Zeugnisse, Zertifikate, das ganze Zeug ist drin. Falls Sie sich schon einmal einen Eindruck machen wollen.«

Irene nahm die Mappe entgegen und überflog die ersten Seiten des Dossiers. Ihr Lächeln verwandelte sich in ein Strahlen. »Weißt du was, Aiden? Nenn mich Irene. Ich glaube, wir werden uns sehr gut verstehen. Aber jetzt mach ich uns erst einmal einen Tee. Was sagst du dazu? Und dann können wir uns darüber unterhalten, was du dir von dem Job hier versprichst.«

»Das hört sich wunderbar an. Ich hatte nämlich noch kein Frühstück.«

»Wenn das alles ist: Das weiß ich zu ändern.«

»Mam! Maaaaam!« Shays Schrei hallte über den Campingplatz.

Der seifige Teller, den Orla gerade abspülte, fiel zurück in die Spüle. Schaumspritzer stoben in alle Richtungen, durchnässten Orlas T-Shirt. Es gab sie, diese Augenblicke, in denen man wusste, dass etwas nicht stimmte, weil jede Faser des eigenen Körpers aus Vorahnung bestand. Dies hier war einer jener Augenblicke.

Sie stürzte nach draußen. Der ganze Trailer wackelte, so stürmisch jagte sie die Treppe hinab.

»Shay! Shay, was ist? Wo bist du?« Zuerst sah sie ihn nicht. Sie hielt den Blick zur Auffahrt gerichtet. Dorthin, wo die Straße anfing, die Richtung Dungegan und Bushaltestelle führte. Dorthin, wo sie ihren Sohn vor nicht einmal einer Stunde auf dem Weg zur Schule hatte verschwinden sehen.

»Mam!«

Ihr Kopf ruckte herum. Da! Zwischen Heidebüschen und Wollgras führte ein schmaler Trampelpfad am Rand der Klippen die Küstenlinie entlang. Dort humpelte ein gebeugter kleiner Kobold, die blonden Haare in der Morgensonne beinah leuchtend hell. Er hielt den linken Arm eng an die Brust gepresst, die Schultern waren nach vorne gefallen, als könnte er den Arm so schützen.

Orla rannte. Nasses Gras streifte ihre Fesseln, nach wenigen Schritten waren ihre Converse-Hightops so nass, dass die Sohlen quietschten. Shay hatte seine Jacke ausgezogen, hielt sie gegen den Arm gepresst.

Vor ihrem Sohn fiel sie auf ein Knie. »Was ist passiert?«

»Mein Arm. Mam! Mein Arm, es tut mir leid. Ich weiß,

ich hätte nicht … Es ist meine Schuld … Ich habe …« Tränen rannen ihm die Wangen hinab.

»Es ist etwas mit deinem Arm?«

Er nickte unglücklich.

»Lass mich mal sehen.« Vorsichtig versuchte sie die an den Arm gepresste Jacke zu entfernen, doch Shay hielt sie fest.

»Nicht! Es blutet so doll! Wenn du die Jacke wegnimmst, fängt es wieder an. Mam, ich hab solche Angst, muss ich verbluten?« Ein schniefendes Hicksen verschluckte die letzte Silbe seiner Frage.

»Ganz sicher nicht. Lass mich trotzdem ganz kurz einen Blick drauf werfen, ja?«

»W-w-enn du m-m-einst.«

Vorsichtig hob Orla die Jacke ein Stückchen an. Trockenes Blut klebte den Stoff an die Haut, aber als sie darunter guckte, kam kein neues nach. Auch die Knochen schienen noch intakt. Aufatmend richtete sich Orla auf. »Soweit ich das beurteilen kann, ist es nur ein etwas schlimmerer Kratzer. Aber Dr. Robinson soll sich das trotzdem lieber noch einmal genauer anschauen. Ich hoffe, spätestens nach ein paar Stichen ist der Arm wieder wie neu.« Wenn sie die Zuversicht, die sie für Shay beschwor, auch selbst verspüren würde! Ihr war ganz flau vor Furcht. Doch für Angst hatte sie jetzt keine Zeit. Ihr Sohn brauchte sie, und sie würde einen Teufel tun und ihn wieder einmal als Mutter enttäuschen.

»Geh schon mal zum Auto, es ist offen.« In Windeseile holte sie die Autoschlüssel und ihre Handtasche aus dem Trailer. Was war mit Shays Krankenkarte? Obwohl Shays Versicherung über Orla lief, hatte Nan die Karte. Das ergab mehr Sinn, schließlich verbrachte ihr Sohn die meiste Zeit mit seiner Großmutter. Natürlich war Nan ausgerechnet jetzt nicht da, sondern gönnte sich einen gemütlichen Vormittag mit ihren Bridge-Ladys.

Kopflos wühlte Orla in der Küchenschublade herum, warf einen kurzen Blick in die Krimskramsschachtel auf der Ablagefläche. Nichts.

Auch gut. Dann musste es eben so gehen. Sollte der Doc ihr eine Standpauke halten, sicher würde er Shay kaum verbluten lassen.

Die ganze Aktion mit dem Schlüssel konnte nicht viel länger als eine Minute gedauert haben, trotzdem glaubte sie, Shays Zustand habe sich in der kurzen Zeit deutlich verschlechtert. Alle Farbe war aus seinem Gesicht gewichen, er sah aus, als müsste er sich jeden Augenblick übergeben.

»Alles wird gut, Schatz. Gleich sind wir beim Doktor.«

Shay nickte. Die ganze Zeit biss er auf seiner Unterlippe herum, nicht lange, und auch da würde Blut fließen.

»Bist du gar nicht sauer, weil ich nicht in der Schule bin?« Um ein Haar hätte sie ihn über dem Surren des Motors nicht gehört. Sie jagte den Civic in einer Geschwindigkeit, für die weder Straße noch Wagen gemacht waren, in Richtung Dorf. Doch Orla kannte die Kurven und Kehren des Ring of Kerry seit frühester Kindheit, vor einem Unfall hatte sie keine Angst.

»Darüber werden wir uns ein anderes Mal unterhalten. Jetzt ist erst einmal nur dein Arm wichtig.«

»Okay.« Dem Tonfall ihres Sohnes entnahm sie, dass es für ihn alles andere als okay war. Ganz offenbar hatte er mehr ausgefressen, als einen Tag zu schwänzen.

Vor der Praxis des alten Dorfarztes parkte ein unbekanntes Auto mit britischem Kennzeichen – wahrscheinlich Touristen. Sie konnte nur hoffen, dass deren Malheur den guten Doc nicht zu lange aufhielt.

»Da sind wir.« Sie zog die Handbremse an. »Warte einen Moment. Ich komm um den Wagen und helf dir beim Aussteigen.« Gesagt, getan. Im Laufschritt hechtete sie um die Schnauze des Civic. Am liebsten hätte sie Shay auf den Arm genommen, wie sie es getan hatte, als er noch ein Kleinkind gewesen war. Wo waren die Jahre hin? Wo die Zeit, als er sie so vorbehaltlos gebraucht und ihre Unfehlbarkeit für ihn eine Selbstverständlichkeit gewesen war? Weg. Unwiederbringlich davongeflogen, während sie auf die falschen Menschen gehört und einem Traum nachgehetzt war, der nicht das Richtige für sie gewesen war.

Jetzt war Shay zu groß, um ihn zu tragen. Sie konnte nur hoffen, dass er bald wieder bereit wäre, wenigstens seine Last mit ihr zu teilen.

Auf ihr Klingeln hin ertönte der Türsummer. Mit einem Arm um Shays Schultern trat sie ein. Aus dem Zimmer, in dem Irenes Empfangstresen stand, hörte sie Stimmen und fröhliches Lachen.

»Hallo? Irene? Wir brauchen Hilfe.«

Eins musste man Irene lassen: Egal mit wem sie gerade ein Pläuschchen hielt, sie erkannte eine ernste Lage offenbar auch durch geschlossene Türen. Die Arzthelferin erschien im Flur. Bei Shays und Orlas Anblick weiteten sich ihre Pupillen.

»Orla? Du bist zurück?«

»Ja, aber können wir das auf später verschieben? Shay hat sich verletzt. Sein Arm ...«

»Natürlich.« Mit einer Handbewegung leitete sie Shay und Orla in eines der Behandlungszimmer. »Der Doc ist auf einem Hausbesuch. Das kann leider noch eine ganze Weile dauern, aber ihr habt Glück. Gerade eben hat unser Neuer angefangen. Ich schicke euch Aiden gleich hier rein. So lange kannst du es dir auf der Liege gemütlich machen, junger Mann. Das war sicher ein ganz schöner Schreck, was?«

Shay antwortete nicht. Nicht einmal ein Nicken schenkte er Irene.

Im Türrahmen hielt die Sprechstundenhilfe inne. »Das wird schon wieder, Großer. Ich bin sicher, bei unserem Aiden bist du in besten Händen.«

Dass alles gut werden würde, hatte Orla ihrem Sohn in der vergangenen Viertelstunde wieder und wieder versichert. Sie konnte kaum glauben, wie gut es trotzdem tat, die Worte von jemand anderem zu hören.

Ein wenig ruhiger jetzt, lehnte sich Orla neben ihrem Sohn mit der Hüfte gegen die Behandlungsliege, als ein Blick aus bernsteinfarbenen Augen auf ihr landete. Der misslichen Lage zum Trotz machte ihr Herz einen Purzelbaum. Etwas in ihr, das weder Verstand noch Gefühl war, wusste, dass sie dem Fremden vertrauen konnte. Ihre Lunge weitete sich, sie konnte wieder atmen.

Er war ein junger Mann, etwa in ihrem Alter, und trug einen Kittel über Jeans und einem verwaschenen Band-T-Shirt. Dunkle, fast schwarze Haare standen ihm in allen Himmelsrichtungen vom Kopf ab. Ein Lächeln zupfte an seinen Mundwinkeln, aber es waren seine Augen, die sie nicht mehr losließen. Kluge bernsteinfarbene Augen, mit einem witternden Blick, der tiefer reichte als nur bis zur Oberfläche. Wolfsaugen, dachte sie sich. Wo hatte sie diese Augen schon einmal gesehen? Dieses überbordende Gefühl von Vertrautheit konnte nicht von irgendwoher kommen. Ihm schien es nicht anders zu gehen als ihr. Der Bann, der nicht zuließ, dass sie ihren Blick von ihm abwandte, hielt auch ihn gefangen.

Um den Neuankömmling an Orla vorbei in Augenschein nehmen zu können, verlagerte Shay auf der Liege sein Gewicht. Ein Wimmern entfuhr ihm.

Mit einem Ruck riss der junge Pfleger seinen Blick von Orla los und richtete seine volle Aufmerksamkeit auf Shay. Sein Lächeln verbreiterte sich, wurde zu einem Grinsen.

»Hey, ich bin Aiden. Was ist passiert?« Während er sprach, zupfte er ein paar Gummihandschuhe aus einem Spender und zog sie sich über. Sein Tonfall war … verbindlich. Anders konnte Orla es nicht beschreiben. Nicht übermäßig freundlich oder gönnerisch besorgt, wie Doc Robinson gerne mit Patientinnen oder Patienten sprach, sondern so, wie man mit einem Freund sprechen würde. Das zeigte auch bei Shay Wirkung. Der Griff um seinen verletzten Arm lockerte sich, seine Körperhaltung entspannte sich sichtbar. Dennoch vermied er es, Aiden ins Gesicht zu schauen.

»Ich habe Schule geschwänzt und mich dann am Arm verletzt.«

»Oh, dann kommt hier schon mal mein erster Ratschlag: Wenn du Schule schwänzt, lass dich lieber nicht erwischen.«

Noch immer sah Shay auf den Boden, aber ein winziges Zucken an seinem Mundwinkel verriet, dass Aidens Scherz sein Ziel erreicht hatte.

»Okay, nein, natürlich war das ein Witz. Schule schwänzen ist grundsätzlich keine gute Idee, aber das allein führt normalerweise nicht zu einer Verletzung. Ich werde dir helfen, aber dazu muss ich wissen, was passiert ist. Ist es dir lieber, wenn Mam einen Moment aus dem Behandlungszimmer geht?«

Orla hielt die Luft an. Sie wollte nicht weggeschickt werden. Viel zu oft war sie freiwillig gegangen und hatte Shay mit dem allein gelassen, was das Leben ihm abverlangte. Heute war sie da, sie wollte für ihn da sein. Sie wollte wissen, was geschehen war, und Shay versichern, dass sie ihm nicht grollte, ganz egal, was er angestellt hatte. Sie wollte endlich die Mutter sein, die er verdiente, und so falsch das vielleicht sein mochte, wollte sie das unter den klugen Augen des neuen Doktors machen. Denn warum auch immer, aber ganz tief in ihrem Inneren wusste sie, seine Meinung zählte.

☆

Orla Reilly! Da wartete Aiden irgendwo in der Mitte von nirgendwo auf einen ominösen Doktor, der sich gerne bei seinen Hausbesuchen verquatschte, und wer tauchte anstelle seines potenziellen neuen Arbeitgebers auf?

Orla. Fucking. Reilly!

Oh, sie hatte sich verändert in den zehn Jahren seit ihrem letzten und einzigen persönlichen Zusammentreffen.

Trotzdem brauchte er keinen Wimpernschlag lang, um sie zu erkennen. Er hätte sie unter Tausenden erkannt. Die blonden Haare, die großen blauen Augen, die schmalen Schultern, ihr langer, eleganter Hals, der den Blick auf grazile Schlüsselbeine lenkte. Mehr noch als ihr Aussehen war es ihre Körperhaltung, die ihn zehn Jahre in die Vergangenheit katapultierte, hin zu dem Moment, als er sie zum ersten Mal gesehen und in ihr unter einem Berg aus Unsicherheit das Strahlen eines echten Sterns erahnt hatte. Das Autogramm, das sie ihm damals gegeben hatte, hütete er bis heute wie einen Schatz. Manchmal hatte er ihren Namen gegoogelt und so herausgefunden, dass sie noch immer sang. Die Karriere, die er ihr gewünscht hatte, hatte es jedoch niemals gegeben, und statt auf einer Bühne stand sie jetzt hier. In seiner Praxis. Mit einem Kind. Das hieß wohl, sie war verheiratet oder zumindest fest liiert. Die Erkenntnis traf ihn wie ein Asteroid. Was vollkommen irrsinnig war, denn Orla Reilly war für ihn nie mehr gewesen als eine Fantasie.

Er riss sich zusammen. Wer auch immer Orla Reillys Herz erobert hatte, Aiden hatte hier einen Job zu erledigen.

Der Junge drückte sich enger an seine Mutter und schüttelte den Kopf. »Sie muss es ja sowieso wissen.«

Was hatte Aiden das Kind noch mal gefragt? Ach ja, ob Orla das Zimmer verlassen solle, damit sie und der Lütte ein Männergespräch führen konnten.

»Okay.« Aufmunternd nickte Aiden dem Jungen noch einmal zu. Während er sprach, zupfte er vorsichtig an der Jacke, die sich der Kleine auf die Wunde drückte. »Dann leg mal los.«

»Meine Drohne.« Er sah zu seiner Mutter. »Ich wollte auf sie aufpassen, wirklich. Ich dachte, ich würde mit ihr zurechtkommen und hab sie fliegen lassen, bei dem alten Haus auf den Klippen.«

»Das alte Lynch-Haus?« Orlas Augen weiteten sich. »Was zum Teufel treibst du da? Das ist doch seit mindestens fünf Jahren nicht mehr bewohnt. Himmel, Shay, das ist gefährlich!«

»Ich weiß.« Nur gut, dass Orlas Entrüstung von der Überraschung ablenkte, der Aiden gerade ereilte. In seinem Kopf fielen nämlich gerade einige Puzzlestücke ineinander.

Unter der Jacke kam eine hässliche Schnittwunde zum Vorschein.

»Lass mich raten«, mischte er sich ein. »Als du an dem Haus warst, bist du von einem Fremden überrascht worden. Du warst unaufmerksam, und die Drohne hat ein Fenster eingeschlagen. Aus Angst, vor dem Fremden bei etwas Verbotenem entdeckt zu werden, bist du weggelaufen, aber natürlich wolltest du deine Drohne wiederhaben. Also bist du heute wiedergekommen und wolltest durch das kaputte Fenster einsteigen. Das ist schiefgegangen, und du hast dich an den Scherben geschnitten.«

»Woher wissen Sie das?« Der Junge, den Orla Shay genannt hatte, staunte Bauklötze.

Aiden zwinkerte ihm zu. »Weil ich da war. Das Haus auf den Klippen gehört mir.«

»Du stromerst bei dem alten Haus herum? Ohne Begleitung?« Orla hinkte in dem Gespräch ein paar Schritte hinterher.

Shay verdrehte die Augen. »Wen soll ich denn mitnehmen, Mam? Niemand in der Schule mag mich. Meinst du, irgendwer hat Bock, mit dem seltsamen Freak, der ohne Mam und Dad bei seiner Großmutter auf dem Campingplatz wohnt, abzuhängen? Ich hab ja noch nicht mal eine Switch!«

»Warum …«

Was auch immer Orla hatte sagen wollen, Aiden unterbrach sie. »Über die Gefahr von alten, unbewohnten Häusern sprechen wir später. Jetzt machen wir erst einmal Folgendes: Wir betäuben und säubern den verletzten Bereich an deinem Arm, und wenn dann alles schön sauber und taub ist, nähe ich die Wunde mit ein paar Stichen. Und während ich arbeite, erzähle ich dir eine Geschichte, einverstanden?«

Shay schmollte, also wandte sich Aiden an Orla. »Mam: Gibt es eine medizinische Vorgeschichte, von der ich wissen sollte? Vorerkrankungen, Allergien? Nimmt er regelmäßig Medikamente?«

Orla schüttelte den Kopf.

Mam. Innerlich schnaubte er. Obwohl er schon zahllose Mütter von Patienten so angesprochen hatte, schmeckte das Wort in ihrem Fall falsch. Als würde er etwas vorspielen, was er so nicht empfand. Innerlich schüttelte er über sich selbst den Kopf. Solche Gedanken hatten an seinem Arbeitsplatz nichts zu suchen. Besser, er besann sich auf den Grund seiner Anwesenheit in der Praxis. Und zwar schleunigst.

Er fuhr fort. »Impfstatus? Wann hatte er seine letzte Tetanus-Impfung?«

»Ich … Ähm … Ich weiß nicht, ob …«

»Macht nichts«, lenkte er ein. »Wir haben bestimmt eine Akte zu deinem Sohn – sonst gehen wir auf Nummer sicher und impfen gleich mit. Bin sofort wieder da.«

Er entfernte die Handschuhe, warf sie in den Mülleimer und verließ den Raum, um Irene nach den nötigen Utensilien zu fragen. Durch die geschlossene Tür hörte er Orlas Stimme. Beschwörend redete sie auf Shay ein, doch dieser schwieg konsequent.

Arme Orla. Und armer Shay. Aiden wusste zu gut, wie es sich anfühlte, nicht dazuzugehören. Seine Eltern liebten ihn, daran hegte er keine Zweifel. Selbst die Wut, die er ihnen gegenüber empfand, seit er herausgefunden hatte, dass sie ihn zeit seines Lebens belogen hatten, konnte diese Gewissheit nicht trüben. Aber wirklich verstanden hatten sie ihn nie. Ben und Rachel Taylor bezeichneten sich selbst als Freigeister. Sie liebten das Reisen, Spontaneität und das Leben. Mit einem Sohn, der Ordnung mochte, zu viel grübelte und auf alle möglichen Fragen Antworten suchte, konnten sie wenig anfangen. Sie bemühten sich, aber ein Rest Distanz war immer geblieben. Dasselbe Muster setzte sich für Aiden später in der Schule durch, dann im Studium und sogar bis zu seinem Leben in London. Aiden machte sich nichts vor: Seine Freunde in der City hatten nichts gegen ihn. Manch einer mochte ihn womöglich sogar, aber er glaubte nicht, dass er irgendwem wirklich fehlte.

Irene kam und brachte ihm auf einem Tablett die Tetanusimpfung sowie Nadel und Faden zum Versorgen des Schnitts.

»Brauchst du meine Hilfe?«

Aiden nahm das Tablett entgegen. »Ich glaube nicht. Wenn doch was ist, rufe ich.«

»In Ordnung.«

Sobald Orla und Shay Aiden wieder eintreten sahen, verstummten sie.

Aiden rollte den Hocker heran und stellte sich die Lampe so ein, dass sie die Wunde optimal ausleuchtete. Beim Anblick der beiden Spritzen auf dem Tablett biss sich Shay ängstlich auf die Unterlippe.

Beruhigend drückte Orla Shays unverletzte Schulter. »Ich bin mir sicher, dass Aiden ganz vorsichtig sein wird, aber es ist trotzdem vollkommen in Ordnung, Angst vor Nadeln zu haben. Weißt du, warum ich keine Tattoos habe, obwohl so ungefähr jede andere Sängerin welche hat?«

Shay schüttelte den Kopf.

»Weil ich fürchterlich Schiss vor den Schmerzen habe.«

»Wirklich? Du hast Angst? Ich dachte immer, du hast vor gar nichts Angst! Weil du doch in der ganzen Welt herumreist und vor vielen Menschen auf der Bühne stehst und alles.«

»Ich fürchte mich vor sehr, sehr vielen Dingen, Shay. Schmerzen und Nadeln sind nur zwei davon. Noch etwas, was mir Angst macht, ist, dir nicht helfen zu können, wenn es dir schlecht geht. Wollen wir unsere Ängste zusammen anpacken? Du hältst meine Hand, und Aiden hier gibt dir die beiden Spritzen?«

»In Ordnung.« Zwar war Shay noch immer blass um die Nase, aber nun schimmerte durch seine Panik auch Mut.

Aiden nutzte die Gunst der Stunde und verabreichte dem Kind die Spritzen. Was Orla da gerade für ihren Sohn getan hatte, war großartig. Viel zu oft erlebte er, wie Jungs noch immer eingeredet wurde, sie müssten tapfer sein, furchtlos oder aggressiv. Vielleicht wusste es Shay noch nicht, aber eine Mam zu haben, die ihn so nahm, wie er war, die nicht versuchte, ihn zu ändern, die ehrlich zu ihm war und auch nicht davor zurückschreckte, unangenehme Wahrheiten auszusprechen, machte ihn zu einem verdammten Glückspilz.

Als die Betäubung zu wirken begann, machte sich Aiden ans Vernähen der Wunde. Der Schnitt war gut zehn Zentimeter lang und verlief quer über Shays Oberarm. Zuerst traute der Junge sich nicht, Aiden bei der Arbeit zuzusehen, aber nach den ersten beiden Stichen wurde er neugierig und beobachtete das Spiel von Nadel und Faden gebannt.

»Bist du ein Doktor?«

»Nicht ganz. Ich bin ein APN – das steht für Advanced Practice Nurse. Wir haben ein Studium absolviert und kümmern uns wie Ärzte um Patientinnen und Patienten.«

»Und jetzt machst du das hier in Ballinskelligs bei Dr. Robinson?«

»Das ist zumindest der Plan. Du kennst mein Haus ja.« Er zwinkerte Shay zu. »Das heißt, du weißt, dass da eine ganze Menge erledigt werden muss, ehe ich da gemütlich wohnen kann, und das geht nicht ohne Job.«

»Du wohnst wirklich in dem alten Geisterhaus?«

Aiden setzte die Nadel ab, weil er lachen musste. »Also ich hoffe doch sehr, dass es in dem Haus nicht spukt. Aber ja, es ist wirklich mein Haus. Und deine Drohne habe ich auch. Vielleicht kommst du mich mal ganz offiziell besuchen, dann gebe ich sie dir zurück.« Weil ihm erst mit Verspätung klar wurde, wie eine Einladung von einem Fremden an einen Zehnjährigen wirken konnte, schob er schnell nach: »Nur wenn deine Mam damit einverstanden ist.« An Orla gerichtet sagte er: »Du bist natürlich mit eingeladen.«

Da traf ihr Blick seinen. Ganz kurz nur, aber lang genug, um den Funken Dankbarkeit zu erkennen, der in ihren Augen leuchtete. Nicht Dankbarkeit für seine Einladung; um sich das einzureden, war er nicht wahnhaft genug. Dankbarkeit für seine Freundlichkeit Shay gegenüber. Dankbarkeit, den Jungen so zu behandeln, wie ihn eigentlich alle behandeln sollten: offen, wohlmeinend und aufmerksam. Trotzdem vollführte sein Magen einen Purzelbaum, als ihre Blicke sich trafen. Noch immer konnte er nicht fassen, dass er tatsächlich mit Orla Reilly in diesem fremden Behandlungszimmer saß und sprach. Himmel! Er verhielt sich wie ein verknallter Fanboy, aber wie schon damals im *Pink Monk Emporium* hatte sie einfach etwas an sich gehabt, dem er sich nicht einmal mit Gewalt hatte entziehen können.

Shay rettete ihn. Vor Begeisterung wippte sein ganzer Körper auf der Liege. »Geht das, Mam? Kann ich Aiden besuchen?« Seine Frage balancierte haarscharf an der Grenze zum Quengeln. »Bitte? Er ist neu hier. Sicher braucht er Freunde, und gerade eben hast du noch gesagt, ich soll mir auch lieber Freunde suchen, statt alleine durch die Gegend zu stromern.« Ganz so hatte das Orla keineswegs gesagt, aber Aiden würde sich hüten, Shay in dieser Sache in den Rücken zu fallen.

Einen Moment zögerte sie. Die Angewohnheit, sich bei Unsicherheit auf die Unterlippe zu beißen, hatte Shay offenbar von seiner Mutter geerbt.

Fragend sah sie ihn an. Gott, diese Augen! Er könnte eine Ewigkeit in diese Augen schauen, und es wäre noch nicht lang genug. »Wenn es wirklich in Ordnung ist?«

»Abs…«

Shay ließ Aiden nicht ausreden. »Warte, nein!« Aufgeregt streckte er den Zeigefinger in die Luft. »Ich habe eine noch bessere Idee! Mam, wir wollten am Wochenende doch zu Onkel Paddy auf den Ponyhof. Warum nehmen wir Aiden nicht mit? Wenn er schon hier ist, soll er Kerry von der schönsten Seite kennenlernen. Und er kann meine Drohne mitbringen, und dann können wir alle zusammen gleich filmen, wenn wir reiten und mit der Kutsche fahren und alles!«

»Ich weiß nicht.« Verlegen huschte Orlas Blick von Shay zu Aiden, zu Shay und wieder zurück. »Aiden hat sicher was Besseres zu tun.«

»Ich würde mich freuen«, berichtigte er. Er hatte den Wundfaden fertig vernäht, schnitt ihn ab und legte Nadel und Faden beiseite. »Ich finde, Shay hat recht: Man kann nie genug Freunde haben.«

»Na dann.« Lachend zuckte Orla mit den Schultern. »Sieht wohl so aus, als würden wir am Samstag gemeinsam einen Ausflug machen. Als wären wir alte Freunde. Komisch, oder? Irgendwie kommt es mir nämlich wirklich so vor, als würden wir uns schon länger kennen als ein paar Minuten.«

Wusste sie, was sie da sagte? Mit einem leisen Klicken fiel die Nadel zurück aufs Metalltablett und Aidens Blick in den von Orla. Eine Sekunde verging und noch eine, und sie sahen einander an, und im Blau von Orlas Augen las er die Frage, die er nicht bereit war zu beantworten. Nicht wenn sie nicht von alleine drauf kam.

4

Nans Tipp von den Sternen:
Saturn will Dinge klären, Jupiter sagt: Ist doch egal.
Ich sage: Nimm's, wie es kommt.

Übelkeit und Nervosität. Zitternde Hände, pochender Puls. Ein Strudel aus Dunkelheit. Alles dreht sich und dreht sich, Hände, die nach ihr greifen, an ihr zerren.

Mit der Gewissheit der Träumenden wusste Orla, dass nichts von dem real war, dennoch vermochte sie der Angst nicht zu trotzen. Das alles war so sinnlos. Sie wusste, wie es ausging. Sie war zurück im *Pink Monk Emporium*, zurück am Anfang. Als sie noch gehofft hatte, als sie noch geglaubt hatte, dass alles einen Sinn ergab und Nans Horoskope ihr eine sorgenfreie Zukunft prophezeiten.

Im Gegensatz zu damals müsste sie nur aufwachen, dann wäre die Übelkeit verschwunden, die Nervosität und die Angst. Aber sie konnte nicht. Etwas hielt sie im Traum gefangen, fesselte sie in den Strudel aus Furcht und Düsternis. Ein Paar kluge Augen schälte sich aus der Dunkelheit. Dann die Konturen eines Gesichts. Obwohl er seine Lippen nicht bewegte, hörte sie seine Stimme so deutlich, als stünde er direkt neben ihr.

»Was, wenn doch? Was, wenn du gerade heute hier am

richtigen Ort wärst?« Er lächelte. Weiße, gerade Zähne. Nur der obere rechte Eckzahn war ein wenig schief.

»Ich glaub an dich«, sagte seine Stimme in ihrem Kopf.

Sie schreckte aus dem Schlaf. Ihr Herz pochte bis zum Hals. Auch mit geöffneten Augen herrschte Dunkelheit um sie herum. Sie hatte beim Zubettgehen das Rollo nach unten gezogen. Durch die dünne Trennwand zwischen ihren Schlafzimmern hörte sie Shays leises Schnarchen. Langsam beruhigte sich ihr Puls, Wärme löste die beklemmende Angst ab.

Heute in der Praxis war Aiden zu Shay ebenso einfühlsam gewesen wie damals zu ihr. Jetzt, wo die Erinnerung sie eingeholt hatte, konnte sie kaum glauben, dass sie ihn nicht sofort erkannt hatte. Sicher, ihre erste Begegnung war zehn Jahre her, und sie hatte nicht lange gedauert. Und doch hatte es in all der Zeit immer wieder Momente gegeben, in denen sie sich gefragt hatte, was aus ihm geworden war. Ob er ihre quasi nicht vorhandene Karriere verfolgt hatte und immer noch ihr Superfan war. Oder ob sie auch ihn enttäuscht hatte. Sie, der ewige Möchtegern.

Nein, sie schüttelte den Kopf, kuschelte sich zurück ins Kopfkissen. Ein Mann, der so viel Güte in sich trug, würde sie und ihre zerplatzten Träume nicht verspotten.

Wieder holperte ihr Herz, diesmal nicht aus Furcht. Da bemühte sie sich seit über einer Woche um jedes Fünkchen Vertrauen von Shay, und dann kam Aiden. Ihm gegenüber hatte sich Shay sofort geöffnet. Orla hatte ihren Sohn noch nie so offenherzig und bar jeden Misstrauens erlebt.

Sie streckte eine Hand aus, legte sie an die Wand neben ihrem Kopf. Ob sie Grund zur Eifersucht hatte? Allein der Gedanke war absurd. Sie sollte über jedes bisschen Vertrauen, das Shay einem Erwachsenen schenkte, glücklich sein, und wenn das bedeutete, dass ihr Mutter-Sohn-Tag zu einem Mutter-Aiden-Sohn-Tag wurde, war das eben so.

Auf der anderen Seite der Wand raschelten die Laken. Sie zog die Hand zurück, schloss die Augen, ließ zu, dass Müdigkeit erneut nach ihr griff. Von der Innenseite ihrer Augenlider sahen ihr bernsteinfarbene Wolfsaugen entgegen, gütig und klug.

Es war nicht gut, die Dinge zu vermischen. Sie sollte nicht von Aidens Lächeln träumen, von der Art, wie ein Hauch Röte in seine Wangen gestiegen war, als er sie gesehen hatte. Nicht wenn Shay sich so offensichtlich nach Aidens Freundschaft sehnte.

Sie war nicht nach Kerry gekommen, um einen sinnlosen Traum durch einen anderen zu ersetzen. Sie war hier, um wiedergutzumachen, was sie zehn Jahre lang verpasst hatte. Es ging um Shay, einzig und allein um Shay, und da konnte sie kein warmes Sommergewitter im Bauch gebrauchen.

Sie drehte sich um, schlug resolut ihr Kopfkissen auf, bemühte sich, Aidens Lächeln und seine klugen Wolfsaugen aus ihrem Gedächtnis zu verbannen.

Wirklich gelingen wollte ihr das nicht.

☆

Sie hatten vereinbart, dass Shay und Orla Aiden am kommenden Samstag von zu Hause abholen würden. Da Orla den Weg dorthin kannte und sie mit ihrem Auto fahren würden, war es auf diese Weise am einfachsten. Schon den ganzen Morgen über befand sich sein Magen auf einer Achterbahnfahrt. Er schlug Loopings, verdrehte sich, stürzte ins Bodenlose, beruhigte sich wieder. Und warum das Ganze? Für nichts und wieder nichts. Das war kein Date, zu dem er sich verabredet hatte. Wahrscheinlich hatte Orla Shays Einladung nur zugestimmt, weil sie die Art von Mutter war, die Himmel und Hölle dafür in Bewegung setzte, um ihren Sohn glücklich zu machen. Die kurze Zeit, die er mit Orla und Shay verbracht hatte, hatte genügt, um sich zumindest einen Teil der Geschichte zusammenzureimen. Shay hatte gesagt, dass er bei seiner Großmutter aufwuchs. Kein Wunder: Bei all den musikalischen Verpflichtungen, die Orla zu erfüllen hatte, blieb ihr bestimmt nicht viel Zeit für ihren Sohn. Aiden wollte sich gar nicht vorstellen, was für eine Zerreißprobe das für Orla sein musste. Er hatte ihren Gesichtsausdruck gesehen, als Shay von seinen Schwierigkeiten sprach, Freunde zu finden. Sie war so unendlich verletzt gewesen.

Also ja, es gab keinen Grund, wegen des gemeinsamen Ausflugs aufgeregt zu sein. Noch weniger Grund gab es, sich Gedanken darüber zu machen, was er anziehen sollte. Er hatte seine gesamte Kleidung auf dem Bett des großen Zimmers ausgebreitet, das er inzwischen als sein eigenes bezeichnete. Die Matratze war zwar nicht neu, aber er hatte sie gründlich ausgeklopft und mit Unmengen Teppichschaum und Hygienespray gereinigt. Das hatte sogar seinem Ordnungsfimmel gereicht, um sich wohlzufühlen. Was seine Kleidung betraf, so hatte er seine Meinung immer wieder geändert, bis er sich schließlich für eine schlichte schwarze Jeans und einen dazu passenden schwarzen Wollpullover entschieden hatte.

In der Küche schnitt er einen Bagel in zwei Hälften und schob diese in den Toaster. Es war wirklich erstaunlich, wie viel sich in dem alten Haus im Lauf der Woche verändert hatte. Eimerweise klares Wasser und Unmengen von Staubtüchern hatten aus dem Geisterhaus ein richtiges Zuhause gemacht. Zwar könnten hier und da eine neue Tapete oder ein paar modernere Möbel nicht schaden, und vor allem im Außenbereich gab es noch einiges zu tun, aber das alles waren im Grunde nur Schönheitskorrekturen.

Kaum hatte er sein Frühstück aus trockenem Bagel und einem Glas Orangensaft beendet, hörte er den Motor eines Wagens auf der Einfahrt. Er steckte sich den letzten Bissen in den Mund, stellte sicher, dass er keine Krümel im Mundwinkel hatte, und ging Orla und Shay entgegen.

In der Sekunde, in der der Wagen zum Stehen kam, sprang Shay vom Rücksitz

»Du bist schon da! Ich hatte Angst, du könntest es dir anders überlegen.«

»Auf gar keinen Fall!« Lächelnd atmete Aiden ein und aus. Mit der kühlen Morgenluft verließ auch ein Großteil der Nervosität seinen Körper. Dass Shay ihn mochte, kam ihm wichtig vor. Wichtig und richtig. Es gab ihm das Gefühl, etwas wert zu sein. Seit er den Brief von Thomas Doyle zum ersten Mal in der Hand gehalten hatte, war sein ganzes Leben aus den Fugen geraten. Nichts von dem, worauf er sich bisher verlassen hatte, schien noch Bestand zu haben. Aber das hier, diesen kleinen Jungen zum Lachen zu bringen, das war gut. Daran konnte nichts etwas ändern.

Er ließ sich von Shay zurück zu dem Civic führen. »Wie geht's dem Arm?«

Shay rollte mit den Augen. »Dem geht's gut. Es war doch nur ein kleiner Schnitt. Du klingst genauso wie Mam.«

Sein Herz machte einen Satz. Nicht dass er sich einbildete, er könnte für Shay jemals eine so wichtige Rolle spielen wie seine Mutter oder seine Großmutter. Aber allein für Shay etwas zu sein, das über seine Rolle als medizinischer Versorger hinausging, bedeutete etwas. Bisher hatte er nie darüber nachgedacht, ob er eines Tages eine eigene Familie haben wollte. Eine ständige innere Unruhe hatte ihn daran gehindert, auch nur in Erwägung zu ziehen, eines Tages jemandem ein Zuhause geben zu können. Aber jetzt fragte er sich, ob man wirklich ganz angekommen sein musste, um ein guter Elternteil zu sein. War Orla nicht der Beweis dafür, dass es auch anders ging? Dass man auch ein bisschen verloren und trotzdem wichtig und richtig sein konnte, so wie man war?

Er richtete seine Aufmerksamkeit wieder auf Shay. »Immerhin habe ich dich zusammengeflickt. Sag mir wenigstens, ob die Wunde noch wehtut.«

Shay schüttelte den Kopf.

»Haben deine Mam und du die Wunde regelmäßig versorgt und neu verbunden? Keine Rötung an der Naht? Keine Schwellungen?«

»Aiiiiiden!«

Und schon wieder vollführte Aidens Herz dieses seltsame Tänzchen. Shay quengelte seinen Namen mit einer

Vertrautheit, als wäre er nicht irgendein Erwachsener, sondern jemand, bei dem er sich sicher genug fühlen konnte, um sich nicht von seiner besten Seite zu zeigen. Wer hätte gedacht, wie stolz es ihn machen könnte, jemandem auf die Nerven zu gehen?

Lachend hob er beide Hände. »Okay, okay, ich hör schon auf. Was ist jetzt? Wollen wir los? Ich hab gehört, ein paar Ponys warten dringend darauf, gestreichelt zu werden.«

»Aber so was von! Du darfst vorne sitzen. Mam besteht darauf, dass ich die blöde Sitzerhöhung benutze, wenn ich mit ihr im Auto fahre.«

»Kluge Mam.«

»Was für eine Erleichterung, dass du das so siehst.« Während er sich mit Shay unterhalten hatte, war auch Orla ausgestiegen. Sie lehnte mit einem Ellenbogen auf der geöffneten Autotür. Über das Dach des Wagens hinweg sah sie ihn an, und wenn sein Herz zuvor schon Sperenzchen gemacht hatte, spielte es jetzt vollkommen verrückt. Niemand lächelte wie Orla Reilly. Ihr ganzes Gesicht strahlte mit diesem Lächeln. Ihre Augen, ihr Mund. Ihre Wangen waren von tiefen Grübchen gezeichnet. In ihrer schwarzen Lederjacke und mit den Haaren, die ihr halb ins Gesicht fielen und halb zu einem zerzausten Knoten am Hinterkopf zusammengebunden waren, wirkte sie viel zu cool für diese Umgebung, und doch passte sie genau hierher. Vor dieses Haus, das ihm gehört hatte, bevor er überhaupt von seiner Existenz wusste.

»Steig ein.«

Er tat, wie ihm geheißen. Dass Orla nicht das Leben eines Rockstars führte, verriet spätestens ihr Auto. Unter dem roten Lack blitzte an mehreren Stellen Rost hervor, die Sitze waren durchgesessen, das Leder des Lenkrads abgeschabt. Dafür war der Innenraum umso sauberer. Ein angenehm frischer Geruch ging von einem Wunderbäumchen aus, das am Rückspiegel baumelte. Daneben hing ein zotteliges Monster aus blauer Wolle mit kugelförmigen Augen und einem ungenau ausgeschnittenen Stück Pappe als Mund. Sicherlich eine Bastelarbeit von Shay.

Nachdem er und Shay sich angeschnallt hatten, überreichte er dem Jungen die Drohne. Orla wendete den Wagen. Als sie die Hauptstraße erreichten, ergriff sie das Wort.

»Ich habe das Haus schon ewig nicht mehr von Nahem gesehen. Sieht aus, als würde eine ganze Menge Arbeit auf dich warten, wenn du den alten Kasten wirklich wieder fitkriegen willst.«

»Da sagst du was.« Verlegen fuhr er sich mit der Hand durchs Haar. »Wobei ich zuerst dachte, es sei noch schlimmer. Die ersten zwei Tage hier habe ich von früh bis spät geputzt, jetzt sieht es schon deutlich besser aus. Zumindest im Inneren. Das meiste, was jetzt noch fehlt, sind Schönheitsreparaturen. Zwei neue Fenster im Erdgeschoss zum Beispiel!« Im Rückspiegel zwinkerte er Shay zu. »Außerdem ein neues Treppengeländer. Die Innenwände können alle neue Farbe gebrauchen, die Fußböden gehören abgeschliffen, so etwas.«

»Und das willst du alles selbst erledigen?«

Er zuckte mit den Schultern. »Versuchen werde ich es zumindest. Früher habe ich mit meinem Dad gerne in seiner Werkstatt getüftelt. Wir werden sehen, ob was davon hängengeblieben ist.«

»Die Jungs aus meiner Klasse geben auch ständig an, wenn sie etwas mit ihrem Dad gemacht haben.«

»Hey!« Im Rückspiegel suchte Orla den Blick ihres Sohnes. »Wer sagt, dass man einen Dad braucht, um handwerklich aktiv zu sein? Am Campingplatz gibt es mehr als genug zu tun. Wir können das gemeinsam angehen. Du und ich, als Mutter-Sohn-Projekt. Das könnte cool sein, oder nicht?«

»Weiß nicht. Ich glaube nicht, dass ich besonders gut darin wäre.«

»Die Jungs, die dir das Leben schwer machen, waren sicher auch nicht von Anfang an in allem gut«, gab Aiden zu bedenken. »So ist das eben. Menschen sind in unterschiedlichen Dingen gut. Deine Mam kann zum Beispiel singen. Ich kann Wunden vernähen. Bin ich weniger wert, weil ich klinge wie ein liebeskranker Kater, wenn ich versuche, zwei gerade Töne herauszubekommen? Ist deine Mam weniger wert, weil sie nicht weiß, wie man einen gebrochenen Arm schient? Wir alle sind unterschiedlich, und das macht uns einmalig. Außerdem: Manchmal ist auch der Weg das Ziel. Ich kann jetzt auch noch kein ganzes Haus renovieren, aber ich freu mich drauf, es zu lernen. Lernen ist eine meiner Lieblingsbeschäftigungen!«

»Du lernst auch gerne? Echt?« Shay klang, als hätte Aiden ihm das Geheimnis vom Ursprung des Universums anvertraut.

»Und wie! Weißt du, alles, was man besitzt – coole Klamotten, tolles Spielzeug –, kann man wieder verlieren. Aber das, was man hier drin hat«, mit dem Zeigefinger tippte er sich an die Stirn, »kann einem niemand wegnehmen.«

Von der Seite her spürte er Orlas Blick auf sich. War er zu weit gegangen? Er überlegte, wie er zurückrudern konnte, ohne das Gesagte zurückzunehmen, denn obwohl er nicht in der Position war, Ratschläge zu erteilen, meinte er jedes Wort wie er es sagte.

Zum Glück kam ihm Shay zuvor. »Mam sagt auch immer, dass alles mit mir in Ordnung ist. Sie behauptet, sie arbeitet deshalb so viel, damit ich später mit meinem klugen Kopf alles anstellen kann, was ich mir wünsche. Aber sie muss das ja irgendwie sagen. Immerhin ist sie meine Mam. Von dir ist das was anderes.«

»Ich lüge dich nicht an. Hoch und heilig versprochen!« Er lächelte Shay zu. »Aber es stimmt nicht, dass deine Mam das sagen *muss*. Sie weiß, dass es für dich schwer ist, wenn sie oft nicht da ist, und trotzdem ist sie ehrlich zu dir und versucht dir die Gründe zu erklären. Das ist echt cool von ihr, weißt du? Meine Eltern waren nicht immer ehrlich zu mir. Und obwohl ich erwachsen bin, tut das ganz schön weh.«

An einer besonders schmalen Stelle der Küstenstraße kam ihnen ein Reisebus entgegen. Orla musste bremsen, trat zu fest auf das Pedal. Aiden wurde in den Gurt gedrückt. Der Bus passierte, Orla suchte seinen Blick.

»Sorry«, murmelte sie, sanft und traurig und ehrlich. Sie hätte die abrupte Bremsung meinen können, doch ihr Ton sagte etwas anderes.

»Schon okay.« Er sah aus dem Fenster. In Wirklichkeit war natürlich gar nichts okay, und das wussten sie beide. Es war nicht okay, dass die anderen Jungs in der Schule es Shay schwer machten, nur weil er anders war. Es war nicht okay, dass es all diese ungeschriebenen Regeln gab, an die man sich halten musste, obwohl niemand so recht wusste, warum, und es war nicht okay, dass seine Eltern ihn belogen und ihm damit das Fundament seiner Existenz geraubt hatten.

Vor dem Fenster erstreckte sich die Weite des Landes. Es war schon ein schönes Fleckchen, dieses Kerry. Rau und wild, ursprünglich und unverfälscht. Ein Blick in die Weite, auf das schaumgekrönte Meer, die Inseln in der Ferne und die Unendlichkeit des Horizonts genügte, und man konnte gar nicht anders, als mit sich selbst ins Gericht zu gehen. Zu fragen, wer man war, woher man kam und wohin man ging.

Am Rande seines Sichtfeldes sah er, wie Orlas Knöchel weiß hervortraten, so fest umklammerte sie das Lenkrad. Offenbar ging es ihr nicht anders.

☆

Junge, Junge, dieser Mann hatte das Zeug dazu, ihr gefährlich zu werden. Orla hatte nie davon geträumt, einen Partner an ihrer Seite zu haben, um Shay großzuziehen, doch ihren Sohn jetzt zu beobachten, wie er in Aidens Gegenwart auftaute und sich öffnete, ließ etwas in ihr schmelzen, was viel zu lang vereist und verhärtet gewesen war. Wie schön es wäre, jemanden zu haben, der …

Nein, sie umklammerte das Lenkrad und verbot sich, diesen Gedanken weiterzudenken. Wenn sie Shay wirklich eine gute Mutter sein wollte, musste sie diesmal ihr Leben ganz allein auf die Reihe bekommen. Ohne Stütze und doppelten Boden, ohne irgendjemanden, der es angeblich nur gut mit ihr meinte. Das bedeutete auch, der Verlockung des Mannes auf ihrem Beifahrersitz eine Absage zu erteilen. Desselben Mannes, der schon einmal in einem Moment der Dunkelheit wie eine Sternschnuppe in ihrem Leben aufgetaucht und ihr Mut gemacht hatte.

Sie spürte Aidens Blick auf sich, instinktiv wandte sie den Kopf in seine Richtung. Er sah so aufrichtig aus, so ehrlich in das Gespräch mit Shay vertieft. Die meisten Erwachsenen nahmen Kinder nicht ernst. Sie fanden sie süß oder nervig oder sahen es als ihre Pflicht an, sich mit ihnen zu beschäftigen. Aiden hingegen schien das Gespräch mit Shay ebenso zu genießen wie umgekehrt.

Dann fiel sein Blick in ihren, und sie konnte nicht mehr wegsehen. Was würde sie nicht darum geben, mehr von ihm zu erfahren! Sie wollte wissen, wer ihm wehgetan und was ihn zu dem Menschen gemacht hatte, der er heute war. Sie wollte alles über ihn wissen und alles mit ihm teilen, weil eine Stimme tief in ihrem Inneren ihr zuflüsterte, dass es sich lohnen würde. So hatte sie schon damals empfunden, vor vielen Jahren im *Pink Monk Emporium*. Als all ihre Träume keine Enttäuschungen, sondern noch Möglichkeiten waren.

Schluss! Sie zwang ihren Blick zurück auf die Fahrbahn. Der Tag heute gehörte Shay. Wegen ihm waren sie hier, und zwei kluge bernsteinfarbene Wolfsaugen, ein süßes Lächeln und Lippen, die sie wirklich, wirklich gerne küssen würde, würden sie nicht davon abhalten, an diesem Tag ausschließlich ihren Sohn in den Mittelpunkt zu stellen.

Paddys Hof erreichten sie kurz vor Mittag. Während der eineinhalbstündigen Fahrt begleitete sie das Geplapper von Shay und Aiden. Die beiden hatten den gleichen Humor, lachten über die Straßenverhältnisse und die Fahrer, die sich über das Lenkrad beugten, als würden sie nach Koboldgold suchen. Irgendwann, auf halber Strecke, begannen sie alberne Autofahrspiele zu spielen.

»Der Erste, der einen Traktor sieht, gewinnt!«, proklamierte Aiden, und Shay war sofort Feuer und Flamme. Es dauerte nicht lange, da sahen sie vor einem Bauernhof tatsächlich einen Farmer an einem roten Traktor hantieren.

»Jetzt ich!«, verlangte Shay. »Wer sieht sechs Schafe auf einer Weide?«

»Da!« Aidens Hand schoss vor und deutete auf einen Grasfleck unweit der Straße, wo flauschig weiße Punkte das Wiesengrün fleckten.

»Gilt nicht«, stellte Shay fest, »das sind mehr als sechs.«

»Was ist mit denen da?« Auch Orla mischte sich nun ein. Sie deutete auf eine andere kleine Schafherde.

»Nur drei«, monierte Shay. »Himmel, ihr beiden, könnt ihr wirklich nicht bis sechs zählen?«

»Wir sind eben nicht so cool wie du«, meinte Orla.

Falls sie auf Widerspruch von Shay gewartet hatte, wurde sie enttäuscht. Im Gegenteil, Shay legte noch eine Schippe drauf. »Du vielleicht nicht, aber Aiden ist cool.«

»Jackpot!«, rief Aiden aus. »Ich bin cool. Cool! So hat mich bisher noch niemand genannt.«

»Du bist supercool«, bestätigte Shay. »Wenn du willst, können wir einen Klub gründen.«

»Den Klub der supercoolen Superfans?«

Orlas Herz stolperte. So hatte er sich damals genannt. Ihren allerersten Superfan. Ob er sich daran erinnerte?

»Von wem sind wir denn Superfans?«, wollte Shay wissen.

»Na, von deiner Mam. Egal was du sagst, ich finde, sie ist die coolste von allen. Immerhin ist sie auf die Idee mit dem Ausflug gekommen.«

»Auch wahr«, gestand Shay ein. »Dann sind wir also die supercoolen Superfans!«

So ging es weiter und weiter, bis zu ihrer Rechten der Lough Leane auftauchte und sie beinah da waren.

Willkommen im Gestüt Gortnacarriga stand auf dem grünen Schild, das die Einfahrt zu Paddys Farm markierte. Früher hatte sie viel Zeit mit ihrem Onkel und seiner Familie verbracht, doch seit Shays Geburt war alles viel komplizierter geworden. Es hatte sie einiges an Überwindung gekostet, Paddy anzurufen, um diesen Ausflug klarzumachen.

Zwischen dreißig und vierzig Ponys lebten mittlerweile das ganze Jahr über auf dem Gestüt. Zuchtstuten, Fohlen, Hengste, Jährlinge und sogar ein paar Rentner verbrachten ihre Zeit auf den saftigen Koppeln und in den Offenställen. Besonders gern kam Orla im Herbst hierher. Dann kamen die Fohlen in den Fohlenkindergarten, wo sie sacht von ihren Müttern entwöhnt wurden. Die Tage verbrachten sie mit Gleichaltrigen auf den Feldern, durften tollen und spielen, während sie abends in einen eigenen Fohlenstall gebracht wurden.

Auch diesmal waren die frechen Pferdekinder die Ersten, die sie begrüßten. Neugierig galoppierten sie auf den Civic zu. Ihre Mähnen und Schweife waren noch nicht voll entwickelt, aber man konnte schon erahnen, welche Schönheiten aus den kleinen Pferden werden würden.

»Gehören die alle zur selben Rasse?« Aidens Stimme vibrierte vor Interesse und Begeisterung.

»Ja.« Orla drosselte die Geschwindigkeit, bis sie nur noch im Schneckentempo vorwärtskroch. So konnten Shay und Aiden nicht nur besser aus dem Fenster sehen, es diente auch der Sicherheit auf der Farm. Niemand konnte wissen, wann eines der Pferde durchging oder Onkel Paddy oder einer der Cousins mit dem Sulky um die Ecke bog. »Meine ganze Familie züchtet seit Generationen Tinker. Inzwischen heißt die Rasse natürlich Irish Cob. Onkel Paddy hat mit meinen Cousins das Gestüt aufgebaut und gewinnt inzwischen viele Preise mit den Pferden. Ich war schon immer gerne hier.«

Vor dem Wohnhaus hielt Orla an. Man sah dem Gebäude an, dass es im Laufe der Jahre immer mehr Menschen hatte Platz bieten müssen. Onkel Paddy selbst hatte das ursprüngliche Haus gebaut, als er beschloss, die Zucht zu professionalisieren. Nach und nach hatten seine Söhne Anbauten hinzugefügt. Jedes Mal, wenn einer ihrer Cousins heiratete, wuchs das Anwesen um einen weiteren Gebäudeteil. Tante Annie pflegte den Garten rund um das Haus, aber die Zucht begann gleich dahinter. Ein gewundener, von Kastanien gesäumter Kiesweg führte zu den Offenställen und Wirtschaftsgebäuden. Es gab ein Dressurviereck und einen Paddock, einen großen Sandplatz und natürlich eine Reithalle.

Sie schälte sich aus dem Wagen, streckte und dehnte die von der Autofahrt steifen Muskeln. Bei ihrem nächsten

Atemzug flutete malziger Pferdegeruch ihre Nase. Gab es ein besseres Aroma?

Offenbar hatte Onkel Paddy ihre Ankunft bemerkt. Shay und Aiden waren noch dabei, aus dem Auto zu klettern, da bog er bereits um die Ecke des Hengststalls. Ihr Onkel konzentrierte sich ganz auf Shay, Orla hätte genauso gut unsichtbar sein können. »Na, wen haben wir denn da? Da hat mir das Orla-Mädchen gesagt, sie kommt mit ihrem kleinen Shay. Doch mein Shay kann das nicht sein! Als ich den das letzte Mal gesehen habe, ging er mir nicht einmal bis zum Hinterteil, und jetzt steht da fast ein ausgewachsener Mann!«

»Onkel Paddy!« Mit ausgebreiteten Armen flog Shay seinem Großonkel entgegen. Seine Umarmung fiel so heftig aus, dass dem Älteren die Schiebermütze vom Kopf rutschte.

An Paddy schien die Zeit spurlos vorbeigegangen zu sein. Er sah aus wie immer: abgewetzte Cordhose, robustes Hemd und Hosenträger. Er klopfte Shay auf die Schulter, dann schob er den Jungen von sich weg. Gemeinsam gingen sie auf Aiden und Orla zu. »Tach, Orla.«

»Onkel Paddy.« Als sie versuchte zu lächeln, fühlte es sich an wie ein Fremdkörper in ihrem Gesicht. »Danke, dass wir kommen durften. Das hier ist Aiden. Ein …« Mist, sie hätte sich vorher überlegen sollen, wie sie Aiden vorstellte. Ein Freund von mir? Von Shay? Unser neuer Nachbar? Der Wunderheiler, der meinen Sohn vorm Verbluten gerettet hat? Der Mann, der offenbar immer dann in meinem Leben auftaucht, wenn ich mich verloren fühle? Das Letzte kam selbstverständlich nicht infrage. Die Wahrscheinlichkeit, dass Paddy und seine Familie Aidens Anwesenheit als Provokation empfinden würden, stand schon so bei etwa fünfzig zu fünfzig. Schließlich entschied sie sich für: »... ein Freund der Familie.«

Sich der ganzen Zwischentöne und Untertöne der Situation nicht bewusst, streckte Aiden lächelnd die Hand zum Gruß aus. »Freut mich, Sie kennenzulernen, Mr ...«

»Reilly«, vervollständigte Paddy. »Wir alle hier sind Reillys. So wie das Mädchen, an das du dich hier hängst, auch. Also überleg dir gut, ob du sie in Schwierigkeiten bringen willst. Sie ist nicht so allein, wie man denken mag.«

Eine Falte erschien zwischen Aidens Augenbrauen. Schwer zu sagen, ob das an dem lag, was Paddy gesagt hatte, oder eher an dem Wie. Orla verstand Paddys starken Akzent, weil sie damit aufgewachsen war, doch selbst für die meisten Iren klang Paddys Aussprache wie das Aneinanderreiben von Zahnrädern. Engländer? Die kapitulierten in der Regel schon nach den ersten paar Silben.

Eine Antwort erwartete Paddy ohnehin nicht von Aiden. Auffordernd gab er Shay einen Klaps auf die Schulter. »Finbar und Hughie sind bei den Jährlingen. Du kannst ihnen beim Füttern helfen, dann spannen wir einen der Gäule an und machen eine kleine Ausfahrt zum Strand. Jetzt ab mit dir.«

Das ließ sich Shay nicht zweimal sagen und sprintete davon. An Orla und Aiden gerichtet, meinte Paddy: »Ihr könnt euch gerne auch umschauen. Kennst dich ja noch aus hier. Ich würd ja sagen, geht ins Haus und macht euch eine Tasse Tee, aber ...« Das Ende des Satzes ließ er wie einen losen Faden in der Luft hängen.

Orla seufzte. »Tante Annie ist im Haus, und sie will mich nicht sehen.«

Immerhin hatte Paddy den Anstand, ein wenig verlegen zu wirken. »Du weißt, wie sie ist. Sie ist eng mit deiner Mam und den Brüdern und Schwestern.«

»Natürlich.« Auch nach über zehn Jahren kostete es Mühe, zu tun, als würden Paddys Worte nicht wehtun. Gerade noch so konnte sie sich davon abhalten, ihren Daumennagel zwischen die Zähne zu schieben. »Wir hatten sowieso nicht vor, Stubenhocker zu spielen.« Sie griff nach Aidens Oberarm. Sollte sich Onkel Paddy doch seinen eigenen Reim darauf machen, wer Aiden war und wie sie zu ihm stand. Wie sagte man so schön? Ist der Ruf erst ruiniert, lebt es sich ganz ungeniert.

Auf jeden Fall sah sie nicht ein, sich von altem Schmerz den Tag verderben zu lassen. Dafür hatte er viel zu gut angefangen.

☆

Die Ponys waren süß. Oder waren es in Wahrheit Pferde? Aiden hatte sich nie sonderlich mit den Vierbeinern beschäftigt. Als Kind waren Pferde für ihn in dieselbe Kategorie gefallen wie Tüllröcke, Feenflügel und Supermodel-Stickeralben. Ab und zu hinter vorgehaltener Hand ganz interessant anzuschauen, aber im Großen und Ganzen nicht sein Ding, und als Erwachsener in London hatte er keine Berührungspunkte mit Pferden. Von vereinzelten Polizeipferden mal abgesehen, konnte er sich nicht daran erinnern, wann er zuletzt ein lebendiges Pferd gesehen hatte.

Die Tiere auf dem Hof von Orlas Familie waren echt. Sie schnaubten und wieherten und schnüffelten nach Leckerlis in Orlas Jackentasche. Alle hatten unterschiedliche Zeichnungen und Farben. Manche waren braun-weiß gescheckt, manche schwarz-weiß, aber auch Schimmel und Rappen sah er. Gemeinsam war ihnen ein robuster Körperbau mit riesigen Hufen, langem Behang an den Beinen und einer breiten Nase.

Während sich die Stuten frei auf der Weide und im Stall bewegen durften, standen die Hengste in Boxen.

»Wenn Paddy die, wie sie wollen, unter die Stuten lassen würde, gäbe es hier richtig Zoff«, erklärte Orla.

Offenbar brauchte es eine ganze Menge Leute, um einen Hof wie diesen zu bewirtschaften. Immer wieder begegneten sie Arbeitern. Jedes Mal grüßte Orla freundlich. Jedes Mal wurde ihr Gruß mit einem ausweichenden Blick und höchstens einem unverständlichen Murmeln beantwortet.

Kein Wunder, dass sie sich da lieber an die Pferde hielt. Die schienen fast telepathisch zu verstehen, was Orla von ihnen wollte. Bereitwillig ließen sie sich von ihr Grashalme aus den Mähnen zupfen und die Hälse kraulen. Trotz aller Vorbehalte, die man ihr hier entgegenbrachte, wirkte Orla frei. Freier, als er sie je erlebt hatte, und ganz sicher freier als vor ihrem Auftritt im *Pink Monk Emporium*.

»Warum Musik?« Diese Frage beschäftigte ihn schon den ganzen Tag. Nun saßen er und Orla auf einem Koppelzaun am Rand des Fohlenkindergartens. Aus dem Auto hatte sie eine Thermoskanne Kaffee und ein paar Finger Shortbread geholt. Um ihre Beine strich eine braun getigerte Katze in der Hoffnung auf ein paar Krümel.

Ihre Hand mit dem Shortbread stockte auf halben Weg zum Mund. Fragend sah sie ihn an.

»Ich weiß, dass du dich mittlerweile erinnerst. Ich merk es daran, wie du mich manchmal ansiehst, wenn du glaubst, ich passe nicht auf. Dann fragst du dich, ob du mich drauf ansprechen sollst, entscheidest dich aber dagegen, weil alles schon zehn Jahre her ist und im Grunde für uns beide ziemlich peinlich.«

Sie legte den Keks zurück in die Dose. Mit der Hand strich sie sich ein paar Strähnen ihres Haares aus dem Gesicht. Ihm gefiel es, wie der Wind mit ihnen spielte. Genauso wie ihr Umgang mit den Pferden, wie die Art, in der sie in dieser Umgebung hier aufatmete, unterstrich es Orlas Verbindung zu diesem Land, zu diesem Ort. »Wenn du mal aufgetaut bist, hältst du dich nicht zurück, was?«

»Small Talk ist nicht so mein Ding. Meiner Erfahrung nach ist das Leben zu kurz für Unwahrheiten.«

»Du willst die ehrliche Antwort?«

Er nickte.

»Was soll ich sagen, Aiden? Ich habe schon immer gerne gesungen, und mit der Fiddle und der Gitarre war ich auch ganz gut. Wie gefühlt jeder Teenager dachte ich, wahnsinnig viel zu sagen zu haben. Also habe ich pathetisch-düstere Gedichte geschrieben und die vertont. Und plötzlich taucht da diese Frau in unserem Pub in Ballinskelligs auf und verspricht mir eine große Karriere, wenn ich ihr nach London folge. Welche Achtzehnjährige hätte dieser Versuchung widerstehen können?«

»Eine, die ihre Familie liebt und vor Heimweh eingehen würde, wenn sie sie verlässt.« Er machte eine kurze Pause, atmete den grünen Duft der Koppel in sich ein. So roch Irland, das war das Aroma, das Menschen suchten, wenn sie eine Reise auf die grüne Insel buchten. Ein Duft, den er von jetzt an für immer mit Orla verbinden würde. »Ich habe dich noch nie so friedvoll erlebt.«

Sie ließ sich seine Aussage kurz durch den Kopf gehen. »Du hast recht. Das hier, oder auch bei Nan, das bin ich. Auch wenn die Menschen hier der Meinung sind, ich gehörte nicht mehr zu ihnen.«

»So wie deine Tante?« Eine unschöne Ahnung nahm in seinem Kopf Gestalt an.

»Meine Tante, meine Cousins und Cousinen. Mein Dad, meine Mam, alle meine Geschwister. Paddy bildet eine Ausnahme, aber ich glaube, er macht das hauptsächlich, weil er nicht will, dass Shay ganz ohne männliches Vorbild aufwächst. Und Nan.« Ein Lächeln stahl sich auf ihre Lippen. »Natürlich ist da noch Nan. Sie ist die Einzige, die zu mir gehalten hat. Als ich damals auf ihrer Türschwelle stand, hat sie nicht eine Sekunde lang gezögert, mich bei sich aufzunehmen. Selbst dass sie es sich damit mit dem Rest der Familie verscherzt, hat sie nicht abhalten können.«

»Du kannst froh sein, dass du sie hast.«

»Das bin ich.« Sie goss sich Kaffee nach, hielt die Nase in den aufsteigenden Dampf und schwieg.

Aiden fragte vorsichtig weiter. »War Shay der Grund für das Zerwürfnis? Du musst ziemlich jung gewesen sein, als du schwanger wurdest.«

»Gerade siebzehn.«

Er verschluckte sich an seiner Spucke, musste husten. Siebzehn Jahre! Sie selbst war noch ein halbes Kind gewesen. Wie konnten Eltern so etwas tun? Wie konnten sie ihr Kind verstoßen, nur weil es einen Fehler gemacht hatte?

»Das Alter war aber gar nicht das große Problem. In meiner Familie heiratet man früh. Vor allem die Mädchen. Wenn Shays Vater einer gewesen wäre, den mein Vater mag, einer, der sich mit Pferden auskennt und ordentliches Geld mit anständigen Handwerksjobs hier und da verdient hätte, der um meine Hand angehalten, mich geheiratet und dann mit mir von der Hand in den Mund gelebt hätte, wäre alles wahrscheinlich kein Problem gewesen. Stattdessen habe ich mich zur Hure eines englischen Touristen gemacht.« Wie nannte sie sich? Bevor er seiner Empörung Luft machen konnte, hob sie abwehrend die Hände. »Seine Worte, nicht meine. Mit einer Nutte, die ihre Beine spreizt, sobald ein Fremder sie anlächelt, wollte er nichts mehr zu tun haben. Und voilà, hier bin ich. Zehn Jahre später und immer noch eine Ausgestoßene. Nur weiß ich jetzt, dass nicht nur meine Familie mich nicht will, sondern dass auch die Bühnenwelt eine schöne Illusion ist.« Ein freudloses Lachen entschlüpfte ihr. »Sorry, Aiden. Du siehst, das mit dem Star-Sein hat nicht geklappt. Heute wäre ich schon froh, wenn ich einen kleinen Platz für mich finden würde. Einen Ort, an den ich gehöre, und vielleicht auch etwas, worauf ich stolz sein kann. Der Plan, mit meinem Talent die Welt zu erobern, war eindeutig ein paar Nummern zu groß.«

Er wusste nicht, was er sagen sollte.

Schließlich war sie es, die das Schweigen brach. »Aber weißt du was?« Unternehmungslustig klopfte sie sich mit beiden Händen auf die Oberschenkel.

»Was?«

»Ich finde, Paddy hatte genug Zeit allein mit meinem Sohn. Jetzt sind wir an der Reihe. Shay kann ruhig sehen, dass seiner Mama beim Sulkyfahren so schnell keiner das Wasser reichen kann.«

»Na, dann mal los.«

Er sprang als Erster vom Zaun, reichte ihr eine Hand, und obwohl sie seine Hilfe sicher nicht brauchte, legte sie ihre Hand in seine. Viel zu schnell ließ sie ihn wieder los.

Sie fanden Paddy und Shay bei einem Picknick auf einer Strohballenburg. Orla zeigte Shay, wie man ein Pferd einspannte, und dann ging es los. Nicht lange, und der Fahrtwind kitzelte seine Haut, das rhythmische *Klappklappklapp* der Hufe vibrierte durch seine Adern, trieb seinen Puls an und füllte ihn mit Lebendigkeit. Als sie an Ententeichen und durch kleine Mischwälder fuhren, flog die Landschaft an ihm vorbei. Er musste sich am Sitz festhalten, um bei der rasanten Fahrt nicht das Gleichgewicht zu verlieren, und immer wieder jauchzte Shay vor Vergnügen. Bald glühten auch Orlas Wangen vor Freude. Wild flatterten ihre Haare im Fahrtwind, sie hielt die Zügel fest in der Hand, und er dachte: Das hier war der Ort. Hier gehörte sie hin. Nicht auf den Hof ihres Onkels, aber in dieses Land, wo der Wind ihr Spielgefährte war und nach jedem Gewitter ein Regenbogen den Himmel erhellte.

Ein Fehler hatte ihr diesen Ort schon einmal genommen, und das Letzte, was er wollte, war, ihr nächster zu sein.

5

Nans Tipp von den Sternen:
Nicht alles, wonach wir uns sehnen, bringt uns Glück. Die Sonne in der Jungfrau steht in Opposition zum Neptun in den Fischen. Kommt dann auch noch Pluto im Steinbock dazu, heißt es zu prüfen: Was verleiht uns Flügel – und was hält uns zurück?

Eine Woche nach dem Ausflug mit Orla und Shay traf Aiden drei Entscheidungen. Erstens: Einer zehn Jahre alten Schwärmerei nachzuhängen, machte nur unglücklich. Sein Leben war schon kompliziert genug, da half es nichts, nächtelang darüber nachzudenken, wie es wäre, Orla zu küssen und ihr zu zeigen, wie unglaublich er sie fand. Obwohl das Leben ihr immer wieder Steine in den Weg gelegt hatte, hatte sie nie ihren Mut verloren und sich stets ihr Lächeln bewahrt. Shay zuliebe war sie sogar an den Ort zurückgekehrt, an dem ihr so viel Unrecht widerfahren war. Statt sie heimlich zu bewundern und sich zu wünschen, gut genug für sie zu sein, sollte Aiden sich lieber ein Beispiel an ihr nehmen.

Dies führte ihn direkt zu seiner zweiten Entscheidung: Wenn Kerry für ihn nicht nur ein Ort war, um sich zu verstecken, dann musste in dem Haus mehr passieren als ein paar oberflächliche Putzmaßnahmen. Ehe er von hier aus weitergehen konnte, musste er sich dem stellen, was ihn an diesen Ort gebracht hatte, und das bedeutete, er musste ausmisten. Symbolisch wie wortwörtlich. Jedes einzelne Teil, das Nora und Francis ihm hinterlassen hatten, musste er in die Hand nehmen, um zu entscheiden, ob es einen Platz in seinem Leben bekäme. Mit etwas Glück wäre er am Ende dieser Aktion schlauer als jetzt.

Drittens musste er Kontakte knüpfen und Freunde finden. Sich hinter losen Bekanntschaften, seinen Büchern und in Museen zu verstecken, hatte vielleicht in London funktioniert. Aber nur eine Woche in der Praxis von Dr. Robinson hatte ihm gezeigt, dass Kerry anders tickte. Kaum hatte sich herumgesprochen, dass es einen »neuen Arzt« gab, litt die halbe Landbevölkerung plötzlich unter diversen Wehwehchen. Dabei spielte es keine Rolle, wie oft Aiden erklärte, dass er kein Arzt sei. Die Leute klagten über plötzlichen Schwindel, Magengrummeln oder Stechen im Rücken und fragten ihn nach seiner Lebensgeschichte. Von Nora und Francis erzählte er nicht, doch jedes Mal wenn er eine ausweichende Antwort auf eine Frage gab, schien das die Neugier der Menschen nur weiter anzuheizen. Natürlich freute er sich über jeden neuen Eintrag in seiner Patientenkartei, aber wenn er nicht zur Hauptattraktion ganz Ballinskelligs werden wollte, musste er den Gerüchtegeiern genug Futter geben, damit sie sich keine eigenen Geschichten ausdachten.

Wenn er ehrlich mit sich war, dann war es auch gar nicht nur reine Notwendigkeit, die ihn an diesem Samstag nach der Arbeit auf der Suche nach einem Feierabendbier aus dem Haus trieb. Seit seiner überstürzten Abreise aus London hatte sich niemand nach ihm erkundigt. Kein einziger seiner sogenannten Freunde hatte sich die Mühe gemacht, herauszufinden, wie es ihm ging. Was machte er falsch, dass er immer so unsichtbar blieb? Oder wollte er zu viel? War es bei Menschen wie bei Planeten, die sich niemals berührten?

Nein, Grübeleien brachten ihn nicht weiter. Schon früher hatten sie ihn oft genug vom echten Leben ferngehalten. Wenn er wollte, dass sich etwas änderte, musste als Erstes er selbst sich ändern. Deshalb war er hier.

Das *Jolly Sailor* war ein Pub, wie man ihn von Postkarten kannte. Weiß getünchte Steinmauern, niedrige Fenster und ein strohgedecktes Dach ließen das Haus wie aus einem anderen Jahrhundert erscheinen. Eine nostalgische Gaslaterne am Giebel und ein metallenes Hängeschild über dem Eingang verstärkten diesen Eindruck noch. *The Jolly Sailor* stand auf dem Schild, darunter die Info: *Est. 1668*. Aiden pfiff leise durch die Zähne. Wenn das stimmte, musste das *Jolly Sailor* einer der ältesten Pubs der Insel sein. Blieb nur noch die Frage, ob das Innere hielt, was es versprach.

Mit seinen ein Meter achtzig war er nicht gerade ein Hüne. Trotzdem musste er den Kopf einziehen, als er durch die gelb gestrichene Tür trat. Die holzvertäfelten Wände und die hölzerne Theke, die fast die gesamte Längsseite des Pubs einnahm, vermittelten eine rustikale Atmosphäre. Tische und Stühle sahen aus, als stammten sie aus den Fünfzigerjahren. Hinter einer Sicherheitsglasscheibe loderte ein Feuer in einem offenen Kamin. Der einzige Beweis dafür, dass Aiden nicht durch ein Portal in eine andere Zeit gefallen war, war der überdimensionale Flachbildfernseher über dem Kamin. Auf dem Bildschirm maßen sich gerade zwei Mannschaften in einer Sportart, die auf den ersten Blick wie eine Mischung aus Hockey und Rugby aussah. Spieler mit Schutzmasken und seltsam überdimensionierten Hockeyschlägern jagten in rasantem Tempo über einen Rasenplatz. Die Banderole am unteren Bildschirmrand informierte darüber, dass es sich um die Highlights der letzten Hurling-Saison handelte. Aiden sah sich nach einem freien Platz um. Er hatte zu Hause ein paar Spiegeleier auf Toast gegessen, aber der Geruch von Bier, Rauch und würzigem Eintopf, der im Pub in der Luft lag, ließ seinen Magen knurren.

Trotz der frühen Abendstunde konnte sich das *Jolly Sailor* nicht über fehlende Kundschaft beschweren. Alle Tische waren voll. Selbst am Tresen mussten schon einige Gäste stehen, weil alle Barhocker besetzt waren. Er zog seine Jacke aus und trat an die Bar. Ein Pint würde auch im Stehen gehen, und auf den Eintopf musste er eben verzichten.

»Aiden?« Wie ein Blitz fuhr ihm ihre Stimme in die Brust. Warum hatte er sie hier nicht erwartet? Sie kannte die Menschen der Gegend immerhin seit ihrer Kindheit.

»Setz dich zu uns! Wie schön, dich zu sehen.«

So viel zu seinen guten Vorsätzen, Abstand zwischen sich und seine Schwärmerei für Orla zu bringen. Innerlich gab er sich einen Ruck. Unfreundlich wollte er auch nicht sein. Die Hände in den Hosentaschen der Jeans vergraben, die Mundwinkel zu einem Lächeln verzogen, näherte er sich dem Tisch, an dem Orla mit vier oder fünf anderen Personen saß.

»Hey«, sagte er. Seine Stimme zitterte leicht. In seinem Beruf musste er jeden Tag auf fremde Menschen zugehen, das war ihm noch nie schwergefallen. Aber sobald er sich nicht mehr hinter seiner medizinischen Fassade verstecken konnte, geriet sein Selbstvertrauen ins Wanken. »Ich bin Aiden. Freut mich.«

Unaufgefordert rückten alle zusammen, um ihm Platz zu machen. Das Grüppchen bestand aus drei Männern, zwei Frauen und Orla. Orla übernahm die Vorstellung.

»Also: Hier ganz rechts auf der Bank haben wir Arthur. Er ist Postbote und kennt jeden im weiteren Umkreis. Wenn du wissen willst, was in Ballinskelligs vor sich geht, halte dich an ihn. Er liefert nämlich nicht nur Pakete aus, sondern hat auch immer den neusten Tratsch im Gepäck.«

»Ach, du.« Lachend drohte der Angesprochene Orla mit dem Finger. Er war ein hagerer Mann Mitte fünfzig mit schütterem rotbraunen Haar und schräg stehenden, leuchtend blauen Augen. »So schlimm bin ich gar nicht. Was soll ich sagen? Ich bin eben ein netter Mensch. Vertrauensvoll. Deshalb schütten mir die Leute gerne ihr Herz aus.«

»Cillian neben Arthur gehört der Baumarkt an der Ecke, wo der Weg nach Cill Rialaig abgeht. Egal was du brauchst, ich verspreche dir, Cillian kann es dir besorgen.«

»Ich glaube, wir haben uns schon kennengelernt«, erwiderte Aiden. »Zumindest im Vorbeigehen. Ich habe meine Vorräte im *Morahan's* aufgestockt.«

»Ja, ich hab dich ein paarmal zwischen unseren Regalen herumschleichen sehen«, bestätigte Cillian Aidens Vermutung. »Freut mich, dich jetzt endlich offiziell kennenzulernen.« Aiden schätzte ihn auf Anfang dreißig, womit er mit Orla und ihm selbst zu den Jüngeren der Anwesenden gehörte.

Die Frau, die Orla als Mona French vorstellte, hatte ein rundes Gesicht und ein ansteckendes Lachen, freundliche braune Augen und schulterlanges dunkles Haar. Sie spielte regelmäßig mit Orlas Großmutter Bridge und arbeitete ehrenamtlich als Telefonseelsorgerin.

»Irgendeinen Zweck muss das Theologiestudium ja erfüllen«, meinte sie zwinkernd. Neben ihr rutschte Aiden auf die Bank.

»Auf der anderen Seite des Tisches haben wir dann noch Cormack, unseren Bürgermeister, und Imela. Imela hat ein ganz besonderes Händchen für Rosen. Wenn du mit deinem Haus fertig bist und dir als Nächstes den Garten vornehmen willst, ist sie die Frau, die du dir mit ins Boot holen musst.«

»Das merk ich mir.« Um ehrlich zu sein, bezweifelte Aiden, dass er sich irgendetwas von den Informationen merken konnte, mit denen Orla ihn fütterte. Es waren einfach zu viele, und außerdem wurde er von ihrem Lächeln und dem Spiel der Lichtpunkte in ihren Augen abgelenkt.

»Na, du bist mir eine«, schalt Imela Orla. »Verschacherst hier einfach meine Arbeitszeit. Als ob wir mit den ganzen Lichtschutzmaßnahmen, die uns der liebe Herr Bürgermeister aufdrängt, nicht schon genug zu tun hätten.«

»Ihr macht das doch gerne«, protestierte Cormack. »Wir alle profitieren von unserem schönen schwarzen Nachthimmel.«

»Wenn das jetzt wieder anfängt, gehe ich lieber zur Bar und hol noch 'ne Runde.« Orla erhob sich von ihrem Platz. »Aiden, was darf's bei dir sein?«

Er fummelte in seiner Hosentasche herum und fand einen Fünfeuroschein. »Was trinkt ihr denn so?«

»Mit einem Dark Stout kannst du kaum was falsch machen. Aisling und Liam haben einen Vertrag mit einer örtlichen Kleinbrauerei. Wenn du einen experimentierfreudigen Gaumen hast, kann ich dir das Hafer-Kaffee-Stout empfehlen. Oder ein Blond Ale. Das Ale, das hier aus dem Zapfhahn fließt, mögen die meisten Männer. Trotz der Fruchtigkeit ist es schön hopfig und dadurch leicht bitter.«

»Bewirbst du dich um einen Job bei Aisling?«, neckte Mona. Aisling und Liam mussten dann wohl die Pubbesitzer sein.

Orla winkte ab.

»Ich probiere das Hafer-Kaffee-Stout«, meinte Aiden. Der Gedanke, dass Orla dann wenigstens irgendetwas an ihm abenteuerlich finden würde, gefiel ihm.

Kaum verschwand sie aus seinem Blickfeld, fiel es ihm wieder leichter, klar zu denken. Etwas, das eine der anderen gesagt hatte, fiel ihm wieder ein.

»Ihr habt gerade von Lichtschutzmaßnahmen gesprochen?« Fragend hob er die Augenbrauen. »Was kann man sich darunter vorstellen?« Für ihn als Hobby-Astronom gab es kaum etwas Schöneres als einen schwarzen Nachthimmel. Viel zu oft versperrte Licht den Blick in die Sterne.

Cormack nickte. »Ja, Ballinskelligs ist quasi das Zentrum des Dark Sky Reserve. Der Verband, der diese Sternenparks ausweist, hat uns bestätigt, dass nirgends auf der gesamten nördlichen Hemisphäre der Nachthimmel so dunkel ist wie in Kerry.«

»Wie krass!«

»Allerdings«, bestätigte Cormack. »Aber unser Sternenpark ist noch aus einem anderen Grund besonders. Es ist der einzige weltweit mit dieser Dunkelheitsstufe, der auch bewohnt ist. Damit das so bleibt, unternehmen wir einige Anstrengungen. Jeder und jede kann etwas beitragen.«

»Cormack hier hat uns alle dazu gebracht, unsere Hausbeleuchtungen zu überdenken«, mischte sich jetzt auch Arthur in das Gespräch ein. »Bei meinen Runden merke ich, dass fast alle diesem Sechs-Punkte-Plan folgen, den du von den Leuten vom Verband bekommen hast.«

»Was für ein Plan ist das?«

»Auswendig kann ich dir das nicht sagen.« Imela zuckte mit den Schultern. »Es geht um die Lumenwerte der Beleuchtungsquellen, die Verringerung von Streulicht, indem man sicherstellt, dass Lampen nur nach unten strahlen. Außerdem spielt die Lichtfarbe eine Rolle.«

»Und die Montagehöhe«, ergänzte Cillian. »An der Ladenfassade haben wir alle Außenlampen weiter nach unten gesetzt. Und natürlich überlegen wir uns gut, wann der Laden beleuchtet sein muss. Wenn niemand da ist, um Kunden zu bedienen, müssen sie den Laden auch nicht finden. Ein Wunder, dass meine Eltern und ich da nicht früher drauf gekommen sind.«

»Das merke ich auch in den Gärten, die ich für Kunden pflege«, stimmte Imela zu. »'ne Zeit lang war das ein richtiger Trend. Jeder Teich, jeder hübsch gewachsene Strauch oder Busch musste beleuchtet werden. Aber ist das wirklich nötig? Ich sage ja, alles hat seine Zeit. Tagsüber können wir die Wunder auf der Erde bestaunen. Die Nacht gehört den Sternen.«

Was für ein unglaublich schöner Gedanke.

Orlas Rückkehr unterbrach das Gespräch. Mit Schwung stellte sie das Tablett mit den Pint-Gläsern auf den Tisch. Schaumiges Bier schwappte über einige Ränder. Alle bedienten sich, tranken gierig ein paar Schlucke ab.

»Redet ihr immer noch über diese Sternenpark-Sache?« Ihm gegenüber nahm sie Platz. Ihre Lippen glänzten feucht vom Bier. Unwillkürlich fragte er sich, wie das Getränk direkt von ihrem Mund schmecken würde. Schon aus dem Glas war der Geschmack köstlich.

Er setzte sein Bier ab. »Ja. Bevor ich hierhergekommen bin, wusste ich gar nicht, dass Sternenbeobachtung in dieser Gegend so großgeschrieben wird.« Kurz lachte er auf. »Wahrscheinlich wäre ich sonst schon viel früher gekommen. Ich bin Hobbyastronom. Seit ich ein Kind bin, interessiere ich mich für die Sterne.«

»Das wird unsere Nan freuen.« Mona rieb sich die Hände. »Die sucht doch immer neue Opfer, denen sie die Zukunft aus den Sternen lesen kann.«

Cillian verdrehte die Augen. »Du verwechselst mal wieder Astronomie und Astrologie. Ich glaube nicht, dass Aiden möchte, dass Nan ihm ein Horoskop erstellt.«

»Mich interessiert eher das Fenster in die Vergangenheit, das Sterne für uns sind.« Sein Blick verlor sich im Nichts. Er dachte an all die Bilder von Konstellationen und Phänomenen im All, die er im Laufe seines Lebens gesehen hatte.

An all die Welten, die existierten, ohne dass die Menschheit von ihnen wusste, weil ihr Licht zu lange brauchte, um bis zur Erde zu reisen. »Nirgends sonst verwischen die Grenzen zwischen Raum und Zeit so sehr wie beim Blick in den Nachthimmel. Es ist und bleibt ein Faszinosum.«

»Du solltest dich beim Verband als Sternenbotschafter bewerben«, schlug Cormack vor. »Die suchen immer Profis und Hobbywissenschaftler, die Besuchern in der Gegend erklären, warum Lichtverschmutzung so ein großes Problem ist. Es geht ja nicht nur um den unverstellten Blick in den Nachthimmel. Ganze Arten sterben aus, weil es einfach zu viel Licht in unserer Welt gibt.«

»Wenn von denen nur die Hälfte so tickt wie ich, nehmen die schon Reißaus, wenn sie das Wort ›Wissenschaft‹ hören.« Orla rollte mit den Augen. »Und spätestens bei ›Lumen‹ und ›Watt‹ habt ihr sie dann ganz verloren. Sternengucken ist ja schön und gut, aber ich gehe jede Wette ein, dass der Großteil der Leute, die sich nachts auf eine Wiese legen, um in den Nachthimmel zu schauen, das nicht aus wissenschaftlichem Interesse machen. Die machen das, weil es romantisch ist und idyllisch und auf diese ganz besondere Art sentimental, die auf die allerbeste Weise wehtut. Genau hier.« Theatralisch klopfte sie sich gegen die Brust. An eine Stelle, wo sie wohl ihr Herz vermutete, es in Wahrheit aber um gut und gerne zehn Zentimeter verpasste.

Die anderen lachten. Cillian machte eine zustimmende Handgeste. »Ich fürchte, sie hat recht.«

Orla fuhr fort: »Wenn ihr wirklich hofft, mit dem Sternenpark und dem Nachthimmel und den Sternenbeobachtungen Touristen in die Gegend zu bringen, die länger als einen halben Tag bleiben, dann müsst ihr sie dort packen, wo es zählt.«

»Bei ihren Geldbeuteln?«, schlug Arthur feixend vor.

Orla gab ihm eine Kopfnuss. »Oh, du sturer, zynischer alter Mann! In ihrem Herzen musst du sie treffen! Davon rede ich!«

Wieder lachten alle, und Aiden verlor sich in dem Glanz, der von ihr ausging. Sie war so … echt, so kompromisslos sie selbst. Orla ließ sich nicht vorschreiben, was sie denken oder fühlen sollte. Was sie ihm erzählt hatte, dass sie sich manchmal als Spielball anderer fühlte, erst der ihrer bigotten Familie, dann der ihrer ruchlosen Managerin? Er wollte ihr ihre Gefühle nicht absprechen, aber seiner Meinung nach ging sie viel zu hart mit sich ins Gericht. So, wie er die Sache sah, hatte Orla nämlich nur aus ihrem Herzen heraus gehandelt und war sich selbst stets treu geblieben. Natürlich war das nicht ohne Opfer vonstattengegangen. Sie hätte Shay weggeben können, oder nicht? Vielleicht hätte das ihre Familie besänftigt. Sie hätte der Bühnenwelt schon viel früher den Rücken kehren und zurück nach Kerry kommen können. Aber beide Male hatte sie sich dagegen entschieden, weil das Ziel, das sie erreichen wollte, wichtiger war als der Weg dorthin. Dann war sie eben noch nicht angekommen. Was spielte das schon für eine Rolle? Immerhin wusste sie, was sie wollte. Sie war da, in jedem Augenblick ihres Lebens war sie zu hundert Prozent da, statt so zu tun als ob. Nicht so wie Aiden, der ein Künstler im Anpassen war, der immer mittrottete, aber niemals eigene Spuren hinterließ.

Er nahm einen weiteren großen Schluck seines Biers. Noch nicht einmal das halbe Pint war leer, und schon merkte er den Effekt. Sein Kopf fühlte sich wattig an, seine Gedanken drifteten vom Hier und Jetzt in eine Welt, in der er die Hand nach Orla ausstrecken, mit seinen Lippen ihr Lächeln kosten und in ihrem Strahlen baden könnte. Doch diese Welt war nicht echt. Er hatte es während ihres Ausflugs gefühlt. Orla mochte ihn. Als Freund. Er wusste, wie es sich anfühlte, abgewiesen zu werden. Er erinnerte sich an Matt Blake aus der Grundschule und daran, wie es sich angefühlt hatte, als der wortlos aufgestanden war, als Aiden gefragt hatte, ob er sich zum Mittagessen zu ihm setzen könne. Er erinnerte sich an Gemma Swan aus der Achten und ihre gestotterten Erklärungen, dass sie Aiden einfach nicht auf diese Weise mochte, als er all seinen Mut zusammengenommen und versucht hatte, sie zu küssen. Er erinnerte sich an das hilflose Grinsen seiner Eltern, als er ihnen das Planetenmodell gezeigt hatte, mit dem er den Physikpreis der Unterstufe gewonnen hatte, und daran, wie er zum ersten Mal begriffen hatte, dass hören und wirklich zuhören zwei unterschiedliche Sachen waren. Nein, er konnte sein Herz mit Orla nicht riskieren. Nicht ehe er sich wieder stark genug fühlte, um die Ehrlichkeit zu ertragen, die er sich von ihr wünschte.

Leicht wankend erhob er sich. »Ich muss nach Hause. War wirklich schön, euch kennenzulernen. Sicher sieht man sich.« Zum Abschied klopfte er mit den Fingerknöcheln auf die Tischplatte.

Die anderen erwiderten seinen Gruß, nur Orla sah ihn

schweigend an. Große blaue Augen voller Fragen. War das etwa eine Spur Verletztheit in ihrem Blick?

Das wollte er nicht! Aber was sollte er tun? Sie hatten einen wunderbaren, aufregenden Tag zusammen mit Shay auf dem Pferdehof verbracht. Sicher, seither hatte Shay ihn ein paarmal besucht, und Aiden hatte dem Jungen die Fortschritte an dem Haus gezeigt, das Shay so sehr faszinierte. Aber jedes Mal hatte Aiden tunlichst vermieden, die Sprache auf Orla zu bringen. Und nun trafen sie sich im Pub, Orla war nett zu ihm und stellte ihn ihren Bekannten vor, und was machte er? Zahlte es ihr heim, indem er kein einziges persönliches Wort mit ihr wechselte und nach einem Pint die Flucht ergriff. Aber er musste fort von hier. Er durfte es einfach nicht zulassen, dass er sich weiter und immer weiter in ihrem Netz aus Charme und Witz und Schönheit verfing. Er mochte Shay. Und er mochte Orla, und er hatte einmal zu oft erlebt, was passierte, wenn er Menschen in sein Herz ließ.

✲

Kein Licht schien aus dem Wohnwagen, als Orla nach Hause kam. Eigentlich hatte sie gar nicht ausgehen wollen, doch Nan hatte darauf bestanden. »Du kannst dich nicht ewig verstecken«, hatte sie gesagt. »Seit du mit Shay und diesem neuen Arzt bei Paddy warst, weiß sowieso jede Seele zwischen hier und Killarney, dass du wieder da bist. Halt dein Kinn hoch, Mädchen, und zeig dich! Meine Orla hat nichts zu verstecken.«

»Was ist mit Shay?«

Nan hatte nicht einmal antworten müssen, um Orla klarzumachen, wie lächerlich ihr Einwurf war. Ein leichtes Heben von Nans Augenbrauen hatte genügt. Ihre Großmutter hatte sich zehn Jahre lang jeden Tag um Shay gekümmert, da kam es auf einen Abend mehr oder weniger nicht an.

Sobald Orla sich überwunden hatte zu gehen, war es, als wäre sie nie aus Ballinskelligs weg gewesen. Arthur hatte sie zuerst gesehen und sie sofort an seinen Tisch gerufen. Niemand hatte sie nach ihrer Karriere in London gefragt oder gemunkelt, warum sie heimgekehrt war. In Kerry kamen und gingen die Leute. Orla war nicht die Erste, die für eine Weile die raue Landschaft ihrer Heimat gegen den Asphalt und die Hektik einer Großstadt eingetauscht hatte. Wäre Aiden nicht plötzlich auf der Bildfläche erschienen und fast genauso schnell wieder verschwunden, wäre sie wahrscheinlich noch eine Weile länger geblieben. Sie hatte sich so gefreut, ihn zu sehen. Ihr Herz hatte einen richtigen Purzelbaum vollführt, doch dann war er gegangen, kaum dass er ein einziges Pint getrunken hatte. Die Worte, die er mit ihr gewechselt hatte, ließen sich an einer Hand abzählen. Nicht dass er einem Gespräch aus dem Weg gegangen wäre. Mit den anderen hatte er sich durchaus unterhalten. Der ganze Abend hatte kein Recht, sich wie ein missglücktes Date anzufühlen. Sie und Aiden hatten nämlich gar kein Date gehabt. Aiden war Shays Freund, nicht ihrer. Jedenfalls nicht in erster Linie, und sie hatte absolut keinen Grund, enttäuscht zu sein.

So leise es ging, öffnete sie die Trailertür und trat ein. Sie hängte ihre Jacke auf, streifte die Schuhe von den Füßen und stellte sie auf das dafür vorgesehene Regalbrett. Wenn man auf so engem Raum lebte, war es wichtig, Ordnung zu halten. Das hatte Orlas Mama ihr eingebläut. Nur weil sie anders lebten als die meisten hieß das nicht, dass sie kein schönes Zuhause haben konnten. Die Reillys hatten ihren Stolz, und der zeigte sich in bunten Vorhängen und einem Fußboden, der so sauber war, dass man davon hätte essen können.

Sie strich sich die Haare aus dem Gesicht, seufzte. Um ins Bett zu gehen, war sie noch nicht müde genug. Eine innere Unruhe hatte seit dem ganzen Gerede über die Bedeutung der Sterne und der Wichtigkeit von Dunkelheit von ihr Besitz ergriffen. Ihr Blick fiel auf den altmodischen Röhrenfernseher, der auf einem Regalbrett gegenüber vom Esstisch stand. Sie könnte ein bisschen TV schauen, um runterzukommen.

Ein Schnarchen aus Nans Schlafzimmer ließ sie den Plan verwerfen. Ihre Großmutter beschwerte sich oft genug über schlechten Schlaf, da wollte sie sie nicht stören.

Weil es eigentlich keine Alternative gab, schob sich Orla auf die Essbank. Mondlicht schien durch das Fenster. Als perfekter Halbkreis stand der Erdtrabant am Himmel. Wie leuchtende Sommersprossen auf der Haut eines göttlichen Wesens funkelten einige Sterne in seiner Nachbarschaft. Nur ein vager Schatten verriet, dass es da noch mehr gab – die dunkle Seite des Mondes. Kein Wunder, dass er die Menschen faszinierte. Dieser leuchtende Kreis am Himmel, der kam und ging. Der mit seiner Magie die Gezeiten beherrschte, das Werden und Vergehen der Welt. Sie wusste nicht, in welcher Phase sich der Mond gerade befand. Nan, mit ihrer Liebe zu Horoskopen und dem Glauben an die

Kraft des Kosmos, könnte es ihr mit Sicherheit sagen. Ohne wirklich zu wissen, was sie suchte, zückte sie ihr Handy und begann zu surfen. Was hatte sie den anderen im *Jolly Sailor* gesagt? Touristen müssen emotional angesprochen werden, wenn sie sich für das Thema Nachthimmel begeistern sollten. Wahllos gab sie Suchbegriffe ein. »Sternenpark« und »Sternbilder«, »Mondphasen« und »Tourismus«. Die meisten Überschriften las sie nur quer. Es war wirklich erstaunlich, wie viel es zu dem Thema zu entdecken gab. Es gab ganze Reiseveranstalter, die sich auf Astro-Reisen spezialisiert hatten. Dabei handelte es sich keineswegs um verschiedene Reiseziele für verschiedene Sternzeichen, sondern um Reisen zu bemerkenswerten astronomischen Phänomenen wie einer Sonnenfinsternis in ein fernes Land oder zu einem perfekten Sternenhimmel, wie er in Kerry angeblich existierte. Obwohl sie so viel Zeit in London verbracht hatte, hatte sie nie wirklich darüber nachgedacht, was für ein seltener Schatz es heutzutage war, das funkelnde Band der Milchstraße zu sehen. Kein Wunder, dass Aiden so begeistert geklungen hatte. Und doch: Orla war immer noch davon überzeugt, dass es einen besseren, einen emotionaleren Weg geben musste, um die Menschen für die Sterne zu begeistern.

Sie klickte weiter, las hier und dort. Sie kam auf die Seite einer Promi-Astrologin, die angeblich auch zahlreiche Größen aus Politik, Wirtschaft und dem Showbusiness beriet.

Schon seit Jahrtausenden spielen Horoskope eine wichtige Rolle, wenn Menschen mehr über ihren Platz in der Welt erfahren wollen. Spiritualität kann wie ein Gegengift zu den Ängsten und Traumata in unserem Inneren wirken, wie ein Fenster in unsere Seele, ein Nebenprodukt von Selbstfürsorge und Wellnessboom. Horoskope können individuelle Einblicke in unser Leben ermöglichen und uns auf unserem Weg bestätigen.

Ja!, dachte Orla. Genau das war es, was sie versucht hatte auszudrücken, nur dass ihre Worte weniger eloquent, ihre Argumente nicht so fließend vorgetragen daherkamen. Wenn Nan ihr ihre Tipps von den Sternen schickte, dann fühlte sich Orla geborgen. *Spirituelle Führung*, hieß es in dem Artikel, und das war etwas ganz anderes als der nüchterne, wissenschaftliche Blick der Astronomie auf den Kosmos.

Gefangen las sie weiter. Faszinierend, in welche Geschäftsbereiche die Astrologie bereits vorgedrungen war. Es gab Zodiac-Schmuck und astrologische Jahreskalender, dazu astrologische Beratungen, Blogs und Kolumnen in Zeitungen sowie eine Vielzahl an Apps, die Usern erklärten, wie man sich den Sternzeichen entsprechend kleiden oder pflegen sollte, wie man seine Wohnung am besten einrichtete, wann man eine Diät anfangen sollte, wann der richtige Zeitpunkt war, um sich die Haare zu schneiden, und wann, um ein Großprojekt zu starten.

Wieder fiel ihr Blick aus dem Fenster. Im Schwarz der Nacht verschwammen die Konturen des Campingplatzes. Schade, dass Nan zwar jeden Tag die Sterne befragte, sich von ihnen aber offenbar noch nicht inspiriert gefühlt hatte, dem Platz ein wenig neuen Glanz zu verleihen. Der einzige Grund, warum überhaupt ab und zu noch Reisende herkamen, war, dass es der einzige Campingplatz in einem

Umkreis von einigen Dutzend Kilometern war. Doch was half das, wenn jeder Hausbesitzer sein zusätzliches Zimmer bei Airbnb, farawayhome und wie sie alle hießen anbieten konnte? Wetten, dass selbst bei ihnen in der Gegend zig Angebote von Unterkünften online standen?

Spaßeshalber tippte sie www.farawayhome.ie in die Adresszeile des Browsers. Statt der Suchmaske öffnete sich eine Anzeige.

Kreative Köpfe aufgepasst!, stand da in blinkenden großen Lettern. *Farawayhome sucht die spannendsten, innovativsten und ungewöhnlichsten Unterkunftskonzepte weltweit. Ihr habt eine Idee, wie ihr den Urlaub für eure Gäste zu einem einmaligen, unvergesslichen Erlebnis machen könnt? In eurer Fantasie ist eine Ferienunterkunft nicht nur ein Zuhause auf Zeit, sondern das Portal zu unerfüllten Träumen? Dann bewerbt euch jetzt um den Dream-on-Förderpreis, denn farawayhome unterstützt die zehn überzeugendsten Konzepte mit je 100 000 Euro bei der Umsetzung.*

Zuerst traute Orla ihren Augen kaum, dann machte es *klick* in ihrem Kopf, und ihr ging ein Licht auf.

Das war's! Das war die Antwort auf die Frage, was sie mit dem Rest ihres Lebens anstellen sollte! So konnte sie Nan helfen, Shay ein Zuhause bieten und allen beweisen, dass sie den richtigen Riecher besaß, wenn es darum ging, Menschen zu erreichen und zu begeistern. Hatte sie sich nicht gerade noch gewundert, dass es zwar Zodiac-Apps, astrologische Lebensberatungen und Sternzeichenkolumnen gab, Astro-Reisen sich dem Sternenhimmel aber immer von einer rein wissenschaftlichen Seite zu nähern schienen?

Sie würde das ändern! In ihrer Fantasie entstand auf dem Gelände von Nans altem Campingplatz ein Wunderland großartigster Unterkünfte, ein Zodiac-Glampingplatz der Extraklasse. Jede Wohneinheit würde ganz auf die Bedürfnisse eines anderen Sternzeichens angepasst sein. Wie das genau aussehen sollte, musste sie mit Nan besprechen, die könnte ihr garantiert helfen. Aber schon nach ihrer kurzen Recherche wusste sie bereits, dass zu Wassermännern, wie sie einer war, zum Beispiel die Farbe Blau besonders gut passte. Da Wassermänner dazu neigten, sich von der Vielzahl ihrer Ideen überwältigen zu lassen, brauchten sie Farben, die Ruhe in ihr Leben brachten. Dass Blau tatsächlich eine von Orlas Lieblingsfarben war, wertete sie als ein Zeichen des Universums, auf dem richtigen Weg zu sein.

Nach und nach beruhigte sich ihr Herzschlag wieder. Endlich war sie bereit, ins Bett zu gehen, denn plötzlich hatte sie wieder einen Traum. Jetzt musste sie ihn nur noch träumen.

6

Nans Tipp von den Sternen:
Wenn der zunehmende Halbmond im Schützen steht, verträgt unser Elan keine Kritik.

»Du willst *was*?« Nan sah sie an, als wäre ihr ein neongrünes Horn auf der Stirn gewachsen.

»Den Campingplatz renovieren.«

»Das habe ich verstanden.« Sie machte eine Geste, wie um Fliegen zu verscheuchen. »Aber das meine ich nicht. Ich meine das andere.«

»Ich möchte uns zum Dream-on-Förderpreis von farawayhome anmelden.« Orla biss in das dick mit Streichrahm und Erdbeermarmelade bestrichene Frühstücksbrötchen. Obwohl sie die halbe Nacht mit Internetrecherchen verbracht hatte, sirrte sie geradezu vor Unternehmungslust. »Natürlich muss ich dafür noch einiges herausfinden. Ich habe zum Beispiel noch nie einen Businessplan erstellt, aber es gibt nichts, was sich nicht lernen lässt, oder?«

Nan verschränkte die Arme vor der Brust. »Wenn du das sagst.«

Orla richtete den Blick auf Shay. »Jetzt hilf mir doch mal. Fändest du es nicht auch cool, wenn wir aus dem alten

Campingplatz einen richtigen Glamping-Ort machen würden? Mit außergewöhnlichen Unterkünften und Pool und einem Streichelzoo für die Kinder, die dann zu Besuch kommen?«

»Was ist das genau, ein ... Glampingplatz?« Überzeugt klang Shay nicht.

»Ein Glampingplatz entsteht, wenn zu einem Campingplatz die richtige Portion Glamour kommt. Einen Campingplatz haben wir immerhin schon. Jetzt müssen wir nur noch für den Glamour sorgen.«

»Kann ich zu Aiden gehen?«

Orla wischte sich die Hände an der Serviette ab. »Erst wenn du Nan geholfen hast, den Tisch abzudecken und aufzuräumen. Und wenn er keine Zeit hat, gehst du ihm nicht auf die Nerven, verstanden?«

»Aiden sagt, ich störe ihn nie!«

»Das glaube ich ja, aber ...«

»Und er hat versprochen, mir am Nachmittag mit den Mathehausaufgaben zu helfen. Er ist richtig gut in Mathe, Mam. Wenn ich nicht zu ihm darf, musst du mit mir die Hausaufgaben machen.«

»Oh, du gewiefter kleiner Schlingel!« Lachend drohte sie ihm mit dem Zeigefinger. »Das ist nicht fair. Du weißt genau, wie ich zur Mathematik stehe.«

Wenn Shay grinste, strahlte sein ganzes Gesicht. Wie viel öfter sie dieses Strahlen sah, seit ihr Sohn Aiden kennengelernt hatte! Shay und der Pflegeexperte verbrachten viel Zeit miteinander, dabei sorgte Aiden dafür, dass Shay immer genau berichtete, was sie gemeinsam unternahmen.

Sie stand auf, brachte ihren Teller zum Spülbecken und

hoffte, Nan würde die Röte nicht bemerken, die ihr offensichtlich beim bloßen Gedanken an Aiden in die Wangen gestiegen war.

Wenn ihr Leben nur anders wäre – wenn Shay nicht ausgerechnet in Aiden einen Freund gefunden hätte. Wenn sie nicht so unglaublich große Angst hätte, ihren Sohn noch einmal zu enttäuschen. Himmel, wenn sie wenigstens selbst wüsste, was sie sich vom Leben wünschte, dann wäre Aiden Taylor der erste Mann, mit dem sie diese Pläne in die Tat umsetzen wollte. Er war freundlich und nett und spielte keine Spielchen. Er gab ihr das Gefühl, wichtig zu sein, selbst dann, wenn er ihr einfach nur im Pub gegenübersaß. Sollte sie es vielleicht doch auf einen Versuch ankommen lassen? Sollte sie ihn nach einer Verabredung fragen und …

Nein! Sie nahm ihre davongaloppierenden Gedanken an die Kandare. An Shay gerichtet, sagte sie: »Wenn Aiden dir bei den Hausaufgaben helfen kann, ist das natürlich toll. Sei aber spätestens zum Abendessen zu Hause.«

»In Ordnung.«

»Und du?«, fragte Nan. »Was hast du vor?«

Sie rieb sich die Hände. »Ich fahre jetzt zum Baumarkt. Die erste Haltestelle auf dem Weg zu Nan Reillys Zodiac-Glampingplatz ist ein ordentliches Badehäuschen. In den Duschkabinen wuchert der Schimmel in den Fugen, und gefühlt jede dritte Fliese ist angeschlagen. Ich hab mir ein YouTube-Video angeschaut und glaube, das kann ich reparieren. Zuerst einmal müssen die alten Fliesen raus.«

»Meinetwegen, lass dich nicht aufhalten.« Nan warf die Hände in die Luft.

»Und wo sollen wir dann in der Zwischenzeit duschen, wenn du da alles aufreißen willst?« Shay schien weitaus weniger überzeugt von Orlas Idee.

Sie verpasste ihm eine spielerische Kopfnuss. »Ich fang natürlich erst mal mit einer Duschkabine an, du Neunmalklug. Die ganz hinten rechts, die benutzt sowieso niemand. Wartet es nur ab, das wird großartig!«

Sie musste sich die Begeisterung nicht mal einreden. Seit letzter Nacht hatte sie das Gefühl, statt Blut flösse Tatendrang durch ihre Adern. Alles, was sie gebraucht hatte, war ein Ziel. Etwas, worauf sie hinarbeiten konnte, was ihr wieder Mut verschaffte.

Sie schnappte sich ihre Geldbörse und den Autoschlüssel und machte sich auf den Weg zu *Morahan's*.

Wahrscheinlich hätte sie sich denken können, dass sie nicht die Einzige war, die den Samstag zum Heimwerken nutzen wollte. Trotzdem war sie überrascht, dass der Parkplatz vor dem Baumarkt fast bis auf den letzten Platz belegt war. Innerlich fluchend drehte sie ihre Runden. Dort, ganz hinten, zwischen dem silbergrauen Škoda und dem Mercedes Transporter, erspähte sie eine freie Lücke. Das war ihr Platz! Sie setzte den Blinker, wollte gerade ausscheren, als ihr ein anderer Wagen zuvorkam. Wo, bitte, kam der plötzlich her? So ein Mist! Die nächsten öffentlichen Parkplätze waren ein ganzes Stück entfernt, sollte sie ihre Einkäufe durch halb Kerry schleppen?

Sie knallte den Schalthebel in den Leerlauf, zog die Handbremse an und stürmte aus dem Auto.

Sie würde dem Parkplatzdieb die Meinung sagen! Jeder

wusste, dass man auf dem Parkplatz nur in eine Richtung fahren durfte. Außerdem hatte sie geblinkt! Auf der Parklücke stand quasi ihr Name.

Eine Gestalt schälte sich aus dem anderen Wagen. Dunkles, fast schwarzes Haar, in das die Herbstsonne ein paar hellere Reflexe malte. Gleichzeitig fiel ihr das britische Kennzeichen auf.

Oh nein. Musste dieser Typ wirklich überall dort auftauchen, wo sie war? Da suchte sie sich extra ein Ablenkungsprojekt, und wer stahl ihr den letzten Parkplatz? Aiden Taylor!

»Du hast mir meinen Parkplatz geklaut!« Angriffslustig stemmte sie die Hände in die Hüften.

»Oh, das habe ich nicht gewusst.« Seine Ohrenspitzen färbten sich rot. »Sind die Plätze reserviert oder so?«

»Nein.« Sie dehnte das Wort aus. »Aber ich habe geblinkt.«

»Das muss ich wohl übersehen haben.«

Sie tappte mit dem Fuß auf dem Boden.

Er rührte sich nicht.

Sie hob die Augenbrauen.

Er setzte die Art von Dackelblick auf, um die ihn selbst die allerniedlichsten Dackel auf Instagram beneiden würden. Ganz unschuldig und niedlich und zerknirscht, obwohl man im Hintergrund gleichzeitig massenweise entrolltes Klopapier, eine zerstörte Zimmerpflanze sowie ein geplündertes Tablett mit Hackepeter sehen würde.

Ein Grinsen zupfte an ihren Mundwinkeln.

»Du musst mir meinen Parkplatz zurückgeben.« Mehr als zu erwarten, dass er tat, was sie verlangte, war sie gespannt, wie er reagierte.

Zerknirscht schüttelte er den Kopf. »Es tut mir sehr leid, aber das kann ich nicht.«

»Und warum nicht?«

»Weil ich dann keinen mehr hätte.«

Hatte er das wirklich gesagt? Sie starrte ihn an, er starrte zurück, und dann brachen sie gleichzeitig in Gelächter aus. Sie konnten gar nicht aufhören. Orla wusste nicht einmal, was so lustig war, aber immer wenn sie sich in die Augen schauten, fing es wieder an.

»Hör auf!«, flehte sie. Mit dem Handrücken wischte sie sich Tränen von den Wangen. »Mir tut der Bauch schon weh.«

»Ich mach doch gar nichts.« Vor lauter Lachen fehlte ihm die Luft für ganze Sätze. Die Worte kamen abgehackt und halb verschluckt aus seinem Mund. »Da …« Er deutete mit dem Finger zum Eingang des Baumarkts. »Schnell, da kommt wer. Die Lücke wird deine. Du schaffst das.«

Tatsächlich verließ gerade ein Kunde das Geschäft. Er schob einen voll beladenen Einkaufswagen vor sich her. Auf der Ladefläche stapelten sich Farbeimer, darüber hatte er Resopalplatten gelegt. Gekrönt wurde das Ganze von einem riesigen Sack Blumenerde und einigen Pflanzenampeln. Er warf ihnen einen vernichtenden Blick zu, doch Aiden ließ sich davon nicht beeindrucken. Er hechtete auf den Mann zu.

»Sir, Mister! Warten Sie, ich helfe Ihnen. Zu zweit geht es leichter! Hier bei dem rauen Asphalt kippt Ihnen sonst noch der ganze Wagen um.« Er wartete nicht auf die Zustimmung des Kunden, sondern packte sofort an. Mit festem Griff stabilisierte er die Ladung und half beim Lenken.

»Es ist gleich dort.« Der andere schnaufte und deutete mit dem Zeigefinger auf einen schwarzen Kombi weiter vorne in derselben Parkplatzreihe, in der weiter hinten noch immer Orlas Civic stand und alles blockierte. Seine Miene spiegelte Dankbarkeit. Keine zwei Sekunden, und auch er war Aidens Charme erlegen.

»Ich helf Ihnen beim Einladen«, bot Aiden an. »Meine Freundin kann dann schon mal wenden. Nicht dass noch jemand kommt und ihr den Parkplatz klaut. Soll vorkommen, so was. Selbst hier in Kerry, habe ich gehört.«

Orla, die endlich ihren Lachkrampf überwunden hatte, verdrehte die Augen. »Du Arsch.« In ihrem Bauch brodelte es schon wieder. Mit aller Kraft presste sie die Lippen zusammen, um einen weiteren Lachanfall zu vermeiden. »Das musste jetzt sein, oder?«

Der Mann, der natürlich nicht verstand, was gerade zwischen ihnen vorging, blickte verwirrt von einem zum anderen.

»Machen Sie sich keine Sorgen um sie«, beschwichtigte Aiden. »Sie meint es nicht so. Sie ist nur sauer, weil ich einen besseren Blick dafür habe, wo ein freier Parkplatz ist. So wie bei Ihnen. Orla, holst du jetzt das Auto?«

Immer noch kopfschüttelnd machte sie, was er ihr geraten hatte. Seite an Seite und immer noch bester Laune betraten sie keine fünf Minuten später den Baumarkt.

Ein paar Meter hinter dem Eingang blieben sie stehen.

»Ich such dann mal nach …« Sie machte eine unbestimmte Geste in den Laden hinein. »… Fliesen und so.«

»Okay, dann …«

»Was für ein Projekt führt dich eigentlich her? An einem

schönen Samstag wie diesem?« Die Frage war dumm. Aiden besaß ein Haus, das seit Jahren leer stand. Wenn er die Renovierung neben seinem Brotjob alleine stemmen wollte, hatte er die nächsten Jahre genug zu tun. Doch Orla konnte nicht anders. Sie wollte nicht, dass dieses Gespräch schon zu Ende war.

Aiden schnaubte. »Es wäre leichter, wenn du fragen würdest, was ich nicht brauche. So ein riesiges altes Haus verschlingt Unmengen an Material.« Erst jetzt, mit einiger Verspätung, schien ihm die Größe des Baumarkts und die Vielfalt des Angebots bewusst zu werden. Etwas ratlos sah er sich um. »Ich weiß nicht mal so recht, wo ich anfangen soll zu suchen. Die letzten Wochen habe ich mit Putzen und Oberflächenpolitur verbracht. Das kaputte Fenster ausgetauscht, das Treppengeländer am Eingang erneuert, so was alles. Als Nächstes sind die Schlafzimmer dran, schätze ich. Da kann ich üben! Die alten Wandpaneele müssen runter und dann entweder Farbe oder eine neue Tapete drauf.«

»Orla, Aiden, so eine Überraschung!« Wie aus dem Nichts tauchte Cillian zwischen ihnen auf. »Wie kann ich euch helfen?« Erwartungsvoll ließ er seinen Blick zwischen ihnen hin- und herwandern. Orla erkannte den Moment, in dem er seine Schlüsse aus ihrem gleichzeitigen Auftauchen im Baumarkt zog. Seine Augen blitzten auf, sein Mund verzog sich zu einem süffisanten Grinsen.

Auch bei Aiden schien anzukommen, was Cillian sich zusammengereimt hatte. Er trat von einem Bein aufs andere und erklärte hastig: »Wir haben uns zufällig auf dem Parkplatz getroffen. Ich bin in ihre Lücke geprescht.«

Cillian machte sich nicht die Mühe, sein Feixen zu unterdrücken. »So nennt man das heute? Und zum Nachspiel geht's dann in den Baumarkt? Dann seid ihr bei mir an genau der richtigen Stelle.« Er schnappte sich einen der bereitstehenden Einkaufswagen und bedeutete Orla und Aiden, ihm zu folgen. Wie die Lemminge trotteten sie hinter ihm her.

Der erste Stopp war der Gang mit dem Handwerkszeug. Vor einem Regal mit den Kabelbindern blieb er stehen. »Schwarz oder Weiß?«

»Ähm«, machte Aiden.

Cillian griff nach dem Vorteilspack mit den weißen Kabelbindern und warf sie in den Einkaufwagen. »Weiter zum Klebeband«, sagte er fröhlich. Nur zwei Regale weiter blieb er wieder stehen. »Wir haben Fünfziger und Fünfundzwanziger.« Um die Auswahl zu demonstrieren, nahm er zwei der Rollen aus den Halterungen und zwinkerte ihnen zu. »Ich nehme an, ihr wollt nicht renovieren? Dann nehmt ihr besser beide.« Mit einem dumpfen Geräusch landeten die beiden Rollen in dem Wagen.

»Cillian, was soll …«

»Okay, bringen wir es zu Ende. Auf zum Seil!«

Was war das hier? Folgten die beiden einem Drehbuch, von dem … Moment! Baumarkt, Kabelbinder, Klebeband, jetzt das Seil. Am liebsten hätte sie sich an die Stirn geschlagen, so offensichtlich war der Spaß, den sich Cillian mit ihnen erlaubte.

Abrupt blieb sie stehen und funkelte Cillian an. »Schluss jetzt! So lustig es ist, deine schauspielerischen Fähigkeiten zu erleben, du gibst einen fürchterlichen Mr. Grey ab, und

Aiden und ich brauchen wirklich ein paar Sachen zum Renovieren.«

Aiden runzelte die Stirn, scheinbar höchst konzentriert. »Eigentlich wäre er doch aber Ana Steel in dem Szenario, oder? Schließlich bedient er uns.«

Orla stöhnte. »Ich kann nicht glauben, dass ihr beide diesen Film kennt.«

»Die Bücher«, stellte Cillian richtig. »Was soll ich sagen? Ich hab Band eins im öffentlichen Bücherschrank gefunden und bin irgendwie hängen geblieben.«

Erwartungsvoll richtete sie ihren Blick auf Aiden.

»Hey, schau mich nicht so an! Ich bin seit zehn Jahren Single. In der Hoffnung, meine Traumfrau zu finden, habe ich schon größere Dummheiten gemacht, als meinem Date die Filmauswahl bei einem Kinoabend zu überlassen.«

Cillian lachte, doch zu Orla drangen einzig die zwei Worte *zehn Jahre* durch. Seit zehn Jahren war Aiden Single? Wie konnte das sein? Wie war es möglich, dass in all der Zeit keine Frau bemerkt hatte, was für ein Goldstück dieser Mann war? Er war süß und charmant und immer hilfsbereit – der perfekte Freund – und damit genau das Gegenteil von Shays Vater. Der war einer der Bad Boys gewesen, wild und frei und unerreichbar. Mit seinen Kumpels hatte er eine Motorradtour durch Irland gemacht, war dabei Orla begegnet und hatte ihr das Blaue vom Himmel herunter gelogen. Dass er nur ihretwegen den ganzen Sommer über in Kerry bleibe, dass sie das schönste Mädchen sei, dass er je gesehen habe, und dass Sex nun mal zu Liebe gehöre. Jede einzelne Lüge hatte sie ihm geglaubt. Dann war sie schwanger geworden und James auf sein Motorrad gestiegen, kaum dass sie ihm die Nachricht überbracht hatte. Orlas Leben war aus den Fugen geraten, und James hatte seins weitergelebt, offensichtlich ohne über die regelmäßig eingehenden Unterhaltszahlungen hinaus noch einmal einen einzigen Gedanken an sie zu verschwenden. Von geheimnisvollen Bad Boys war sie seither geheilt. Überhaupt war sie seit Shays Geburt nicht noch einmal in Gefahr geraten, ihr Herz zu verlieren. Aiden war nicht der einzige Dauersingle.

Von den unangenehmen Erinnerungen eingeholt, war ihr das Lachen endgültig vergangen. Sie fixierte Cillian. »Ernsthaft jetzt. Ich brauche Hammer und Meißel und am besten auch gleich Mörtelmasse und neue Fliesen.«

»Du willst ein Badezimmer renovieren?«, mutmaßte der Baumarktbesitzer.

»Das Badehäuschen, ja.«

»Dann nimm am besten auch Schutzkleidung mit. Wenn du alte Fliesen abschlägst, wird das gerne ordentlich staubig.«

»In Ordnung.« So leicht gingen sie von ihrem albernen Spiel zum Ernst über.

Als sie alle nötigen Utensilien für Orla zusammengesucht hatten, half Cillian auch Aiden. Nicht lange, und ihr gemeinsamer Wagen war ebenso hoch beladen wie der des Kunden, dem Aiden auf dem Parkplatz geholfen hatte. Cillian ging ihnen zur Hand, indem er andere Kunden für sie aus dem Weg schob.

»Wenn ich mir das so anschaue, habt ihr beide einiges vor in der nächsten Zeit.«

Orla nickte. »Das kannst du laut sagen. Auf Nans Campingplatz wurde seit Jahren nichts mehr gemacht. Wurde

Zeit, dass ich nach Hause komme und mich um ein paar Dinge kümmern kann.«

»Dasselbe gilt für mich. Das Haus stand Jahre leer.«

»Dann habt ihr neben einer Vorliebe für erotische Liebesgeschichten also auch sonst viel gemeinsam?« Cillian wackelte mit den Augenbrauen, Orla stöhnte, Cillian wurde wieder ernst. »Was ich eigentlich sagen wollte: Meldet euch, wenn ihr Hilfe bei euren Projekten braucht, okay? Ich stehe den ganzen Tag hier rum und bin von den coolsten Werkzeugen umgeben, dabei komm ich kaum noch dazu, selbst Hand anzulegen. Euch bei euren Renovierungen zu unterstützen, würde Spaß machen. Ein paar von den anderen würden sicher auch helfen.«

»Mal sehen.« Orla war zwar nur ein paar Jahre hier zur Schule gegangen, aber ihre Erinnerungen an diese Zeit waren nicht die besten. Ob sie die Leute von damals wirklich wiedersehen wollte, musste sie erst noch entscheiden. »Wir müssen jetzt wirklich los.«

»Klar.« Cillian tippte sich mit den Fingerspitzen an einen nicht vorhandenen Hut. »Man sieht sich.«

»Bis dann«, verabschiedete sich auch Aiden.

Gemeinsam beluden sie erst Orlas Auto, dann Aidens, dann standen sie auf dem Parkplatz, zwei Schritte voneinander entfernt. Wenig, gemessen an der Weite auf der anderen Seite der Straße, wo selbst hier im Dorf direkt hinter dem Bordstein die Felder und Wiesen begannen, an dem Himmel, der heute blau und fast wolkenfrei war. Doch weit, gemessen an dem Drängen, das an ihr zerrte und zog, das sie überreden wollte, die Hand nach ihm auszustrecken und ihn zu berühren. Nur einmal. Nur kurz. Nur lang genug, um die Wärme seiner Haut an ihrer zu spüren, um mit den Fingerspitzen die lange, schlanke Form seiner Finger nachzufahren und sich vorzustellen, wie es sich anfühlen würde, wenn er mit diesen Fingern über ihren Körpern strich.

»Ich sollte dann mal.« Sie rührte sich nicht.

»Ja …«

»Du musst sicher auch, oder?« Sie lachte ein bisschen. »Himmel, ich hab die Zeit ganz vergessen. Wie spät ist es eigentlich? Wollte am Nachmittag nicht Shay zu dir kommen? Er hat beim Frühstück so etwas erwähnt.«

»Richtig.« Er fuhr sich mit der Hand durch die Haare. »Shay und ich haben ein Date mit den guten alten Datendiagrammen.«

»Was auch immer du sagst.«

»So kompliziert ist es nicht.« Er zuckte mit den Schultern. »Mathematik der vierten Klasse. Sicher würde Shay das auch ohne mich hinbekommen.«

»Er bekommt es aber lieber mit dir hin.« Sie lächelte sanft. »Du bist momentan sein Held.«

Wieder lachte Aiden dieses Lachen. Kurz und süß und ein klein wenig verlegen.

»Ich muss jetzt wirklich los.« Denn wenn sie jetzt nicht ging, würde sie etwas Dummes tun. Etwas sehr Dummes. Aiden zum Abendessen einladen zum Beispiel. Oder ihn anflehen, mehr Zeit mit ihr zu verbringen, ihr mehr Gelegenheit zu geben, seine Freundlichkeit zu genießen, und sich für ein paar Momente ganz und gar wohl und richtig zu fühlen.

»In Ordnung. Mach's gut.«

»Du auch«, sagte sie und wandte sich ab. Sie schaffte es bis in ihr Auto, ohne sich noch einmal nach ihm umzudrehen. Wer sagte es denn? So unmöglich war es also gar nicht, dem Charme von Aiden Taylor zu widerstehen.

☆

Den Rest des Samstags verbrachte Aiden gemeinsam mit Shay. Abends löffelte er eine Schale Fertigsuppe, archivierte eine ganze Reihe ungelesener Textnachrichten seiner Eltern, verballerte einen Großteil seines Datenvolumens auf Netflix und ging früh ins Bett.

Ausgeschlafen und voller Tatendrang wachte er früh am Sonntagmorgen auf. Die Einkäufe aus dem Baumarkt hatte er zunächst in einem der Nebengebäude zwischengelagert. Schon bei seinen ersten Erkundungsgängen hatte er dort allerlei Werkzeug gefunden. Nach dem Frühstück schlüpfte er in einen der weißen Maleroveralls, die Cillian ihm und Orla aufgequatscht hatte, rüstete sich mit Igelwalze, Hammer, Meißel und Eimern und machte sich auf den Weg ins Obergeschoss des Hauses. Irgendwann in der Nacht, als Shays Mathediagramme und -schemata ihm noch immer durch den Kopf gespukt waren, hatte er beschlossen, systematisch vorzugehen. Zuerst die Zimmer im zweiten Obergeschoss, dann die im ersten. Mit dem Erdgeschoss würde er bis ganz zuletzt warten, dort hatte er sich in den vergangenen Wochen ganz gut eingerichtet. Die altmodischen, leicht verlebten Möbel von Francis und Nora mochten zwar keinen Innendesignpreis gewinnen, aber für ihn fühlten sie sich an wie eine elterliche Umarmung aus dem Jenseits.

Die drei Schlafzimmer sowie das Bad unterm Dach hatte er bisher nur bei seinem ersten Rundgang nach der Ankunft betreten. Für den Anfang nahm er sich das kleinste Zimmer vor. Es befand sich am Ende des Flurs gegenüber der Treppe und maß gerade mal acht oder neun Quadratmeter. Wände und Decke waren komplett mit Holzpaneelen vertäfelt. Schon ehe er es abklopfte, ahnte er, dass das Holz an einigen Stellen morsch war.

Also runter mit dem Zeug. Aber erst nachdem er die Vorhänge abgenommen, die Möbel in die Mitte des Raumes gerückt und mit Folie abgedeckt hatte. Es war noch keine einzige Holzleiste entfernt, da schwitzte er bereits. Mit Hammer und Meißel suchte er sich eine Stelle, an der er mit dem Abbruch beginnen konnte. Anfangs war er zögerlich, aber als die erste Platte nachgab und sich knirschend von der Wand löste, begann er Gefallen daran zu finden. Es hatte etwas sehr Befriedigendes, so unmittelbar mit dem Ergebnis seiner Mühen konfrontiert zu werden. Stemmeisen unter das Paneel, einmal hochziehen, Krach, fertig. Zum Glück waren die Paneele nur auf die Wand geklebt, so musste er sich nicht mit dem Entfernen von Schrauben und Nägeln aufhalten. Zu seinen Füßen sammelte sich immer mehr Holz an. Bald schon roch es im ganzen Raum nach Sägespänen und Staub.

Ungefähr eineinhalb Stunden nachdem er mit der Arbeit begonnen hatte, brachte er die erste Ladung des abgelösten Holzes nach draußen. Über den Klippen tanzten ein paar Möwen im Wind, er atmete die frische Luft. Weit draußen, noch jenseits der vorgelagerten Inseln, kreuzte ein gewaltiges Schiff. Er hielt sich die Hand über die

Augen, um es besser sehen zu können, aber mehr als die Umrisse konnte er nicht erkennen. Dann also weiter mit der Arbeit. In dem kleinen Dachzimmer warteten noch Unmengen Sperrholz darauf, von Wänden und Decke gelöst zu werden.

Noch hatte er keine Ahnung, was er mit dem Haus anfangen sollte, wenn es renoviert war. Für ihn allein war es zu groß, aber obwohl er erst ein paar Wochen hier war, konnte er sich schon jetzt kaum vorstellen, noch einmal woanders zu leben. Mal im Ernst, wer würde nicht gerne an diesem Ort wohnen? Die Lage war traumhaft, und die romantische Architektur des Hauses mit dem Giebeldach und dem winzigen Erker musste selbst die kälteste Seele zum Träumen einladen.

Apropos Träumen: Wo war er in den vergangenen Stunden mit den Gedanken gewesen? Er hätte wetten können, dass sich das Zimmer, das er gerade renovierte, genau dort unter dem Giebel befand. Allerdings besaß der winzige Raum weder Erkerfenster noch Dachschrägen. Irgendetwas stimmte hier nicht.

Wurde er verrückt?

Immer zwei Stufen auf einmal nehmend, eilte er zurück zur Baustelle, betrachtete die Fenster, die Zimmerdecke.

Wie ein Hund mit einer Fährte in der Nase dachte er nicht mehr nach, ließ sich von der Ahnung leiten, etwas Großem auf der Spur zu sein. Das war das Fenster, das er von draußen gesehen hatte. Daneben an der Zimmerdecke setzte er den Meißel wieder an, löste Platten von der Decke, eine und noch eine, und da! Tatsächlich. Unter dem Holz kam eine Klappe zum Vorschein. Wenn er sich auf die

Zehenspitzen stellte und streckte, kam er gerade so an den Ring, um sie herunterzuziehen.

Mit einem Ächzen gab die Mechanik nach. Die Klappe senkte sich, der erste Teil einer Treppe schob sich nach unten, stockte dann. Diesmal musste er an den Scharnieren rütteln, doch schließlich gab die Konstruktion nach, und der zweite Teil der Treppe fuhr aus.

Er wischte sich den Staub aus den Augen und blickte in das rechteckige Loch in der Decke, in das jetzt die Bodenleiter führte. Milchig weißes Licht schimmerte wie eine Ahnung am Ende der Leiter.

Warum war dieser Speicher verschlossen worden? Was erwartete ihn auf der anderen Seite der Treppe?

Er würde es nie erfahren, wenn er nicht hinaufstieg.

Die Treppe wippte unter seinem Gewicht. Der Geruch von jahrzehntealtem Staub kam ihm vom Dachboden entgegen. Oben angekommen, spürte er winzige Steinchen unter seinen Handflächen.

Langsam richtete er sich auf und sah sich um. Es war dunkler hier als in den unteren Zimmern. Dicke Spinnweben hingen von der Decke und in den Ecken. Der Raum war größer als der darunter und übervoll mit Dingen: Kissen in Erdtönen, Teppiche und Wolldecken bedeckten beinah den gesamten Boden. Hier und da stand ein Windlicht, von den Deckenbalken hingen Perlenketten aus schimmernden Glaskugeln, und in einer Ecke des Speichers war ein riesiger Schreibtisch platziert. Auf einer Tafel hatte jemand mit Kreide eine mathematische Formel geschrieben.

$R(n) = 0{,}4 + 0{,}3 \times 2^n$

Die Formel kam ihm bekannt vor, er hatte sie schon einmal irgendwo gelesen. Nur wo?

Er sah sich weiter um. Voller Staunen drehte er sich um die eigene Achse, und dann sah er es – in dem Erkerfenster, das ihn überhaupt erst in dieses Wunderland geführt hatte: ein riesiges goldglänzendes Teleskop. Es stand auf einem Stativ, und das Objektiv war aus dem Fenster gerichtet. Schon aus wenigen Schritten Entfernung erkannte er, dass es sich nicht um ein Dekorationsobjekt handelte. Die Aufschrift auf dem Objektivgehäuse bestätigte seine Vermutung. Vor ihm stand ein Spiegelteleskop mit einer Öffnung von 150 mm und einer Brennweite von 1800 mm. Von einem solchen Gerät hatte er bisher nur träumen können!

Vor dem Stativ stand ein Stuhl, sodass man bequem das Auge auf die Öffnung richten konnte. Ein Tisch mit Papieren und Stiften auf der Platte war direkt daneben gerückt.

Mit dem Finger fuhr Aiden die Formen des Teleskops nach. Da war ein Notizheft auf dem Schreibtisch. Eines ganz ähnlich dem, das er nutzte, um seine Gedanken festzuhalten.

Er schlug es auf.

Schwangerschaftstagebuch stand auf der ersten Seite. Darunter war mit Tesafilm ein schmaler Papierstreifen geklebt, auf dem sich auch nach all der Zeit noch zwei rotbraune Striche abzeichneten.

In ordentlicher, leicht geschwungener Handschrift hatte jemand darunter geschrieben:

17.10.1994
Endlich schwanger!
Wir kennen dich noch nicht, aber wir lieben dich schon!
Mam und Dad

Er starrte auf die Zeilen, dann auf das Teleskop und die Kissen und Decken und Lampen. Sein Herz tat weh, und gleichzeitig schäumte es über. Diese Worte, diese wundervollen, traurigen, liebevollen Worte galten ihm. Seine Mutter hatte sie ihm hinterlassen. An einem Ort, der auf eine Weise zu ihm sprach, die sich nicht beschreiben ließ, die man fühlen musste, mit dem Herzen, nicht mit dem Verstand.

Er griff nach dem Büchlein, drückte es sich an die Brust.

An diesem Sonntag kam er nicht weiter mit der Renovierung. Den Rest des Tages verbrachte er im Observatorium seiner Eltern und las jedes Wort in dem Tagebuch so oft, bis er es auswendig kannte.

7

**Nans Tipp von den Sternen:
Die Kommunikationsfähigkeit des Merkurs trifft auf die Begeisterungsfähigkeit des Jupiters. Im Gespräch mit anderen können wir Grenzen im Kopf überwinden und verstehen, wer wir wirklich sind.**

Es gab Fisch-Chowder zum Abendessen. Wenn die Fischer rausfuhren, verkauften sie, was nicht von den Großabnehmern direkt gekauft wurde, als gemischte Päckchen mit Schellfisch, Kabeljau, Seelachs und Seehecht an jeden, der bereit war, früh genug aufzustehen. Nur Nan bekam den Fisch frei Haus geliefert – weil Eamonn, einer der Fischer, ein sturer Tölpel sei, der auch nach einem halben Jahrhundert nicht begriff, dass sein Werben an ihr verschwendet war, behauptete Nan. Orla hingegen vermutete, dass ihre Großmutter die Aufmerksamkeit des Fischers durchaus genoss. Vor allem wenn er sie bat, für ihn aus den Sternen zu lesen. Wie viele Vertreter seines Berufsstandes neigte Eamonn zum Aberglauben. Wer Tag für Tag von den Gezeiten gebeutelt, von Wind und Wetter hin und her geschaukelt wurde, suchte oft genug auch an Land nach einem Anker.

Orla nahm einen Löffel von dem dampfenden Eintopf. Milchig sämig legte sich der Geschmack nach Fisch, Butter und Gewürzen auf ihren Gaumen. Die Würze kam vom fetten Speck, den Nan für die Mehlschwitze ausgelassen hatte. Lorbeer, Zwiebeln und Petersilie rundeten das Aromaprofil ab. Orla schloss die Augen, genoss mit allen Sinnen. Das war genau das, was sie heute brauchte. Natürlich konnte man Fisch-Chowder auch außer Haus bestellen. In fast jedem irischen Pub in Meeresnähe stand die Spezialität auf der Speisekarte, doch nirgends schmeckte es so gut wie bei ihrer Nan. Nur Nans Chowder konnte sie an einem Tag wie diesem wieder zu Kräften bringen. Die vergangenen Stunden über hatte sie geschuftet: Fliesen geklopft, Schutt geschleppt, noch mehr Fliesen geklopft. Das Ergebnis konnte sich sehen lassen. Nach nur einem Tag Arbeit war die Probeduschkabine im Waschhaus so weit vorbereitet, dass Orla morgen schon mit dem Verlegen der neuen Fliesen beginnen konnte. Wenn ihr das ebenso gut gelang wie das Abklopfen der alten Fliesen, würde bald schon das ganze Waschhaus in neuem Glanz erstrahlen.

»Mam! Schau! Ist das nicht Aiden?«

Sie riss die Augen auf. Shay, der es auch unter normalen Umständen kaum aushielt, eine ganze Mahlzeit lang still am Tisch zu sitzen, war bereits aufgesprungen.

Orla schaute aus dem Fenster. Tatsächlich näherte sich eine Gestalt über den schmalen Pfad, der am Rande des Campingplatzes entlang der Klippen führte. Einsam und etwas verloren, die Schultern zu den Ohren hochgezogen, die Hände tief in den Jackentaschen vergraben, kämpfte die Person mit jedem Schritt gegen den Wind an.

Schon tauchte Shay in dem Bildausschnitt auf, den das Trailerfenster freigab. Er rief nach Aiden, doch der bemerkte ihn erst, als der Junge beinah direkt vor ihm stand. Selbst auf die Entfernung erkannte Orla sein Zusammenzucken. Als hätte Shays Rufen ihn aus einer anderen Welt beschworen.

Gemeinsam kamen sie zurück.

Nans Stimme riss Orla aus ihren Gedanken. »Willst du nicht einen Teller für deinen Gast holen? Sieht aus, als könnte er gleich etwas Warmes gebrauchen, wenn du mich fragst.«

»Sicher.« Sie schob ihren Teller beiseite, um Platz für ein viertes Gedeck zu machen. Gleichzeitig wehte eine kräftige Bö Shay und Aiden ins Innere des Wohnmobils.

»Es ist wirklich Aiden!«, jubilierte Shay. »Er wollte schauen, wie es uns geht. Ich habe gesagt, er kann mit uns zu Abend essen. Stimmt doch, oder, Nan?«

»Stimmt genau. Orla hat schon den Tisch gedeckt. Setz dich zu uns, Aiden.«

»Danke, Ma'am. Das ist wirklich sehr freundlich.« Plötzlich ein wenig befangen, stand er mitten im Trailer. »Ich habe nicht nachgedacht. Ich hätte nicht einfach so herkommen sollen. Unangemeldet und …«

»Papperlapapp.« Nan machte mit seiner gestammelten Entschuldigung kurzen Prozess. »Setz dich. Du siehst aus, als hättest du einen Geist gesehen.«

Aiden zuckte sichtlich zusammen. Der letzte Rest Farbe in seinem Gesicht wich aus seinen Wangen. Er musste sich mit einer Hand an der Wand abstützen, so sehr schwankte er.

Orla rutschte auf der Essbank zur Seite. »Hier, wenn du etwas Warmes im Bauch hast, geht es dir bestimmt gleich besser.« Mit der Kelle löffelte sie ihm eine ordentliche Portion Suppe auf den Teller. Auch Shay machte sich nützlich. Unaufgefordert schenkte er Aiden ein großes Glas Wasser ein.

»Danke.« Statt sich sofort dem Eintopf zu widmen, griff Aiden zuerst nach dem Glas. Er leerte es in einem Zug.

»Das habe ich wirklich gebraucht.« Etwas verlegen rollte er den Rand der Papierserviette zwischen den Fingern hin und her. »Ich schätze, ich schulde euch eine Erklärung für den Überfall. Ich wusste einfach nicht, an wen ich mich sonst wenden sollte.« Unter dem Tisch berührte sein Bein das ihre.

»Darüber reden wir nach dem Essen. Ich hab mir Mühe mit dem Chowder gemacht, ich will nicht, dass er kalt wird.« Wenn Nan eine Entscheidung traf, wagte niemand im Hause Reilly, sich ihr zu widersetzen. Sie alle aßen ihren Eintopf schweigend weiter, doch der Genuss wollte sich nicht mehr so recht einstellen. Shay verlor als Erster die Geduld. Kaum hatte er seinen Teller halb aufgegessen, schob er ihn weg und verkündete, keinen Hunger mehr zu haben. Nur Nan ließ sich nicht drängen. Erst als auch sie ihren Teller leer gelöffelt hatte, Aiden und Orla die Teller abgeräumt und Shay den Abwasch erledigt hatte und vier dampfende Teetassen den Suppentopf auf dem Tisch ersetzten, wandte sie sich wieder ihrem Gast zu.

Vorsichtig nippte sie an ihrem Tee. Milchig stieg der Dampf aus der Tasse und hüllte Nans Gesicht in einen duftenden Nebel. Nur ihre Augen schimmerten feucht und klug dahinter hervor. Der Duft von Bergamotte hing in der Luft und benebelte Orlas Sinne. Earl Grey war schon immer Nans Lieblingsteesorte gewesen. In Momenten wie diesem war sie geneigt zu glauben, dass ihre Nan tatsächlich die Fähigkeit besaß, tiefer zu sehen als die meisten anderen Menschen. Das »zweite Gesicht« nannte man früher diese Gabe, die Orla an ihrer Nan immer gleichermaßen gefürchtet und bewundert hatte.

Der Wind rüttelte am Wohnwagen, die Kerzenflammen flackerten im Luftzug. Dennoch war es still im Inneren, bis Nan die Stille durchbrach.

»Jetzt ist der richtige Zeitpunkt.« Über den Rand ihrer Teetasse hinweg sah sie Aiden an. »Was führt dich an diesem windigen Abend hierher?«

»Ich …« Er hielt inne und blickte auf seine Hände. Seine Finger hatten sich auf der Tischplatte ineinander verschlungen. »Ich habe heute beim Renovieren ein verstecktes Zimmer gefunden. Es ist …«

»Ein Geheimzimmer?« Shay konnte sein Staunen nicht länger im Zaum halten. »Das ist ja cool! Gibt es da eine Geheimtür oder so was? Ich hab ja schon immer gewusst, dass dein Haus was Besonderes ist!«

Orla wollte ihren Sohn daran erinnern, dass es sich nicht gehört, andere beim Reden zu unterbrechen. Doch Shays Begeisterung vertrieb Aidens Anspannung, und so ließ sie ihn gewähren.

Aiden lächelte. »Ganz so spektakulär ist es nicht. Ich habe die Holzverkleidung in einem der oberen Zimmer entfernt, und darunter ist eine Speicherluke aufgetaucht.«

»Und gibt es einen Grund dafür, dass das Zimmer versteckt wurde?«, fragte Shay nach. »War da ein Schatz versteckt? Oder ein geheimes Labor? Oder wohnt dort ein Geist, vor dem die ehemaligen Bewohner Angst hatten?«

»Ja, ja und ja.«

»Echt?« Hätte Shay die Augen noch weiter aufgerissen, wären sie ihm womöglich aus dem Gesicht gefallen.

»Nein«, ruderte Aiden zurück. »Nicht ganz.« Er zuckte mit den Schultern. »Oder vielleicht doch. Für mich ist das, was ich darin gefunden habe, zumindest unermesslich wertvoll. Es ist zwar kein Geheimlabor, aber dafür ein geheimes Observatorium. Und ja, irgendwie habe ich mich dort zwei Menschen nahe gefühlt, die ich nie kennenlernen konnte, weil sie viel zu früh gestorben sind.«

»Die früheren Besitzer des Hauses?«

Aiden nickte. »Meine Eltern.«

Orlas Herz setzte einen Schlag aus. Hatte Aiden gerade wirklich behauptet, das Haus habe früher seinen Eltern gehört? Die tragische Geschichte von Francis und Nora Lynch hatte jahrelang über dem Anwesen gelegen wie ein Fluch. Manche sagten, es habe nie wieder einen neuen Besitzer gefunden, weil es verflucht sei. Nicht umsonst nannten es die Kinder der Gegend das »Geisterhaus«.

Für Shay dagegen schien das alles nur eine einzige Abenteuergeschichte zu sein. Er ließ sich kaum bremsen. »Dann bist du eine Waise? Wie Harry Potter? Der findet doch auch in einem geheimen Raum diesen Zauberspiegel und kann dann seine Eltern drin sehen. Ist das der Schatz, den du gemeint hast?«

»Kein Zauberspiegel, fürchte ich.« Aiden nahm eine Hand vom Tisch, griff in die Innentasche seiner Jacke. Das Büchlein, das er daraus hervorholte, legte er in die Mitte der

Tischplatte. »Meine Mutter hat Tagebuch geführt, während sie mit mir schwanger war. Sie hat …« Wieder stockte er. Diesmal sah es nicht aus, als suchte er nach den richtigen Worten. Eher als kämpfte er mit den Tränen.

Mit dem Handrücken fuhr er sich über die Augen, atmete tief durch. »Aus ihren Zeilen spricht so viel Liebe und Vorfreude auf das Kind. Auf … mich. Mein ganzes Leben lang habe ich mich gefragt, warum ich bin, wie ich bin. Selbst meine Eltern, also meine Adoptiveltern, wussten oft genug nichts mit mir anzufangen, weil ich mich zu oft in mir selbst versteckt habe, und auf einmal werden mir all diese Antworten präsentiert, und ich weiß nicht …« Wieder musste er schlucken. »Ich weiß nicht, wie ich damit umgehen soll.« Pause, und dann, ganz leise: »Sie liebte die Sterne ebenso sehr wie ich. Kann das ein Zufall sein?«

Selbst Shay, der gerade noch kaum zu bremsen gewesen war, spürte nun, dass dies nicht die Zeit für weitere Fragen war.

Orla legte ihre Hand auf die von Aiden, hoffte, dass die Geste ausdrückte, wofür ihr die Worte fehlten.

Wieder war es Nan, die das Schweigen brach. Sie legte den Kopf schief, ihr Blick wurde unscharf. »Ich erinnere mich gut an Nora und Francis. Sie waren so ein schönes Paar. Sehr verliebt. Das alte Haus zu kaufen und zu renovieren, war ihr großer Traum. Sie wollten ein Bed & Breakfast daraus machen. Stück für Stück haben sie es wieder hergerichtet. Ihr Tod war eine schreckliche Tragödie. Ich hatte schon so ein Gefühl, dass deine Ankunft in unserer Gegend etwas zu bedeuten hat. Du fügst dich ein, ohne dich zu bemühen. Jetzt weiß ich, warum.«

»Bis vor ein paar Wochen wusste ich nicht einmal, dass ich adoptiert bin. Aber so ...«, er suchte nach Worten, »... richtig wie hier, habe ich mich noch nie gefühlt. Irgendwo in der dunkelsten Ecke meines Hinterstübchens gab es immer diese Ahnung, dass etwas nicht stimmt, dass ich nicht richtig in mein eigenes Leben passe, aber egal wie oft ich meine Eltern danach gefragt habe, sie haben immer geschwiegen und gemeint, ich bilde mir das ein.«

Nan seufzte. »Menschen machen aus Angst viele dumme Sachen.«

Er fuhr sich mit der Hand durchs Haar. Orla kannte Aiden inzwischen gut genug, um es als Geste der Überforderung zu erkennen. »Ich schätze, meine Eltern hatten ihre Gründe. Trotzdem ist ihre Lüge nicht leicht zu verzeihen. Ich fühle mich so ... entwurzelt. Als gäbe es mich gar nicht wirklich. Hätte ich nicht ihre Post eingesammelt, während sie auf Kreuzfahrt sind, hätte ich wahrscheinlich nie von Nora und Francis gehört. Dabei geht es doch um mich. Das hier ...«, er tippte mit dem Zeigefinger auf das Tagebuch, »... ist *meine* Geschichte. Sie hatten kein Recht, mir das vorzuenthalten! Ich möchte wissen, wer ich bin! Woher ich komme! Wenn ich nachts in den Himmel geschaut habe, habe ich dann instinktiv nach einer Verbindung zu Nora gesucht? Wusste ich, ohne es zu wissen, dass sie dieselben Sterne genauso geliebt hat wie ich?« Je mehr er sagte, desto schneller sprudelten die Worte aus ihm heraus, bis seine Stimme brach und in Tränen erstickte. »Es tut mir leid. Es tut mir leid, dass ich euch damit überfalle, aber ich wusste nicht, wohin mit mir. Ich habe den halben Tag in Noras Tagebuch gelesen, aber irgendwann ...« Beinah wütend wischte er sich Tränen von den Wangen, schüttelte energisch den Kopf.

Shay rutschte von der Sitzbank, tauchte unter dem Tisch durch und kam auf ihrer Seite wieder zum Vorschein. Kurzentschlossen kletterte er auf Aidens Schoß, schlang ihm die Arme um den Nacken und barg Aidens Kopf an seinem Hals. »Shhht«, machte er, so wie es Orla gemacht hatte, wenn er als Kleinkind verschreckt aus einem schlechten Traum aufgewacht war. »Das ist doch kein Grund, sich zu entschuldigen. Wir sind immer für dich da. Schließlich sind wir Freunde, oder?«

»Natürlich sind wir das.« Auch Orlas Stimme war tränenerstickt. Gott, die ganze Situation brach ihr das Herz. Shay, ihr süßer kleiner Shay, der eigentlich gar nicht mehr so klein war und gerade bewies, was für ein warmherziger, liebevoller Mensch er war. In ihrem Leben als Mutter hatte sie gewiss nicht alles richtig gemacht, aber offensichtlich auch nicht alles falsch, denn das da drüben war ihr Sohn. Ihr wundervoller, einfühlsamer Sohn. Und dann war da noch Aiden. Oh Gott, Aiden! Ihre Liebe flog ihm zu. Es war kein Mitleid, das sie für ihn empfand, sondern Mitgefühl. Wieder einmal beeindruckte er sie mit seiner weichen Seele. Wie viel Mut konnte ein Mensch besitzen? Wie viel Kraft musste man haben, um sich so verletzlich zu zeigen? Lass mich dich halten, dachte sie. Lass mich für dich da sein und zeig mir, wie es geht, auch andere für mich da sein zu lassen. Lehr mich, was du so gut kannst. Mit ganzem Herzen zu fühlen, ohne Rücksicht auf Verluste, ohne Fassade oder blendenden Schein. Wann hatte sie das zuletzt bei einem Menschen erlebt? Ganz sicher nicht während ihrer

Zeit in London. Die Bretter, die angeblich die Welt bedeuteten, waren in Wahrheit eine Scheinwelt. Echte Gefühle suchte man dort vergebens. Es ging ums Geschäft und ums Geld und sonst nichts.

Noch nie in ihrem Leben hatte sie sich mit solch drängender Sehnsucht gewünscht, zu jemand anderem zu gehören, und gleichzeitig eine solche Angst davor gehabt. So oft hatte sie sich in Menschen getäuscht. Aiden durfte keiner von ihnen werden. Schon allein wegen Shay.

Nans Stimme riss sie aus ihren Gedanken. »Wenn du etwas wissen willst, dann frag. Ich kann dir von Nora und Francis erzählen, wenn du willst. Es ist nicht dasselbe, aber man sagt, ich sei eine gute Geschichtenerzählerin.«

»Ja?« Noch einmal schniefte Aiden. Orla reichte ihm ein Taschentuch.

»Ja.«

Aiden schnäuzte sich. Ein bisschen verlegen steckte er das Taschentuch in die Hosentasche. »Ich weiß nicht einmal genau, was ich wissen will. Es wäre schön, einfach etwas über sie zu erfahren.«

»Nun denn.« Nan lehnte sich auf der Bank zurück. »Ich würde sagen, dann brauchen wir erst einmal einen frischen Tee. Denn zu einer guten Geschichte gehört immer auch eine gute Tasse Tee.«

Orla folgte der unausgesprochenen Aufforderung und setzte eine neue Kanne Earl Grey auf. Danach schob sie sich zurück neben Aiden auf die Bank. Shay, der begriffen hatte, dass es jetzt nicht mehr um Abenteuer und Schätze in verborgenen Zimmern gehen würde, zog sich mit einem Comic ins Schlafzimmer zurück.

Prüfend nippte Nan an dem fertigen Tee. Über den Tassenrand sah sie Aiden direkt ins Gesicht, nickte und sagte: »Es war einmal eine junge Physikstudentin, die verliebte sich unsterblich in einen Jungen aus ihrem Wohnheim …«

Es wurde ein langer Abend. Die erste Kerze brannte herunter, dann noch eine, und Nan erzählte. Sie erzählte die bewegende Geschichte einer Liebe auf den ersten Blick. Es war eine Liebe, die die Naivität der Jugend noch nicht verloren hatte, aber schon mit einem Bein im Erwachsenenleben stand. Es war eine Liebe, die mit Herzklopfen und Träumen ihren Anfang nahm und die Kraft besaß, sich diese zu bewahren, als der Alltag an ihr zu nagen begann.

Einige Jahre nach ihrem Kennenlernen schlossen Nora und Francis beide ihr Studium ab. Bereits während seiner Sommerpraktika in namhaften Anwaltskanzleien merkte Francis, dass er zwar die Gerechtigkeit liebte, das Gesetz ihn jedoch oft genug in Gewissenskonflikte stürzte. Er begann sich ehrenamtlich zu engagieren und bekam so einen Job bei einer Online-Beratungsplattform. Der war zwar nicht so gut bezahlt, wie es ein Posten in einer Kanzlei gewesen wäre, dafür schenkte er seiner Seele Frieden. Nora arbeitete einige Jahre lang in einem Forschungsinstitut. Sie begeisterte sich für Astronomie und sah ihre Arbeit von Anfang an nur als Möglichkeit, Geld zu verdienen. Als Nora das Haus auf den Klippen von einer kinderlosen Tante erbte, überlegten sie nicht lange und verlegten ihren Lebensmittelpunkt nach Kerry. Beide lebten sich in Windeseile in die Dorfgemeinschaft ein. Sie gehörten zu der Art von Menschen, die überall gemocht wurden: freundlich und zuvorkommend, ohne sich anderen dabei aufzudrängen. Nora war es gewesen, die Cormack mit ihrer Liebe zu den Sternen angesteckt und auf das Konservationsprogramm des Dark Sky Comittee aufmerksam gemacht hatte. Damals war Cormack noch nicht Bürgermeister von Ballinskelligs, aber der Grundstein für alle Aufklärungsarbeit in Sachen Lichtschutz war von Aidens Mutter gelegt worden. Ihr »Baby« hatte Nora das Projekt genannt und dabei immer wieder zärtlich die Hand auf den Bauch gelegt. Dass Nora sich von ganzem Herzen ein Kind wünschte, war ein offenes Geheimnis im Dorf, und als sie nach einigen Schwierigkeiten endlich schwanger wurde, gab es im *Jolly Sailor* ein richtiges Fest.

Nicht nur Aiden kämpfte während Nans Schilderungen mehrfach mit den Tränen. Es war so eine Ungerechtigkeit! Echte Liebe war so selten in dieser Welt, und da gab es diese beiden Menschen, und sie liebten einander wirklich, zogen an einem Strang, wollten sich miteinander etwas aufbauen, und dann kam das Schicksal dazwischen und machte alles kaputt. Nicht einmal Erinnerungen waren geblieben, denn Aiden hatte von seinen leiblichen Eltern nichts gewusst. Ganz von allein griff Orlas Hand immer dann, wenn Nans Schilderungen besonders emotional wurden, nach der von Aiden. Falls Nan es bemerkte, ließ sie es unkommentiert. Sollte sie doch ihre Schlüsse ziehen. An diesem Abend war Orla Nans Meinung egal. Sie brauchte diese Berührungen vielleicht noch mehr als Aiden. Nans Schilderungen rissen ein Loch in seine Welt, das eine übergroße Frage formte: Was wäre, wenn? Was wäre, wenn Francis und Nora überlebt hätten? Was wäre, wenn Aidens Eltern seine Vergangenheit nicht kategorisch vor ihm abgeschottet hätten? Was wäre, wenn Aiden von einem anderen Paar adoptiert worden wäre? Was. Wäre. Wenn. Aus Erfahrung wusste Orla, dass dies eine der gefährlichsten Fragen war, die man sich stellen konnte. Sie wollte nicht, dass er fiel, dass er durch das Loch quälender Fragen in die Tiefe stürzte. Ich halte dich, sagte sie ihm deshalb mit jeder Berührung. Ich bin für dich da. Was immer dir durch den Kopf geht, du bist nicht allein.

Draußen vor der Tür legte sich der Sturm. Der Regen verkümmerte erst zu einem sachten Tröpfeln, dann hörte er ganz auf. Die dritte Kerze brannte herunter, und Nan kam zum Ende ihrer Geschichte. Sie erzählte von der Beerdigung, als zwei farblich aufeinander abgestimmte Särge Seite an Seite in die Erde gelassen wurden. *Unvergessen* stand auf dem Marmorstein, der die Grabstätte von Francis und Nora heute zierte, und das waren sie auch. Ihre Erinnerung, das versicherte Nan Aiden, lebte weiter, denn auch wenn ihr Leben kurz gewesen war, so hatten sie doch viele zutiefst berührt.

Bedeutung und Trauer füllten das Schweigen nach Nans letzten Worten. Aus dem Schlafzimmer drangen Shays leise Atemgeräusche, und vor dem Fenster ging die Nacht ihrer dunkelsten Stunde zu.

Schließlich räusperte sich Aiden. »Danke, Nan, ich … Danke euch beiden.« Sein Adamsapfel hüpfte in der Kehle. »Ich muss jetzt gehen. Ich kann gar nicht ausdrücken, wie viel mir das hier bedeutet hat. Wie sehr ich …«

»Ich komm mit und begleitete dich ein Stück.« Er sollte nicht weiter um Worte ringen. Aiden schuldete ihnen nichts. »Ein bisschen frische Luft tut mir auch gut.« Bevor er protestieren konnte, stand sie auf und nahm ihre Jacke von der Garderobe.

»Und ich alte Frau muss sehen, dass ich ins Bett komme.« Nan gähnte übertrieben, streckte sich, blies die Kerze aus und stand auf.

Aiden verabschiedete sich von Nan. Sein Angebot, die Teetassen abzuräumen, wischte sie mit einer Handbewegung beiseite. »Das kann Shay morgen machen. Du hattest einen aufregenden Tag und einen nicht minder aufregenden Abend. Komm sicher nach Hause. Alles andere ist erst mal unwichtig.«

Beim Öffnen der Tür kam Orla ein Schwall kalter Luft entgegen. Sie klappte den Jackenkragen nach oben, vergrub die Hände tief in den Taschen. Neben ihr tauchte Aiden auf. Er hatte sich genauso gegen das Wetter gewappnet wie sie. Wortlos machten sie sich auf den Weg. Der Sturm hatte die Wolken vertrieben. Wie ein samtener Mantel mit Abertausend Diamanten legte die Nacht Dunkelheit um sie. Das Licht der Sterne schien überall zu sein. In Nestern und Wirbeln, Reihen und Kreisen verzierten sie den Himmel. Über ihren Köpfen spielte der Wind mit den Kabeln der Stromleitungen, brachte sie zum Singen. Ein hohes, klagendes Lied.

Erst bei dem Pfad, der von der Straße zu Aidens Haus abging, blieben sie stehen.

Im Schatten der Kapuze sah sie nur die Linie seiner Nase, den Winkel seines Kiefers und das Sternenlicht in seinen Augen. Er nahm die Hände aus den Jackentaschen, das Knistern der Ölhaut überlaut in Orlas Ohren. Seine Hand zuckte, fast wirkte es, als wollte er sie berühren. Stattdessen ließ er die Hand unverrichteter Dinge wieder sinken.

Vor Enttäuschung verkrampfte sich ihr Magen. Instinktiv machte sie einen Schritt auf ihn zu, auf der Suche nach dem, was sie verloren hatte, ohne es je besessen zu haben.

Einen Herzschlag lang zögerte er noch, dann nahm er ihre Einladung an. Wieder hob sich seine Hand, langsam, so langsam, dass sie jederzeit die Möglichkeit hätte, zurückzuweichen, legte er sie an ihre Wange. Seine Finger waren kalt, doch unter der Kälte spürte sie die Wärme seines Körpers.

Sie schmiegte ihre Wange in die Berührung, kostete jede Sekunde der verbotenen Zweisamkeit aus, denn so sehr sie das hier genoss, ein Teil von ihr erinnerte sie daran, dass es nicht sein durfte. Was zu gut war, war nie von Dauer. War das nicht das Fazit von Nans Geschichte? War nicht das Schicksal von Francis und Nora der beste Beweis dafür, dass alles Gute endete und am Ende nur Leid, Schmerz und Einsamkeit zurückblieben?

Das durfte sie Shay nicht antun. Sie durfte ihm nicht nehmen, was er so sichtlich genoss, aber um Aiden abzuweisen, fehlte ihr die Kraft.

Also genoss sie den Moment, prägte sich ihn mit allen Sinnen ein. Sie spürte den rauen Stellen auf seinen Handballen an ihrer Wange nach, sog seinen Geruch nach Meerwind, Salz und einer Spur Kampfer ein. In dem Netz feiner Linien um seine Augen versuchte sie zu lesen, wie Nan es mit den Lebenslinien auf der Handinnenfläche tat. Welche dieser Fältchen sprachen von Lachen, welche von Liebe, welche von Trauer und welche von Schmerz? Sie öffnete den Mund, fuhr sich mit der Zunge über die Lippen, wollte ihn schmecken, so wie sie ihn sah und roch und spürte.

Er kam ihr entgegen. Sein Atem fächerte über ihr Gesicht. Warm und wunderbar. Hin und her fuhr sein Daumen über ihre Lippen, und in ihrem Kopf herrschten Chaos und Glück und Furcht.

»Aiden.« Sein Name ein Flehen. Doch worum bat sie? Dass er aufhörte? Dass er alle Bedenken über Bord warf und sie küsste?

»Du weißt, ich will dich.« Sie hörte seine Worte nicht nur, sie schmeckte sie, so nah waren ihre Münder einander. »Du hast mir den Kopf verdreht, als ich dich vor zehn Jahren zum ersten Mal gesehen habe. Manchmal denke ich, so viel Zufall kann es gar nicht geben. Dass ich dich hier wiedertreffe, ausgerechnet hier und jetzt, das muss Schicksal sein.«

»Shay …«

»Shhh.« Ein Zeigefinger auf ihren Lippen unterbrach sie sacht. »Lass mich das zu Ende sagen, bevor mir deine bloße Anwesenheit wieder die Sprache verschlägt.« Obwohl sie ahnte, dass er nur halb scherzte, hörte sie in seiner Stimme ein Lächeln. Sie erwiderte es, wartete.

»Wenn wir das hier tun …« Wieder streichelte er ihren Mund. Diesmal war es eine einladende, sinnliche Berührung. »Dann gibt es kein Zurück für mich. Ich war so oft die Nummer zwei im Leben der Menschen, die mich angeblich geliebt haben. Weißt du, wie es sich anfühlt, dass meine Eltern mich mein Leben lang belogen haben?«

Sie schüttelte den Kopf. Weil sie genoss, wie seine Finger durch die Haare an ihrer Schläfe fuhren, aber auch weil sie es wirklich wissen wollte. An diesem Abend schenkte er ihr so viel. Niemals im Leben würde sie diesem Geschenk mit Gleichgültigkeit begegnen.

»Als hätten sie sich eine Fantasie gebastelt. Als wäre mein wahres Ich ihnen nicht gut genug.«

»Es tut mir so leid, Aiden. Ich …«

Er schüttelte den Kopf. »Nicht reden, vergessen? Erst wenn ich fertig bin.« Er machte eine kurze Pause, wartete ab, ob sie seinen Wunsch respektierte. Dann fuhr er fort. »In den zehn Jahren, seit du mir zum ersten Mal den Boden unter den Füßen weggerissen hast, habe ich nicht auf dich gewartet. Ich war immer wieder verliebt, aber die Richtige war nie dabei. Ich weiß, wie mich die meisten Frauen sehen. Ich bin ihr Freund, ihr Kumpel. Das ist okay. Aber wenn ich das nächste Mal mein Herz verschenke, muss ich wissen, dass es in gute Hände gerät und ich die Nummer eins bin. So, wie ich bin, nicht so, wie mich sich jemand erträumt. Verstehst du das?«

Sie nickte. Was er sich wünschte, war verständlich. Es war sein gutes Recht. Himmel, er sollte nicht weniger erwarten. Niemand sollte sich je mit weniger zufriedengeben müssen, und doch füllten sich ihre Augen mit Tränen. In ihrem Leben würde er nie die Nummer eins sein können. Diese Rolle war bereits besetzt. Aidens Bitte erinnerte sie schmerzlich daran, wie wichtig es war, mit Shay nachzuholen, was sie in den letzten Jahren versäumt hatte. Als Erwachsener sollte ihr Sohn nicht mit den gleichen Zweifeln ringen müssen wie jetzt Aiden. Niemals sollte er einen Grund haben, an ihrer Liebe zu ihm zu zweifeln.

Der Kampf mit sich selbst musste ihr ins Gesicht geschrieben stehen, denn bevor sie sich eine Antwort abringen konnte, nahm Aiden die Hand weg und trat einen halben Schritt zurück.

Ihre Tränen liefen über. »Es liegt nicht an dir.«

Er stieß einen kurzen freudlosen Lacher aus.

»So meine ich das nicht. Aiden! Denkst du, ich bin aus Eis? Meinst du, ich fühle das nicht auch, was da zwischen uns ist?«

»Du willst mir sagen, wir sollen Freunde bleiben?«

Ja! Ja, verdammt, sie wollte seine Freundin sein. In jedem Wortsinn, den diese Beschreibung zuließ. Seine Weggefährtin und Vertraute. Der Mensch, zu dem er kam, wenn er Kummer hatte, genau so, wie er es heute getan hatte. Doch wie sollte sie das nach dem, was er ihr gerade anvertraut hatte, noch aussprechen? Ihr fehlten die richtigen Worte, und auf einmal war da dieser unbändige Wunsch, zu komponieren, denn wenn Musik eines konnte, dann das auszudrücken, wofür die menschliche Sprache zu schwach war. Wann hatte sie diesen Drang zuletzt verspürt? Sie konnte sich nicht mehr erinnern. Früher, ja, ganz früher, da war die Musik immer ihre Ausdrucksform gewesen. Da hatte sie Gedanken und Gefühle in Klang gießen können, und herausgekommen war etwas Einzigartiges, Wundervolles. Dann war Emanuelle gekommen und in ihrem Fahrwasser Studiobosse und Aufnahmeleiter und Marketingfachleute. Alle hatten ihr erzählt, was sie besser, was sie anders machen solle, bis sie die Freude an dem verloren hatte, was ihr bis dahin immer Kraft und Zuversicht gegeben hatte, und sie nur noch eine kleine Stimme unter vielen gewesen war.

Der zweite Schritt, mit dem Aiden sich von ihr entfernte, war größer als der erste.

»Verstehe.« Der Wind trug seine Stimme fort. Er wandte sich um.

»Aiden!«, rief sie ihm nach. »Tu das nicht!« Wo ihre Tränen nasse Spuren auf ihren Wangen hinterlassen hatten, brannte jetzt Kälte. »Ich will dich nicht verlieren. Die Zeit, die wir miteinander verbringen, ist mir so viel wert.«

Über die Schulter sah er zu ihr zurück. Sein Lächeln wirkte schief und traurig. »Mir auch, Orla. Mir ist sie auch viel wert.« Und damit verschwand er endgültig, wurde eins mit der Dunkelheit, dem Tosen des Windes und dem Rauschen der Wellen. Was von ihm zurückblieb, war der Wunsch, zu komponieren, zu singen, zu spielen.

Sie rannte beinah auf dem Weg zurück zum Trailer, dachte nicht einmal daran, zu Bett zu gehen. Was eignete sich besser als eine Nacht unter den Sternen, um sich von der Muse küssen zu lassen? Sie schnappte sich ihre Gitarre, ein Notenheft und einen Stift, schon war sie wieder aus der Tür hinaus. Sie musste sich dieses Gefühl bewahren, dieses Sprudeln reiner Emotion. Zurück auf dem Klippenweg suchte sie sich einen Platz auf einem Stein. Das Notenheft klemmte sie unter den Oberschenkel, ein paarmal strichen ihre Finger über die Saiten der Gitarre, ohne ihnen einen Klang zu entlocken, dann begann sie zu spielen. Sie dachte nicht darüber nach, was sie spielte, ließ die Töne kommen, wie sie wollten. Sie spielte Anfangsakkorde und Enden,

Riffs und Strophen. Sie improvisierte, ließ die Töne niemals abreißen, fiel in die Melodien wie in die Arme eines lang vermissten Liebhabers. Der Wind sang zu der Melodie, und Orla summte mit. Ganz leise zuerst, dann mutiger und lauter, dann mischten sich einzelne Wörter zwischen das Summen. Am Ende hatte sie das Herzstück eines neuen Songs. Noch nicht perfekt, noch ergab nichts wirklich einen Sinn, und trotzdem war alles richtig. Denn dieses Lied kam aus ihrer Seele.

8

Nans Tipp von den Sternen:
Der Vollmond steht im Widder. Etwas von Herzen zu wollen, bedeutet nicht, stur zu sein. Manchmal hängt es vom Wollen ab, wie viel Gemeinsamkeiten möglich sind.

Die ganze Woche über konnte Aiden das Lied nicht vergessen. Wie Klänge aus einer anderen Welt war es in der Nacht, in der er Orla fast geküsst hätte, durch das offene Schlafzimmerfenster zu ihm herübergeweht und hatte all dem eine Sprache gegeben, was ihn bewegte. Die Melodie begleitete ihn beim Aufwachen und beim Einschlafen. Wenn er tagsüber Patienten sah, musste er sich zusammenreißen, um die routinierten Handgriffe nicht mit einem Summen zu begleiten. Wenn Shay ihn nach der Schule besuchte, um sich von ihm bei den Hausaufgaben helfen zu lassen oder gemeinsam am Haus zu arbeiten, unterdrückte er das Summen nicht mehr, sondern ließ es wie akustischen Nektar über seine Lippen fließen. Shay sprach ihn nie darauf an. Vielleicht kannte er diese Angewohnheit von den Frauen seiner Familie. Wahrscheinlicher erschien Aiden jedoch, dass der Junge die seltene Gabe besaß, Menschen mit ihren Eigenheiten zu akzeptieren, ohne sie nach den eignen Maßstäben zu bewerten. Neben seinem fröhlichen Lachen, seinem unerschöpflichen Wissensdurst und seiner unkomplizierten Hilfsbereitschaft gehörte das zu den Eigenschaften, die Aiden besonders an dem Jungen mochte.

Etwas kitzelte ihn an der Nase. Schon wieder hatte er Minuten damit verbracht, gedankenverloren aus dem Fenster zu starren. Er schüttelte den Kopf, konzentrierte sich wieder auf die Arbeit. Wenn er so weitermachte, würde er nie mehr herausfinden, wie viele Venenverweilkanülen sie in welcher Größe noch vorrätig hatten. Er hatte bestimmt schon dreimal angefangen zu zählen, doch jedes Mal gerieten ihm Gedanken an Orla dazwischen.

Sie wollte ihn nicht, das hatte ihr nach dem Kuss deutlich in den Augen gestanden. Und selbst wenn sie ihn wollte und es andere Zweifel gewesen waren, die sich in ihrer Miene widergespiegelt hatten, wollte sie ihn nicht genug, um vorbehaltlos Ja zu ihm zu sagen. Er warf es ihr ja nicht vor. Gut, an dem Abend war er verletzt gewesen. Wieder einmal hatte er sich zurückgewiesen gefühlt. Langsam wirkte es wie sein Schicksal, Menschen mehr zu lieben, als von ihnen geliebt zu werden. Aber dann hatte er ihr Lied gehört. Und er hatte verstanden. Manchmal ging es nicht darum, etwas nur genug zu wollen, damit es sich erfüllte. Manchmal ging es darum, Prioritäten zu setzen, zurückzublicken und für sich zu entscheiden, was gut gelaufen war und was nicht. Manchmal gab es nicht die richtige Lösung, und es bedeutete mehr, selbst zu wählen, statt das Richtige zu tun. Er verstand das, und doch war da ständig dieses Lied in seinem Ohr. Ein Sirenengesang, der ihn jede verdammte Minute dieser Woche zu ihr hinzulocken schien. Dabei ging es gerade um etwas anderes. Worum ging es noch einmal?

Suchend ließ er den Blick durch die Praxis gleiten. Schreibtisch, Medikamentenkabinett, Venenverweilkanülen …

Richtig. Er war dabei gewesen, die Venenverweilkanülen zu zählen. Sortiert waren sie schon. Von klein bis groß. Von den rosafarbenen waren nur noch vier da, die brauchten sie am seltensten. Weiter ging es mit den blauen. Er griff sich eine Handvoll, dann begann er zu zählen. Eins, zwei, drei …

Die Tür zum Behandlungszimmer flog auf, und Irene stürmte herein. »Aiden? Kommst du mal? Es ist dringend.«

Sein Hirn schaltete automatisch vom Verknallter-Teenager- in den Notfallmodus. Er ließ die Kanülen in das dafür vorgesehene Fach fallen, stieß die Schublade mit der Hüfte zu und war schon auf dem Weg in den Wartebereich der Praxis.

»Ist Dr. Robinson da? Brauchen wir Hilfe? Muss die Luftrettung …« Er stockte mitten im Satz. Die Gummisohlen seiner Sneaker quietschten auf dem Linoleum, so abrupt kam er zum Stehen.

Die Frau auf dem Flur wirkte quicklebendig, und mit an Sicherheit grenzender Wahrscheinlichkeit war sie das auch. Denn vor nicht einmal einer Stunde hatte Aiden sie aus der Praxis entlassen, nachdem er sie im Rahmen eines allgemeinen Gesundheitschecks von Kopf bis Fuß untersucht hatte. Belastungs-EKG, Reflexe, Lungengeräusche, Stand- und Gehstabilität – Mairie Sullivan war eine außergewöhnlich rüstige Zweiundsiebzigjährige, um deren Fitness sie so manche Jüngere beneidet hätte. Es war auch nicht Mairie, deren Anblick ihn völlig aus der Fassung brachte, sondern der von Mairies Begleiterin. An einer blauen Leine mit einem farblich passenden Halsband und langem weißen Fell stand eine Ziege neben Aidens Patientin in der Praxis.

Aiden rieb sich die Augen und blinzelte ein paarmal. Offenbar hatte er in den letzten Tagen viel zu wenig geschlafen. Das kam davon, wenn man ständig an eine Frau dachte, die eine Stimme wie flüssiges Gold und ein Gesicht wie eine Nymphe hatte.

Er öffnete die Augen. Die Ziege in der Praxis blieb. Also doch kein Trugbild.

Hilfesuchend schaute er zu Irene, doch die zuckte nur mit den Schultern und wandte sich Richtung Büro. »Deine Patientin, Aiden«, gab sie ihm noch mit auf den Weg. »Sie hat explizit nach dir gefragt. Als ich sie daran erinnert habe, dass dies eine medizinische Praxis sei und lebende Tiere hier nicht erlaubt hat sie mich weggescheucht und gesagt, ich müsse dich holen, da es ein Notfall sei.«

»Ein Notfall mit der Ziege?« Seine Stimme quiekte. Er blickte von einer Frau zur anderen.

»Ach, papperlapapp.« Mairie stampfte mit dem Fuß auf. Die Ziege schüttelte den Kopf. »Irene Buckley, jetzt ist aber genug mit dem Gerede. Du mit deiner Feldwebelstimme machst den armen Jungen ja noch ganz nervös.«

Aiden verkniff es sich, Mairie darauf hinzuweisen, dass das mit der Feldwebelstimme wohl am ehesten auf sie selbst zutraf.

Sie fuhr fort. »Aiden, mein Schatz, das hier ist Flöckchen. Sie gehört dir.« Das Problem mit Reflexen war, dass man sie nicht kontrollieren konnte. Als Mediziner wusste er das. Per Definition war ein Reflex eine unwillkürliche Reaktion auf einen äußeren Reiz. Der Anblick von Mairie mit der Ziege musste ihn so aus der Fassung gebracht haben, dass sein Gehirn eine Weile auf Sparflamme geschaltet hatte und auf basale Reflexe reduziert war. Nur so konnte er sich erklären, dass er nach der Leine griff, die Mairie ihm auffordernd hinstreckte. Das Ausstrecken war der Reiz, das Annehmen der Reflex.

»Mairie …«

»Sie ist sehr genügsam. Darüber musst du dir keine Gedanken machen. Alles, was sie braucht, ist Futter und frisches Wasser und einen Unterstand gegen das schlimmste Wetter.«

Verzweiflung kam in ihm auf. »Was soll ich mit einer Ziege, Mairie?«

Sie zuckte mit den Schultern. »Was weiß ich. Schließlich ist es deine Ziege. Streichel sie, kämm sie, schlachte sie. Mach, was du willst. Wie käme ich dazu, dir vorzuschreiben, wie du deinen Lohn ausgeben sollst.«

»Aber sie ist eine Ziege!«

»Aiden Taylor, ich bitte dich! Eben hast du noch behauptet, ich erfreue mich bester Gesundheit, und jetzt unterstellst du mir Demenz?«

Er hatte nichts dergleichen gemacht!

»Glaubst du etwa, ich weiß nicht mehr, was für ein Tier da vor mir steht?«

»So habe ich das nicht gesagt.«

»Flöckchen ist meine Bezahlung für die Untersuchung heute Vormittag. Die Rente ist ein bisschen knapp in letzter Zeit, weißt du? Aber niemand soll behaupten, dass die alte Mairie Sullivan irgendwem etwas schuldig bleibt. Meine Rechnungen begleiche ich schön selbst. Flöckchen ist locker das Doppelte von dem wert, was ich dir schulde.«

»Mairie, du kannst mir nicht einfach eine lebendige Ziege andrehen! Wir können einen Zahlungsplan erstellen, irgendwas wird uns schon einfallen.«

Mit schief gelegtem Kopf sah sie ihn an. »Hättest du lieber ein Schaf statt einer Ziege?«

»Nein!« Mit der Hand, in der er nicht die Ziegenleine hielt, raufte er sich die Haare. »Ich will gar kein Tier. So geht das nicht! Du kannst doch nicht einfach mit einem Lebewesen für eine medizinische Dienstleistung bezahlen.«

Angriffslustig verschränkte sie die Arme vor der Brust. »Und wer sagt das? Willst du mir erklären, dass für euch Städter nicht gut genug ist, was bei uns auf dem Land schon immer funktioniert hat? Niemand hat je die Nase gerümpft, wenn man mal nur mit Naturalien bezahlen konnte. Und Flöckchen ist eine ganz hervorragende Ziege. Du weißt gar nicht, was für ein Glück du mit ihr hast.«

In dem Punkt konnte Aiden Mairie nicht widersprechen. Stimmte es tatsächlich, was Mairie behauptete? War es in Kerry in der Tat noch üblich, mit lebenden Tieren für medizinische Dienste zu zahlen? Zugegeben, in Fernsehserien aus dem letzten Jahrtausend wurde das manchmal so dargestellt. Er hatte immer geglaubt, das sei die kreative Freiheit der Drehbuchautoren, aber was wusste er schon?

»Mairie, ich …«

»Ist schon gut, Kleiner.« Sie beugte sich vor und tätschelte seine Schulter. »Ich nehme es dir nicht übel. Du brauchst nur ein bisschen Zeit zum Eingewöhnen. Das wird schon. Glaub der alten Mairie, das wird schon.«

Wie zuvor Irene, so ließ ihn jetzt auch Mairie im Stich und ging. Er blieb mit der Ziege zurück, und als ob das alles nicht schon genug Herausforderung für ihn gewesen wäre, wedelte die Ziege plötzlich mit dem Schwanz und köttelte auf den Linoleumboden.

Angelockt von dem Gestank oder vielleicht auch einfach nur, weil sie wie immer ein gutes Timing hatte, tauchte genau in diesem Moment Irene wieder auf.

»Hat dieses Tier gerade in meine Praxis geschissen?« Streng genommen war es nicht ihre Praxis, sondern die von Dr. Robinson, aber die anklagende Empörung in ihrer Stimme erstickte jeden Widerspruch im Keim. Wenn Irene wollte, stand sie Mairie in puncto Feldwebelton in nichts nach.

»Ich mach es gleich weg.«

»Bring lieber dieses Vieh raus. Das kann unmöglich hierbleiben. Um den Dreck kümmere ich mich so lange.«

»Aber wo soll ich sie denn hinbringen? Ich habe keine Ahnung von Ziegen.« Warum schien dieses Detail keine der beiden Frauen zu interessieren? In seiner Obhut würde das arme Tier keinen Monat überleben.

»Dann bring sie zu jemandem, der sich damit auskennt. Du gehst doch bei den Reillys ein und aus. Nan wird dir schon sagen können, was du mit der Ziege machen sollst. Früher gab es immer Tiere auf dem Campingplatz.«

»Meinst du?« Seit dem Abend, als Nan ihm von Francis und Nora erzählt hatte, hatte er weder Nan noch Orla gesehen. Ihm war es zuwider, immer dann bei den beiden aufzutauchen, wenn er allein nicht mehr weiterwusste.

Irene verlor die Geduld mit ihm. »Aiden!«

»Okay, okay.« Er atmete tief durch. »Ich mach das jetzt.« Irgendwas musste er schließlich unternehmen. »Ich bring Flöckchen zu Nan.«

Er zog seine Jacke an, nahm die Leine und lief geradewegs zum Campingplatz. Mit dem Auto wäre es schneller gegangen, aber er hatte keine Ahnung, wie man eine lebende Ziege im Auto richtig sicherte. Außerdem tat ihm der Marsch gut, um seinen Kopf freizubekommen. Je schneller sein Herz schlug, desto bewusster wurde er sich seiner selbst.

Mit gierigen Klauen griff der Herbst nach den Resten des Sommers. Doch noch gab die Natur nicht klein bei. Sie wehrte sich mit einem Feuerwerk der Farben, färbte die Blätter der Bäume und Sträucher orange, braun und gold. Dazwischen leuchtete das Gelb des Ginsters, das Rosa der Fuchsien und das Violett der Heideblüten. Nur auf den Berggipfeln hing noch Nebel, filterte das warm goldene Herbstlicht und zauberte eine mystische Stimmung. Unter seinen Schuhsohlen knirschte die Feuchtigkeit. Trotz des Sonnenscheins waren die Wege in diesem Teil des Landes nie ganz trocken. Er kam an einer Mauer vorbei, die von oben bis unten von einem Baum überwuchert war. Nur an wenigen Ästen hingen noch Blätter, mit den kahlen fingerte der Baum in der Luft, schien nach allem zu greifen, was sich ihm näherte.

Instinktiv beschleunigte Aiden seinen Schritt. Auch Flöckchen schien es auf einmal eilig zu haben. Klaglos nahm sie sein Tempo an, trottete friedlich neben ihm her und blökte nur ab und zu, wenn sie an Kühen oder Schafen vorbeikamen.

Als sie sich dem Campingplatz näherten, fiel Aiden auf, wie sehr dieser sich in der knappen Woche seit seinem letzten Besuch verändert hatte. Zuerst konnte er nicht den Finger drauf legen, doch dann fiel ihm auf, was es war. Alles wirkte viel … besser. Die Schranke am Eingang war neu gestrichen, der Zaun hatte keine Löcher mehr, das Unkraut auf den Wegen zwischen den Stellplätzen war verschwunden.

Obwohl er nur ein einziges Haus renovieren musste, kam er im Vergleich zu dem, was Orla da auf die Beine stellte, geradezu schneckenhaft voran. Er ließ sich einfach zu leicht ablenken. Immer wieder fing er Sachen an, nur um dann an anderer Stelle weiterzumachen. Dieses Spiel wiederholte sich so oft, bis er sich wieder einmal im Speicherobservatorium seiner Mutter wiederfand. Inzwischen hatte er das Teleskop auf den großen Orionnebel gerichtet. Schon bei mittelmäßigem Himmel war dieser bildfüllend, dennoch war Aiden nicht auf die Pracht vorbereitet gewesen, die sich ihm vor der lichtgeschützten Leinwand des prämierten Nachthimmels des Dark Sky Reserve bot. Ganz klar trat der sogenannte Fischmund hervor, eine dunkle Gas- und Staubwolke, die den kleineren nördlichen Teil des Nebels vom größeren südlichen trennte. Auch wenn sich in einem Teleskop alle Beobachtungen in Grautönen und nicht wie auf den beeindruckenden Farbfotografien im National Maritime Museum präsentierten, raubte der Anblick des über 1300 Lichtjahre entfernten Sternennebels ihm Nacht für Nacht den Atem. Ein Blick in den Orionnebel war ein Blick in die Kinderstube eines Sonnensystems. Nicht nur die vier Trapezsterne, für die der Nebel bekannt war, auch zahlreiche andere junge, unbeschreibliche heiße Sterne ionisierten den interstellaren Wasserstoff in der Galaxie und brachten ihn zum Leuchten. Das machte ihn zu einem Emissionsnebel. Er strahlte von selbst, statt das Licht nur zu reflektieren.

In diesen Momenten, das Auge ans Okular des Teleskops gedrückt, glaubte Aiden wirklich und wahrhaftig, dass in jeder Dunkelheit ein Licht existierte. In diesen Momenten wünschte er, er könnte der Welt weitergeben, was seine Mutter ihm mit diesem heimlichen Observatorium geschenkt hatte. Nora Lynch hatte davon geträumt, das alte Haus in ein Bed & Breakfest umzubauen, hatte Nan ihm erzählt, und vielleicht – vielleicht – war das die Antwort auf das Sehnen und Suchen, das ihn schon umtrieb, so lange er denken konnte.

Flöckchen zerrte an der Leine und war von einer Sekunde auf die andere nicht mehr gewillt, auch nur einen Schritt vorwärtszugehen. Auch ein Ruck an der Leine half nicht. Sie senkte den Kopf, drohte Aiden mit den Hörnern und gab ein empörtes Blöken von sich. So kooperativ sie bisher gewesen war, so deutlich machte sie jetzt, dass der Spaß vorbei war.

Wenigstens waren sie mittlerweile auf dem Campingplatz. Seufzend schlang Aiden die Leine um einen Zaunpfahl. »Sei bloß brav«, ermahnte er die Ziege. »Orla hat diesen Zaun gerade erst repariert. Es wäre echt nicht nett, wenn du ihn wieder kaputt machst.«

Desinteressiert schnüffelte Flöckchen am sommermüden Gras. Besonders begeistert schien sie davon nicht zu sein, doch besser, als mit Aiden weiter spazieren zu gehen, gefiel es ihr dort an dem Zaun allemal.

So weit, so gut. Nun musste er nur noch ihre neuen Besitzer davon überzeugen, dass sie schon immer eine Ziege haben wollten.

Er fand Orla und Nan am Esstisch über ein aufgeschlagenes Buch gebeugt. Aus einem der beiden Zimmer tönte gedämpfte Popmusik. Shay, schätzte er, den die Lektüre der beiden Frauen nicht interessierte.

»Guten Nachmittag.« Er wischte sich Schweiß aus dem Nacken. Der Marsch von der Praxis hierher hatte ihn ordentlich gefordert. »Ich hoffe, ich störe nicht.«

»Aiden!« Hektisch klappte Orla das Buch zu und ließ es unter einem Stapel Zeitschriften verschwinden. »Was machst du denn hier? Willst du zu Shay?«

»Um ehrlich zu sein«, er holte tief Luft, »habe ich einen kleinen Anschlag auf euch vor.«

Nan wurde sichtlich hellhörig. »Einen Anschlag? Das hört sich interessant an! Erzähl mehr.«

»Willst du dich nicht erst setzen?« Orla rückte ein Stück zur Seite, und er nahm das Angebot gerne an.

»Danke.« Plötzlich war ihm schrecklich warm. Je länger er nichts tat, desto mehr schwitzte er. Er schälte sich aus der Jacke, öffnete den Kragen seines Troyers, zerrte an seinem Hemdkragen.

»Nur zu, runter mit dem Zeug.« Sie grinste. »Eine alte

Flunder wie ich bekommt nicht mehr oft einen hübschen Kerl wie dich nackt zu sehen. Aber ich fürchte, du könntest unsere Orla hier ein bisschen in Verlegenheit bringen. Sie träumt ohnehin schon den ganzen Tag von dir.«

»Nan, bitte!«

Aiden räusperte sich. Meinte Nan das ernst? Träumte Orla wirklich von ihm? Stopp! Bei seinem Besuch ging es um Flöckchen. »Also es ist so: Da war diese Patientin heute in der Praxis. Sie hatte einen großen Gesundheitscheck. Leider übernimmt das die Krankenkasse nicht und …« Er unterbrach sich. *Du plapperst. Konzentrier dich aufs Wesentliche.* Aber wie um alles in der Welt kommunizierte man angemessen, dass man unverhofft zu einer Ziege gekommen war? »Egal. Jedenfalls hatte sie offenbar Probleme, die Rechnung zu begleichen. Ein wenig später kam sie zurück in die Praxis und hatte eine Zahlungsmethode gefunden.« Ein Atemzug für Mut.

Orla und Nan sahen ihn an, als verstünden sie kein Wort. Also versuchte er es mit einer weiteren Erklärung. »Sie meinte, das sei so üblich. Hier auf dem Land. Mit … Naturalien zu zahlen. Wenn das Geld knapp ist.«

Sekunden vergingen. Sekunden, in denen die Welt stillzustehen schien.

Als Erste verlor Orla die Fassung. Ein Ruck durchzuckte sie. Sie presste sich eine Hand vor den Mund, konnte ihr Kichern aber nicht mehr zurückhalten. Einen Wimpernschlag später stimmte Nan in das Lachen ein. Die Ältere machte sich nicht die Mühe, ihre Belustigung zu verbergen. Sie lachte aus voller Kehle, der ganze Trailer vibrierte.

»Mairie Sullivan?«, quetschte sie irgendwie während der Lachattacke heraus. »Da hat die alte Vettel dich aber ordentlich drangekriegt, was? Ich wette, die ist gerade zu Hause und amüsiert sich immer noch köstlich. Was hat sie dir gebracht? Eine Wagenladung Kartoffeln? Ein Huhn?«

Zwischen zusammengepressten Lippen stieß er aus: »Eine Ziege.«

Orla nahm die Hand von ihrem Mund, legte sie auf die Stirn. Immer wieder schüttelte sie den Kopf. »Die macht das immer wieder. Jedes Mal, wenn ein Fremder in die Gegend kommt, heckt sie Pläne aus, wie sie die an der Nase herumführen kann. Sag nicht, du hast dich von ihr überrumpeln lassen und bist jetzt frischgebackener Ziegenbesitzer.«

»Um ehrlich zu sein, hatte ich gehofft, ihr könntet mir das arme Tier abnehmen.« Sein Geständnis rief eine neue Lachattacke bei den Frauen hervor.

Vor allem Nan schien gar nicht genug davon zu bekommen, sich auf seine Kosten lustig zu machen. »Du bist wirklich ein solches Herzchen, Aiden. Sag, Schätzchen, wann hast du zum letzten Mal zu irgendwem oder irgendwas Nein gesagt?«

»Ich …« Er schüttelte den Kopf, wollte aufstehen. Das hier war ein Fehler gewesen. Warum tappte er immer wieder in dieselbe Falle? Warum hoffte er immer wieder, Nan und vor allem Orla seien anders als irgendwer sonst? Warum hatte er nur geglaubt, in diesem Wohnmobil, bei diesen beiden Frauen könnte *er* anders sein? Nicht der liebe, gute Aiden, der hilfsbereite Kumpel, der nette Kerl von nebenan, sondern einfach nur Aiden. Ohne jede Bewertung, ohne Beschreibung oder Beurteilung. »Ich glaube, ich gehe jetzt besser.«

»Hey.« Orla ergriff ihn am Oberarm, zog ihn zurück auf die Bank. »Bleib, okay? Bitte.«

»Warum, Orla?« Das kam wütender raus, als er geplant hatte. »Ihr hattet doch euren Spaß. Der Narr hat seine Schuldigkeit …«

»Das denkst du?« Auf einmal waren Orlas Augen weit und dunkel von einer Emotion, die er nicht deuten konnte. »Du bist doch kein Narr, Aiden!« Waren das auf einmal Tränen in ihren Augen? Auch Nan hatte aufgehört zu lachen, ihre Miene war jetzt ganz weich und offen.

Orla fuhr fort. »Wir lachen nicht über dich, Aiden. Wir lachen für dich.« Sie presste sich eine Hand auf die Brust, wieder einmal auf die falsche Stelle, weit weg von ihrem Herzen, aber dafür umso näher an seinem. »Jeder hier ist schon mal auf Mairies Späße hereingefallen. Und ein bisschen Schikane dem Neuen gegenüber? Damit grenzt sie dich nicht aus, Aiden! Damit heißt sie dich willkommen. Mach dich darauf gefasst, in den nächsten Tagen im *Jolly Sailor* das Gesprächsthema Nummer eins zu sein. Bald wird jeder wissen, wer Aiden Taylor ist.«

»Ein gutgläubiger Hohlkopf mit einer Ziege«, grummelte er, doch das, was er als Zurückweisung empfunden hatte, hatte seine Schärfe verloren. Er selbst musste ja über sich lachen.

Spielerisch stupste Orla ihm in die Seite. »Das hast du gesagt.« Sie zwinkerte ihm zu. »Aber apropos Ziege: Wo ist deine jetzt eigentlich?«

»Ähm, draußen?« Wo sonst sollte Flöckchen sein? Er hatte sie nicht unter dem Pullover versteckt.

»Dann schauen wir uns die Gute mal an.« Sie richtete ihren Blick auf ihre Großmutter. »Du hast doch nichts dagegen, wenn ich Aidens neue Freundin im alten Ziegenstall unterbringe? Der ist doch noch intakt, oder?«

»Ob er intakt ist, kann ich dir nicht sagen. Aber dass es Zeit wird, dass auf diesen Campingplatz endlich mal wieder Leben einkehrt, das weiß ich genau. Wofür, wenn nicht, um einer Ziege Unterschlupf zu geben, ist ein Ziegenstall gut? Ich würde wetten, da gibt es sogar ein Sprichwort.«

Fragend sahen er und Orla Nan an.

Die grinste. »Wenn dir das Leben Ziegen gibt, mach Ziegenfrischkäse draus.« Sie zuckte mit den Schultern. »Ich persönlich mag ihn am liebsten mit knusprigem Speck und einem Löffel Kirschmarmelade. Aber das soll jeder haben, wie er oder sie will.« Beinah bis zum Ende gelang es ihr, eine ernste Miene zu bewahren, dann zuckte erst ihr einer Mundwinkel, dann der andere, und schon waren sie und Orla wieder dabei, lachten und gackerten und kicherten. Diesmal lachte er mit. Denn Orla hatte recht. So fühlte es sich nicht an, ausgelacht zu werden. So fühlte es sich an, etwas mit anderen Menschen zu teilen.

✫

… im Einklang mit dem Kosmos Kraft schöpfen und Erholung finden.

Punkt. Speichern. Durchlesen. Dokument schließen. Zufrieden lehnte sich Orla zurück. Langsam nahm das

Konzept, mit dem sie sich bei dem Dream-on-Förderpreis von farawayhome bewerben wollte, Gestalt an. Niemals hätte sie gedacht, wie befriedigend es sein konnte, stundenlang auf einen Computerbildschirm zu schauen und sich wohlklingende Sätze aus den Fingern zu saugen. Sie glaubte nach wie vor nicht, dass es für sie das Richtige wäre, jeden Tag des Jahres ausschließlich damit zu verbringen. Die richtige Mischung machte es. Wenn sie den Vormittag über Unkraut gejätet, Fliesen im Badehäuschen gelegt, Wände gestrichen oder den Zaun repariert hatte, dann war ihr Körper zwar müde, aber ihr Geist hellwach. Dann flossen die Worte aus ihrem Kopf ganz ohne Umweg aufs Papier. Manchmal hatte sie sogar das Gefühl, nicht richtig daran beteiligt zu sein. Als wäre sie nur ein Werkzeug, und die Gedanken kämen von einem anderen Ort oder von einer anderen Kraft.

Die Trailertür öffnete sich, und Nan kam mit einem Korb voll frisch gewaschener Wäsche herein. Seit Orla das Waschhaus auf Vordermann gebracht hatte, gehörte Wäschewaschen zu den Lieblingsbeschäftigungen ihrer Großmutter. Shay folgte Nan dicht auf den Fersen. Er hatte sich der Ziege angenommen und verwöhnte Flöckchen täglich mit frischem Heu und Kraftfutter.

Nan stellte den Wäschekorb auf die Küchenanrichte. Ihr Blick schwenkte von Orla zu dem geschlossenen Laptop und wieder zurück zu Orla. »Bist du fertig?«

»Für heute.«

»Dann kannst du mir ja helfen, die Wäsche zusammenzulegen und einzuräumen. Hat dir unser Gespräch gestern geholfen? Ich denke immer noch, du solltest dein Konzept wie eine Landkarte aufbauen. Nichts anderes ist ein Geburtshoroskop. Wenn du immer nur von ›Sternzeichen‹ redest, wird das der Idee nicht gerecht. Dann reduzierst du das Geburtshoroskop nur auf das Sternzeichen, in dem die Sonne zu deinem Geburtszeitpunkt stand, statt dich auf den ganzen Sternenhimmel zu konzentrieren.«

»Aiden sagt, Astrologie sei sowieso nur eine Erfindung der Menschen«, meldete sich Shay zu Wort. »Weil sie sich früher bestimmte Dinge nicht erklären konnten, haben sie den Sternen die Schuld dafür in die Schuhe geschoben. Dabei ist das, was wir heute im Nachthimmel sehen, sowieso nur ein Abbild aus der Vergangenheit. Allein deshalb kann es gar nicht möglich sein, daraus die Zukunft zu lesen.«

»Das meint er wirklich?«, erkundigte sich Nan. Ein lauernder Unterton hatte sich in ihre Stimme geschlichen.

Shay nickte eifrig.

Orla schmunzelte. Aiden könnte auch behaupten, der Himmel sei grün gestreift mit rosa Pünktchen, und Shay würde ihm zustimmen. Was Aiden betraf, litt ihr Sohn an einem klaren Fall von Heldenverehrung.

»Dann begreift dein guter Aiden nicht, worum es bei der Astrologie geht.« Mit einem Rums ließ Nan sich auf ihren Stammplatz auf der Sitzbank gegenüber von Orla fallen. »Im Grunde ist ein Geburtshoroskop nichts anderes als ein Diagramm zur Selbsterkenntnis. Es ist kein Fehler, ab und zu Hilfe zu brauchen. Jeder Mensch braucht manchmal Anleitung und Unterstützung, um im Alltag zurechtzukommen. Die Astrologie kann helfen zu verstehen, wann es Zeit zum Handeln und wann es Zeit zum Innehalten ist. Das Geburtshoroskop stellt Zusammenhänge zwischen äußeren und inneren Lebensumständen her und kann helfen, diese besser zu verstehen.« Sie zuckte mit den Schultern. »Sicher, wer konkrete Ratschläge sucht, ist bei der Astrologie falsch. Sie ist mehr ein Glauben, eine Philosophie. Es geht um Symbole und Interpretation und Reflexion des eigenen Ichs. Wir Astrologen glauben, dass das Leben auf der Erde ein Spiegelbild des Himmels ist. ›Wie oben, so auch unten‹ heißt die Prämisse.« Sie streckte ihre Arme aus, zog Shay an ihren Körper und pustete Küsse auf den Scheitel des Jungen. »Willst du nicht auch Teil von etwas sein, hm? Hilft es dir nicht, zu wissen, dass du zu etwas gehörst? Zu mir und deiner Mam – und jetzt auch zu Flöckchen?«

Shay wand sich in Nans Umarmung, doch seine Bemühungen blieben halbherzig. In diesem Alter war es möglich, Nans Liebkosungen genau so sehr zu genießen wie zu verabscheuen.

»Du hast Aiden vergessen!« Endlich gelang es ihm, sich aus Nans Umarmung zu befreien. »Aiden gehört auch zu uns. Oder, Mam? Oder?« Ein Flehen, wenn sie jemals eins gehört hatte.

Sie rang sich ein Lächeln ab. Wie konnte sie Shay das antun? Wie konnte sie riskieren, dass er die Freundschaft mit Aiden verlor, weil es zwischen ihr und Aiden zu kompliziert wurde?

Sie musste an Nans heutigen Tipp von den Sternen denken, an das, was ihre Großmutter Shay erklärt hatte. »Manchmal hängt es vom Wollen ab, wie viel Gemeinsamkeiten möglich sind«, hatte Nan ihr geschrieben, und Orla wollte doch. Sie wollte so sehr. Sie wollte das Richtige für

Shay tun und Aiden nah sein. Sie wollte sich selbst treu bleiben und fair zu Aiden sein. Sie wollte alles auf einmal.

»Du hast recht.« Ihr Nicken setzte einen Schlusspunkt unter ihre Gedanken. »Und weißt du, was? Das zeigen wir Aiden auch. Wie soll er die Magie des Nachthimmels verstehen, wenn er sie immer nur durch ein Teleskop betrachtet, hm?«

»Du meinst, wir planen eine Überraschung für ihn?«

Da war Shay sofort dabei.

Sie nickte. »Und ich weiß auch schon, was für eine.«

9

Nans Tipp von den Sternen:
Der Widder ist ein Kletterkünstler. Wenn der Vollmond in seinem Zeichen steht, erinnert er uns daran, dass noch nicht aller Tage Abend ist. Bleib am Ball und verfolge deine Träume!

Missmutig besah Aiden sein Abendessen. Super Noodles auf labbrigem Weißbrot. Eigentlich hatte er gedacht, mit seiner Studentenzeit auch kulinarische Entgleisungen dieser Art hinter sich gelassen zu haben. Die ganze Sache mit Flöckchen hatte ihn aber total aus dem Trott gebracht. Seine Vorratskammer war leer, zum Einkaufen war er nicht mehr gekommen, und müde war er außerdem.

Er warf einen Blick aus dem Fenster. Wenigstens das Wetter hatte ein Einsehen mit ihm. Im Laufe des Tages hatte der Wind die Wolken vom Himmel gepustet, jetzt spannte sich der Abendhimmel wie eine tiefblaue Decke über die Welt. Hier und da tupften erste Sterne den Horizont. Nicht mehr lange, und der Vollmond würde sich in seiner ganzen Pracht präsentieren. Dann könnte Aiden sich in sein Speicherobservatorium zurückziehen, das Teleskop neu ausrichten und versuchen, das Knurren seines Magens sowie die Sehnsucht nach Orla zu vergessen. Eigentlich war Vollmond nicht die ideale Zeit, um die Mondlandschaften zu beobachten. In der zunehmenden Phase des Mondes sorgte das einfallende Sonnenlicht dafür, dass sich an der Hell-Dunkel-Grenze auch feinere Strukturen erkennen ließen, während bei Vollmond viele Bereiche eher flach und kontrastarm erschienen. Dafür war bei Vollmond der Erdtrabant von Sonnenuntergang bis Sonnenaufgang am Himmel zu sehen, und Aiden musste nicht die perfekte Zeit abpassen, um ganz in seiner Betrachtung zu versinken.

Doch erst das Essen. Wenigstens ein bisschen was musste er in den Magen kriegen. Seit Thomas Doyles Brief und seiner überstürzten Flucht aus London hatte er schon zu viel abgenommen. Lustlos stocherte er mit der Gabel in dem Nudelbecher herum. Die Teigfäden wurden bereits schwabblig.

Bumm, bumm, bumm. Ein Hämmern an der Haustür gewährte ihm Aufschub. Wenn ihn die Instantnudeln so grausten, war trockener Toast womöglich die bessere Alternative. Er stellte den Plastikbecher beiseite und ging, um die Tür zu öffnen.

»Überraschung!« Auf der Türschwelle standen Shay und Orla. Sie beide hatten dicke Rucksäcke auf den Schultern. Shays Arme waren voll mit Decken und Kissen, Orla trug einen Weidenkorb über den Arm.

Voller Energie wippte Shay auf den Fußsohlen hin und her. »Wir wollen dich entführen!«, verkündete er. »Mam hat gesagt, es ist an der Zeit, dass du nicht immer nur durchs Teleskop die Sterne anschaust, und jetzt sind wir hier und haben ein Picknick mitgebracht, und du musst mitkommen, und dann suchen wir uns einen schönen

Aussichtspunkt auf den Klippen, wo man das Meer sehen kann und den Strand und alles. Wir haben Muffins mitgebracht und Thunfischbrötchen und Eier und Salat, weil Mam sagt, dass man zu jeder Mahlzeit etwas Gesundes essen muss …«

»Hey, hey, hey!« Lachend unterbrach Aiden ihn. »Vergiss nicht, Luft zu holen, in Ordnung?« Er wartete, bis Shay einen tiefen Atemzug gemacht hatte. »Super. Und jetzt noch mal langsam. Ihr wollt, dass ich euch bei einem nächtlichen Picknick begleite?« Fragend sah er von einem zum anderen. Selbst im künstlichen Licht der Eingangsbeleuchtung bemerkte er die leichte Röte auf Orlas Wangen. Doch statt seinem Blick auszuweichen, hielt sie ihn fest. Ihr Lächeln war eine reizende Mischung aus scheu, hoffnungsvoll und verlegen. Obwohl Shay keine zwei Schritte entfernt stand, gab es in diesem Moment nur sie und ihn.

Sie schob sich den Daumennagel zwischen die Zähne, kaute ein paarmal darauf herum, ehe sie sagte: »Mir fällt erst jetzt auf, dass es ziemlich übergriffig ist, dich so mit der Idee zu überfallen. Wenn es dir zu spät ist oder du keine Lust auf ein Picknick hast oder …«

»Ich habe Lust.« Er lächelte. »Sehr große Lust sogar. Gerade habe ich noch gedacht, wie wenig ansprechend mein Abendessen aus Super Noodles und Toast ist, und da taucht ihr mit einem Korb voller Köstlichkeiten auf.«

Grinsend verdrehte Shay die Augen. »Nan würde jetzt behaupten, das stand in den Sternen.«

Doch Orla blieb ernst. Ganz leise und mit seinem Blick immer noch in ihrem gefangen meinte sie: »Man könnte es auch Schicksal nennen.«

Einen Schlag setzte Aidens Herz aus, dann raste es davon. Orla sprach nicht von Muffins und Sandwiches und Salat.

»Was guckt ihr beiden denn so komisch?« Shays Quengeln zerbrach den Bann zwischen Aiden und Orla. »Können wir endlich los? Der Rucksack wird langsam schwer.«

Orla schüttelte den Kopf, dann knuffte sie ihrem Sohn spielerisch in die Seite. »Wir gucken gar nicht komisch! Du guckst komisch.«

Lachend wich Shay Orla aus. »Selber, selber, da lachen ja die Kälber!«

Der Moment zwischen ihm und Orla war vorbei. Aiden holte aus dem Haus noch ein paar weitere Decken, zog sich eine Jacke an, und schon machten sie sich auf den Weg.

Sie suchten sich einen Platz in der Nähe der Mole. Dort führte eine Wiese, die von einem Weidezaun begrenzt war, bis an den Strand. Der Sand war feucht und gab beim Laufen nach. Leise rollend brandeten die Wellen an Land. Die See war ruhig in dieser Nacht, Horse Island nicht mehr als eine schwarze Silhouette, doch der Vollmond bot genug Licht, um sich zu orientieren.

Kurz hinter der Flutlinie breiteten sie ihre Decken aus, richteten ein Lager aus Kissen und Jacken her und ließen sich die Leckereien schmecken, die Orla und Shay mitgebracht hatten. Die Muffins waren wahrscheinlich schon ein paar Tage alt, die Sandwiches etwas trocken, und der Salat bestand aus grob geschnittenen Karotten, Gurkenstücken und ein paar welken Salatblättern ohne Dressing. Alles in allem nicht das, was die meisten Leute ein Gourmetmenü nennen würden, aber Aiden hatte noch nie etwas so Gutes gekostet. Die Gesellschaft, in der er sich befand, verwandelte jeden Happen in reinste Leckerbissen. Als es kalt wurde, räumten sie die Reste weg, kuschelten sich zu dritt unter den Decken zusammen und wärmten ihre Finger an lauwarmem Tee mit Milch.

Shay lag zwischen ihnen. Die Nacht war so klar, dass die Sterne nicht nur über ihnen, sondern um sie herum zu sein schienen, und dazwischen hing der Mond als leuchtende Scheibe. Sogar mit bloßem Auge konnte man die Talkessel und das Hochland erkennen. Aiden lief ein Schauer über den Rücken. Nicht weil es kalt war, sondern weil der Himmel ganz nah war. Als müsste er nur die Hand ausstrecken, um fremde Galaxien zu berühren. Mit der unendlichen Weite des Universums vor Augen schien auch sein eigenes Leben unendlich viele Möglichkeiten zu bieten.

»Siehst du die dunklen Schatten auf dem Mond?« Er streckte den Zeigefinger aus, deutete auf das silbern leuchtende Rund.

»Hm«. Shay verdrehte den Kopf, bis er auf Aidens ausgestrecktem Arm zum Liegen kam.

»Das sind die Maria. Auf Latein heißt das ›Meere‹. Früher glaubten die Menschen, diese dunklen Flecken seien riesige Wassermassen, deshalb haben sie sie so genannt. Heute wissen wir, dass es nur Beckenlandschaften sind. Es gibt kein Wasser auf dem Mond, aber ihre Namen haben die Maria behalten. Dreiundzwanzig Stück gibt es. Dazu kommen noch die Lacus – die Seen. Das sind kleinere, unebene Basaltebenen, die einen ähnlichen Ursprung haben wie die Maria.«

»Kennst du die Meere und Seen mit Namen?«

»Die meisten.« Er lächelte still. Kein Wunder, dass viele seiner Freunde ihn für sonderbar hielten.

»Und welches ist dein Lieblingsmeer?«

»Lass mich mal überlegen.« Er veränderte seine Haltung, arrangierte sich so, dass Shays Kopf an seiner Schulter nicht unangenehm auf die Knochen drückte. »Vielleicht das Mare Serenitatis – das Meer der Heiterkeit. Erst gestern hat mich jemand daran erinnert, wie schön es ist, ein Lachen im Herzen zu tragen.« Er überlegte weiter. »Oder das Mare Ingenii – das Meer der Begabung. Es fühlt sich gut an, Dinge gut zu können, und um Dinge gut zu können, hilft Begabung. Aber ich glaube, das allerliebste ist mir das Mare Cognitum – das Meer der Erkenntnis. Fragen stellen und Antworten suchen, das hat mich schon immer umgetrieben.«

Shay überlegte kurz. Er bewegte den Kopf hierhin und dorthin, schien aber keine bequeme Position zu finden. »Ich sehe keine Meere«, sagte er schließlich. »Das ist alles nur graues Wischwasch.«

Orla lachte. »Dieses graue Wischwasch hat ganz schön viel Macht. Hörst du das Meer? Der Mond bestimmt das Kommen und Gehen der Gezeiten, er bestimmt, wann die richtige Zeit zum Säen ist und wann zum Ernten. Unsere Vorvorvorfahren haben den Mondzyklus als drei Frauenfiguren dargestellt: Jungfrau, Mutter und altes Weib. Nan hat mir erzählt, dass der Mond unsere tief verwurzelten Gewohnheiten und Verhaltensmuster bestimmt. Alles das, was von Großmutter zur Mutter, zur Tochter oder dem Sohn weitergegeben wird. Alles das, was in uns ist, ohne dass wir es wissen.«

»So wie bei Aiden und der Astronomie? Hat das der Mond bestimmt, dass er Sterne so gern mag? Weil seine Bauchmam Sternenkunde mochte?«

»Seine ›Bauchmam‹?« Orla klang erstaunt.

»Na ja, er hat doch zwei Mütter. Die, die ihn im Bauch hatte, und die, die auf ihn aufgepasst hat, als er groß geworden ist. Ich hab Nan und dich, und Aiden hat eine Bauchmam und eine Hausmam.«

»Hat dir das irgendwer so erklärt?« Zum Glück übernahm Orla das Reden für ihn. Er selbst hätte kein Wort herausgebracht. Mit welcher Selbstverständlichkeit Shay seine Situation beschrieb. Plötzlich fühlte er etwas an seiner Hand. Ein sachtes Streichen, dann ein Streicheln, dann Orlas kleiner Finger, der sich über Shays Kopf mit seinem verschränkte. Du bist nicht allein, sagte diese Geste. Nicht im Universum und schon gar nicht hier auf der Erde.

»Nö.« Nur Shay schien gefasst. »Ich glaube, ich habe das mal irgendwo gehört oder gelesen, und jetzt habe ich mich dran erinnert, weil es um Aiden geht. Irgendwie so. Ist das wichtig?«

»Nein. Wichtig ist nur, dass wir zusammen sind. Jetzt. Und hier. Und heute.«

Und wie um ihre Worte zu bestärken, fiel in eben diesem Moment eine Sternschnuppe vom Himmel. Eine ganze Sekunde lang jagte sie über das Firmament, ihr Schweif ein glühender Feuerstreif. Ein Gruß aus dem Kosmos, ein Winken all derer, die vor ihnen gewesen waren. Womöglich musste man wirklich nicht alles begreifen. Womöglich war es manchmal genug, etwas zu fühlen.

»Da!« Auch Shay war die Sternschnuppe nicht entgangen. Er setzte sich auf, deutete aufgeregt in den Himmel. »Habt ihr die auch gesehen?«

Hinter Shays Rücken rutschte Orla ein Stückchen näher an Aiden.

»Ja, hab ich. Hast du dir was gewünscht?«, fragte sie.

Natürlich hatte Shay eine Antwort, aber Aiden hörte nicht hin. Er richtete seinen eigenen Wunsch an das Universum.

☆

Vor dem Wohnwagen wartete Aiden auf Orla. Das Klappen der Tür ließ ihn aufblicken. Orla legte sich eine Wolldecke um die Schultern und schlüpfte durch den Türspalt.

»Schläft er?«

Sie lächelte. »Sein Kopf hat kaum das Kopfkissen berührt, da sind ihm schon die Augen zugefallen. Es war ein langer Tag. Danke, dass du das alles mitgemacht hast.«

»Machst du Witze?« Er machte einen schnellen Schritt auf sie zu, blieb dann aber stehen. »Das war einer der besten Tage meines Lebens.« Er senkte seine Stimme um eine halbe Oktave. »Oder eher eine der besten Nächte.«

»Wirklich?« Die Treppe knarrte. Nun war Orla an der Reihe, die Distanz zwischen ihnen zu überwinden. Ein Herzschlag, eine Treppenstufe. »Das tut mir leid.« Unter gesenkten Lidern warf sie ihm einen koketten Blick zu. »Das spricht nicht gerade für deine Ex-Freundinnen.«

Ein rauchiger Laut kam aus seiner Kehle. Er rieb sich den Nacken. »Na gut.« Orla nahm auch die zweite Stufe und trat auf den Boden. Ihre nackten Füße steckten in Filzpantoffeln. Das Mondlicht verlieh dem schmalen Hautstreifen über ihrem Knöchel einen silbrigen Schimmer. Er schluckte, in seiner Jeans wurde es eng. Wann hatte ihn der Anblick eines Streifens Haut zuletzt derart aus der Fassung gebracht?

»Es gab vielleicht die ein oder andere Nacht, die in dem ein oder anderen Punkt mithalten kann. Aber als Gesamtpaket?« Er sah ihr in die Augen, zwinkerte ihr zu. Was sie konnte, konnte er auch. Er mochte nicht der größte Charmeur sein, zu ernsthaft, zu ehrlich für das Spiel von Anziehung und Abstoßung, aber in dieser Nacht fühlte er sich leicht und verspielt. »Da war diese Nacht perfekt.«

Wieder machte er einen Schritt auf sie zu. Und sie einen auf ihn. Höchstens zwei Meter lagen jetzt noch zwischen ihnen. Wenn sie ihre Hände ausstreckten, konnten sie einander berühren.

»Ganz perfekt?« Sie legte den Kopf schief, musterte ihn. »Wenn jetzt eine Sternschnuppe vom Himmel fallen würde, gäbe es nichts, was du dir noch wünschen würdest?«

»Du weißt, was ich mir wünsche.« Seine Stimme klang belegt. Er öffnete seine Arme ein wenig. Mehr Einladung brauchte sie nicht.

Am Ende konnte er nicht sagen, wer von ihnen die letzten Zentimeter zwischen ihnen überwunden hatte. Für die Dauer eines halben Atemzugs schloss er die Augen, und als er sie wieder öffnete, lag sie in seinen Armen. Ihre Haare kitzelten seine Nase, sie roch nach Meerwind, Sand und einer Spur von Tee und Lotus.

Sie legte ihre Hand an seine Wange, ihre Stirn an seine. »Ich auch, Aiden. Ich wünsche es mir auch.«

»Aber Shay ...«

Sie nickte. »Ich habe solche Angst, einen Fehler zu machen. Von allen Menschen auf der Welt musst doch gerade du verstehen, wie wichtig das ist. Ich habe so viele Fehler gemacht, Aiden. So viele! Was für eine Mutter gibt den eigenen Sohn ein paar Wochen nach der Geburt in fremde Hände, um ihrem eigenen Rockstartraum nachzugehen?«

»Nan ist keine Fremde.«

»Darum geht es nicht.«

Er legte seine Hand auf ihre, drehte seinen Kopf so, dass er einen Kuss auf ihre Handinnenfläche tupfen konnte. »Egal was du sagst, ich könnte nie glauben, dass du aus Egoismus nach London gegangen bist. Du hattest gute Gründe. Und du liebst Shay. Darauf kommt es an. Ich bin sicher, er spürt das.«

»Denkst du das auch über deine Eltern?« Sie lächelte ein wenig. »Über deine Hauseltern? Kannst du ihnen ihre Fehler genauso großherzig verzeihen wie mir meine?«

»Orla, bitte.« *Bitte was? Bitte ruiniere diesen perfekten Abend nicht mit unangenehmen Fragen. Bitte vermische nicht, was nicht zusammengehört. Bitte mach weiter, bitte stell weiter all die Fragen, vor denen ich davonlaufe, indem ich mich mit Arbeit zuschütte und so tue, als hätte es nie einen Brief von Thomas Doyle gegeben. Als würde ich nicht jede Nacht schweißgebadet aufwachen, weil mich im Schlaf die Dinge einholen, denen ich mich im Wachen nicht stellen will.* All das wollte er ihr sagen, aber es kam kein Laut über seine Lippen. In seinem Kopf gingen die Gedanken durcheinander, und Orla war so nah.

»Siehst du.« Sie deutete sein Schweigen falsch. Tränen glitzerten in ihren Augen. Er hasste, dass er der Grund dafür war.

Sie schüttelte seine Hand ab, machte einen Schritt zurück »Ich kann nicht«, stieß sie mit erstickter Stimme hervor. »Wenn Shay erwachsen ist und an seine Kindheit zurückdenkt, darf er nicht an mich denken als die Frau, der immer irgendwas wichtiger war. Daran würde ich zerbrechen, Aiden.«

Er hatte sie verloren. Der Moment war vorbei, und wieder einmal war es ihm nicht gelungen, ihn festzuhalten. Aber noch war er nicht bereit, aufzugeben. Bestimmt gab es irgendwas, was er sagen, irgendwas, was er tun könnte, um die Magie dieser Nacht zu erhalten.

»Orla! Was, wenn ich nicht Teil des Problems bin, sondern ein Teil der Lösung, hast du das schon mal bedacht? Shay mag mich, und ich mag ihn auch. Traust du mir wirklich zu, dass ich ihn fallenlassen würde, sobald es zwischen uns einmal schwierig wird?«

»Das habe ich nicht gesagt.« Aber es stand in ihren Augen geschrieben, in ihrer ganzen Körperhaltung. Orla Reilly war zu oft von Menschen im Stich gelassen worden, denen sie vertraut hatte. »Ich gehe jetzt«, kündigte sie an, doch einen kurzen Augenblick zögerte sie, einen kurzen Augenblick, in dem Aiden noch hoffte, dann drehte sie sich um, sprang die Stufen, die sie zuvor so langsam genommen hatte, in einem einzigen Satz nach oben und schloss die Tür hinter sich.

Der Heimweg erschien Aiden länger als sonst. Doch trotz Orlas Abweisung fühlte er sich diesmal nicht zurückgewiesen. Der Mond begleitete ihn auf seinem Weg, der Hüter aller irdischen Rhythmen. Vielleicht hatten Nan und Orla ja doch recht. Zumindest ein bisschen. Vielleicht gab es sie wirklich, diese magische Verbindung von oben und unten, von Himmel und Erde, von Sternen und Menschen, und er musste den Dingen einfach seinen Lauf lassen. Was geschehen würde, würde geschehen, denn es stand in den Sternen.

☆

Warum hatte sie das getan? Warum hatte sie Aiden abgewiesen? Nun schon zum zweiten Mal. So gut es in einem knapp sechs Meter langen Wohntrailer ging, tigerte Orla auf und ab. Von Nans Schlafzimmertür vorbei an der Garderobe, der Küchenzeile, der Essecke bis hin zur Tür, hinter der Shay den Schlaf der Gerechten schlief. Am ganzen Körper krabbelten unsichtbare Ameisen über ihre Haut. An Ruhe war nicht zu denken.

Drei Schritte, umdrehen, drei Schritte, umdrehen. Was hatte sie getan? Warum hatte sie es getan? Nichts hatte sich jemals richtiger angefühlt, als in Aidens Armen zu sein. Nichts hatte sich jemals besser angefühlt als seine Hand auf ihrem Gesicht, sein Atem auf ihrer Haut. Mit Shay und ihm auf einer Picknickdecke zu liegen und den Sternenhimmel zu betrachten, hatte Sinn ergeben. Nichts, nicht die winzigste Kleinigkeit an diesem Moment hatte sich falsch angefühlt, nicht einmal dass es Dinge gab, über die sie unterschiedlicher Meinung waren.

Sie hielt es nicht mehr aus. Keine Sekunde länger würde sie es in dem Gefängnis aus Erinnerungen und zu vielen Was-wäre-wenns ertragen.

Bevor sie es sich anders überlegen konnte, zog sie Mantel und Schuhe an und schlüpfte ins Freie. Sie würde nicht lange bleiben. Nan und Shay schliefen, sie würden gar nicht merken, dass sie noch einmal weg war. Als Teenager hatte sie gelernt, sich lautlos zu bewegen. Mit der Zeit war sie zu einer wahren Ausreißkünstlerin geworden. In einer dieser Ausreißernächte war Shay entstanden – gleichzeitig der größte Fehler und das größte Glück ihres Lebens. Auch das begriff sie nicht. Wie es möglich war, dass sie sich immer noch schämte? Auch ein Jahrzehnt später existierte in ihr immer noch die verängstigte Siebzehnjährige, die alles dafür gegeben hätte, die Uhr zurückzudrehen und in dieser einen Nacht Nein zu James zu sagen. Gleichzeitig war sie die Orla von heute. Die Mutter, die eine Niere und ihr Herz und ihr ganzes Leben dafür geben würde, dass Shay an keinem Tag seiner Existenz bezweifeln musste, kompromisslos geliebt zu werden. Gab es denn im ganzen Universum nichts, das eindeutig war? Kein Glück ohne Aber? Keine Liebe ohne Leid?

Sie erreichte Aidens Haus. Mit beiden Fäusten hämmerte sie gegen die Haustür. In den Ohren hörte sie das Rauschen ihres Pulses. Aiden musste wissen, wer zu dieser nachtschlafenden Stunde an seine Tür klopfte. Wenn er öffnete, wenn er sie reinließ, würde sich alles ändern.

Noch einmal trafen ihre Fäuste das Holz, dann schwang die Tür auf. Warmes Licht fiel durch den Flur aus dem Wohnzimmer auf die Schwelle. Auch er hatte keinen Schlaf gefunden.

Gemeinsam. Orlas ganzes Dasein verdichtete sich zu diesem einen Wort, zu diesem einen Wunsch. Wenn sie schon schlaflos waren, dann sollten sie es gemeinsam sein. Wenn sie sich auf der Suche nach Glück schon verloren, dann sollten sie es gemeinsam tun.

»Orla, was ist …«

Sie ließ ihn nicht aussprechen, stoppte die Frage, indem sie ihre Lippen auf seine presste.

Ein Laut kam ihm aus der Kehle, halb Überraschung, halb Gier, dann stürzte er sich in den Kuss. Einen Kuss, den sie am ganzen Körper und bis tief unter die Haut spürte.

Mit einer einzigen geschmeidigen Bewegung zog er sie ins Haus, schlug mit der Hüfte die Tür zu und drückte sie mit dem Körper gegen die Wand. Rechts und links von ihrem Kopf stützte er sich mit den Händen ab. An ihrem Bauch spürte sie den eindeutigen Beweis seines Hungers nach ihr.

Diesmal unterbrach er den Kuss. Auch als seine Lippen die ihren verließen, spürte sie ihn noch auf ihrer Haut. Ihre Lippen prickelten, der Schatten seines Bartes weckte ihre Nervenenden.

»Ist das ein Ja?« Mehr Keuchen als Frage. Dennoch nickte sie.

»Worte, Orla. Sag es klar und deutlich, sodass es keinen Raum für Missverständnisse gibt.«

»Ja, Aiden, oh Gott, tausendmal Ja. Meinst du, ich wäre hierhergekommen, wenn ich anders gekonnt hätte?«

»Ja zu was?« Mit der Nasenspitze strich er die Linie ihres Kiefers entlang, vom Ohrläppchen bis an den Punkt, wo dicht unter der Haut das Blut pulsierte und jagte.

»Zu uns. Zu dir. Zu mir. Such dir eines aus.«

Das musste die richtige Antwort sein, denn endlich – endlich! – küsste er sie wieder. Sie ließ sich in den Kuss fallen. Seine Hände waren überall, mit ihren hielt sie sich an seinen Schultern fest. Mehr, sie brauchte mehr von ihm, wollte ihn überall spüren, so nah wie möglich. Fordernd schlang sie ein Bein um seine Hüfte. Er verstand. Seine Hand fand den Bund ihrer Jeans. Ein Drehen seines Handgelenks, ein geschickter Fingerschlag, schon sprang die Kopfleiste auf.

Mehr, mehr, mehr, jubilierte es in ihr. Sie drückte ihren Rücken durch, hob ihm ihren Unterleib entgegen, dann trafen Finger auf heißes Fleisch, und sie riss sich von ihm los.

»Halt!« Augenblicklich ließ er von ihr ab. Sein Atem ging schwer, als wäre er mindestens acht Meilen gerannt, doch er tat, was sie sagte, drängte nicht, war nicht wütend.

»Was?« Schaudernd schloss er die Augen. In der Kehle arbeitete sein Adamsapfel.

»Shay soll es noch nicht wissen. Mir ist klar, dass das nicht fair ist.« Auch ihr fiel es schwer, zu sprechen. Ihr Atem ging ruckartig, und sie hatte das Gefühl, als würde sie von innen heraus vor Sehnsucht verglühen. »Nicht weil ich mich für dich schäme oder weil ich ihn belügen will. Ich will mir nur …«

»… sicher sein«, vollendete er ihren Satz. »Das ist okay. Wir müssen das nicht tun.« Sehr langsam ließ er ihr Bein von seiner Hüfte gleiten. »Nur so viel du willst.«

Seine Rücksichtnahme verlieh ihr Mut. Mut, der sie dazu brachte, seine Hand zu nehmen und dorthin zurückzuführen, wo sie sich am meisten nach ihm sehnte.

»Das hier war gut«, gurrte sie.

Er nahm die Aufforderung an, begann sie zu streicheln.

Sie schob eine Hand zwischen ihre Körper, massierte ihn durch seine Jeans. Im Rhythmus seiner Finger rieb sie sich an seinem Körper, pumpte und massierte. Sie fanden den perfekten Takt, und ihre Körper sangen für sie. Wir tun es wie Teenager, schoss es ihr durch den Kopf. Im Stehen, fast komplett bekleidet, mit Händen über Stoff. Es machte nichts. Vielleicht hatte sie genau das als Teenager viel zu selten getan. Das Kennenlernen und Erforschen und Ausprobieren. Ihr Körper jedenfalls liebte es und der von Aiden auch, denn es dauerte nicht lange, da kamen sie beide und lachten hinterher über die klebrige Feuchtigkeit an den Fingern und die roten Flecken auf ihren Wangen.

Nebeneinander am Waschbecken stehend wuschen sie sich die Hände. Aiden half ihr, den Pullover wieder zu richten, gab ihr einen Kuss auf die Nasenspitze und meinte: »Du musst nach Hause. Falls Shay aufwacht und sich wundert, wo du bist.«

»Bist du mir wirklich nicht böse?«

Er schüttelte den Kopf. Ein paar Haarsträhnen fielen ihm in die Stirn »Nach diesem Finale eines ohnehin schon perfekten Tages bin ich das genaue Gegenteil von böse auf dich.«

Sie strich ihm die Haare zurück, ließ den Finger auf seiner Haut und küsste ihn. Zart diesmal, beinah keusch und so, so süß. »Wir sehen uns?«, sagte sie, halb Frage, halb Feststellung, und er nickte und gab ihr einen letzten Abschiedskuss auf die Stirn. In ihr herrschte eine Zufriedenheit, von der sie ahnte, dass sie morgen Glück sein würde.

10

Nans Tipp von den Sternen:
Saturn in den Fischen bringt Prüfungen. Als lehrender Meister führt er seine Schüler an die Grenzen, an denen sie wachsen können.

Der Zeitungshut rutschte Shay in die Stirn. Unter der Hutkrempe schielte er zu Aiden und reichte ihm das nächste Stück Tapete. Obwohl beinah sein ganzes Gesicht im Schatten des Papierhuts lag, strahlte der Junge puren Stolz aus.

»Hier, die Bahn ist auch schon fertig. Soll ich wieder gucken, dass die Kanten gerade sind und das Muster passt?«

»Auf jeden Fall.« Selbst für Aiden waren die selbst gefalteten Zeitungshüte eine Nummer zu groß. Er rückte sein Exemplar auf den Hinterkopf. Dann fielen ihm zwar die Haare in die Stirn, aber das war immer noch besser, als nichts zu sehen.

Shay und er machten sich an die Arbeit. Seit sie vor ein paar Stunden begonnen hatten, das Dachzimmer mit der Speicherluke zu tapezieren, waren sie zu einem eingespielten Team geworden. Aiden stieg auf die Leiter, ließ sich von Shay die eingekleisterte Bahn geben und setzte die Kante.

Dann dirigierte ihn Shay so lange, bis das Muster genau passte. Zuletzt strich er die Tapete oben fest, während Shay den unteren Teil übernahm. Fertig. Wenn diese Bahn klebte, fehlten noch fünf. Dann hatten sie es geschafft, und das Zimmer erstrahlte in neuem Glanz. Gemeinsam mit Shay hatte sich Aiden gegen eine neue Holzvertäfelung entschieden. Aus der Ferne wirkte die Tapete einfarbig in einem pastelligen Salbeigrün. Erst wenn man genauer hinsah, erkannte man das cremefarbene Damaszener Blumenmuster. Mit der neuen Wandverkleidung wirkte der Raum sehr edel und traditionell, ohne in die Nähe von Spießigkeit zu geraten. Es war ein Zimmer, das in genau dieses Haus gehörte, und der Blick aus dem Fenster auf das Meer machte es perfekt.

Eine halbe Stunde später waren sie fertig. Ein letztes Mal kletterte Aiden von der Leiter und hielt Shay die Hand zum High five hin.

Der Junge schlug ein. »Wir haben es geschafft! Jetzt muss nur noch die Plastikplane vom Bett, und dann kann das hier mein Zimmer werden!«

»Nur mit der Ruhe. Bevor du einziehst, muss ich erst noch den Boden abschleifen.«

Shay ließ die Hand sinken. Mit der Fußspitze malte er Kreise auf den Dielenboden. »Aber cool wäre es schon, oder? Wenn Mam und ich immer hier sein könnten?«

Oh Shay, wenn du wüsstest. Aus Angst, der Junge könnte ihn durchschauen, probierte Aiden es mit einem Scherz. »Was heißt hier ›wenn‹. Ihr seid doch ohnehin schon in jeder freien Minute hier.« Und das war nicht einmal gelogen. Seit ihrem nächtlichen Picknick und dem

Kuss, der so viel mehr gewesen war als ein Kuss, hatte sich zwischen Orla und ihm viel verändert. Es gab die offensichtlichen Dinge: zum Beispiel, dass sie viel mehr Zeit miteinander verbrachten. Schon früher hatte Shay oft bereits an der Haustür auf ihn gewartet, wenn er von der Arbeit kam. Neu war, dass Orla ihren Sohn begleitete. Manchmal brachte Aiden nach der Arbeit Lebensmittel aus dem Dorf mit, manchmal hatte Orla eine Tasche mit Einkäufen dabei, aber jedes Mal überkam Aiden ein Gefühl wohliger Zufriedenheit, wenn sie zusammen in der Küche standen und das Abendessen vorbereiteten, während Shay neben ihnen am Tisch saß und seine letzten Hausaufgaben erledigte.

Weniger offensichtlich waren die kleinen Veränderungen. Die zufälligen Berührungen, die heimlichen Blicke, die gestohlenen Küsse in Momenten, wenn Shay mit etwas anderem beschäftigt war. Jeden Tag wuchs Aidens Sehnsucht nach Orla, hungerte sein Körper mehr danach, ihr wieder auf eine Weise nahe zu kommen, die ihn vergessen ließ, wo er aufhörte und sie anfing. Doch diese Sehnsucht war nicht schmerzvoll, sondern ein Teil einer Reise, die er mit jeder Faser seines Seins genoss.

Shay nahm den Zeitungshut ab. Er ließ sich auf den Hintern fallen und schlug die Beine unter. Was gerade noch ein Papierhut gewesen war, verkrumpelte in seinen Händen zu einer unförmigen Kugel.

»Hey, Kumpel.« Aiden, den es immer wieder erstaunte, wie schnell ein Stimmungswechsel bei einem Zehnjährigen vonstattengehen konnte, legte eine Hand auf Shays Schulter. »Alles klar bei dir? Was ist auf einmal los?«

»Ach, nichts.« Theatralisch zuckte Shay mit den Schultern. »Ich schätze nur, das mit dem gemeinsamen Wohnen hier, in einem richtigen Haus, wird sowieso nichts.«

»Nicht sofort«, stimmte Aiden zu. Neben Shay sank er zu Boden. So nah, dass ihre Knie sich berührten, setzte er sich im Schneidersitz hin. »Deine Mam und du und ich, wir kennen uns ja noch nicht so lange. Aber wer weiß schon, was irgendwann sein wird. Bisher verstehen wir drei uns doch ganz gut, oder?«

»Ja, aber Mam will ja aus Nans Campingplatz diesen Glampingplatz machen. Deshalb schuftet sie von früh bis spät und repariert alles, was es zu reparieren gibt. Es gibt da diesen Preis im Internet. Mit dem kann man ganz viel Geld gewinnen, und Mam glaubt, dass ganz viele Leute zu Nan kommen würden, wenn sie an einem Ort Ferien machen könnten, der zu ihren Sternzeichen passt.«

Die Unterhaltung im *Jolly Sailor* fiel Aiden wieder ein. Wie vehement Orla darauf bestanden hatte, dass Menschen einen emotionalen Zugang zu den Sternen brauchten, wenn man sie damit nach Kerry locken wollte. Sah aus, als wäre ihr ein Weg eingefallen, um das zu tun.

»Ich würde jedenfalls viel lieber in deinem Haus Urlaub machen als auf einem zugigen Campingplatz«, stellte Shay fest. »Im Grunde ist es ja egal, wie man ihn nennt. Ein richtiges Dach über dem Kopf ist immer noch besser als ein Trailer oder ein Zelt.«

Mit der Schulter stupste Aiden Shay an. »Jedem Tierchen sein Pläsierchen, okay? Manche mögen Urlaub auf dem Campingplatz, andere im Hotel, und wieder andere urlauben am liebsten in einem B&B, wo sie Anschluss zu den Vermietern haben und es sich ein wenig anfühlt wie ein Besuch bei Freunden. Wir mögen ja auch nicht alle dasselbe Essen oder dieselben Bands. Da wäre es doch ziemlich doof, wenn wir alle auf dieselbe Art Urlaub machen wollten.«

»Trotzdem.« Seine Erklärung schien bei Shay auf wenig Gegenliebe zu stoßen. Der Junge schob die Unterlippe vor und schmollte. »Warum machst du nicht auch bei dem Preis mit? Dann kriegst du das Geld und kommst viel schneller voran mit dem Renovieren.«

»Was? Wird dir die ganze Heimwerkerei etwa langweilig?« Aiden mimte den Empörten. Seine Schauspielerei zeigte Wirkung. Shay begann zu kichern

»Gar nicht!«

»Na, da bin ich ja erleichtert.« Er gab Shay einen Klaps auf den Rücken und stand auf. »Dann kannst du mir nämlich jetzt helfen und den Tapezierpinsel auswaschen, während ich den Tisch abbaue und runter in den Schuppen trage. Bis wir hier alles aufgeräumt haben, ist es wahrscheinlich schon Zeit fürs Abendessen, und deine Mam kommt.«

»Okay.« Ohne weitere Widerrede stand Shay auf. Gemeinsam schafften sie Ordnung. Wie Aiden prophezeit hatte, kam Orla mit dem Abendessen gerade als sie den letzten Gang zum Schuppen hinter sich gebracht hatten.

Sie passte sie auf dem Rückweg zur Haustür ab. »Na, ihr zwei fleißigen Bienchen, seid ihr gut vorangekommen?« Sie drückte ihrem Sohn zur Begrüßung einen Kuss auf den Scheitel. Über den Kopf des Jungen hinweg sah sie Aiden an. Er wünschte, er könnte sie zur Begrüßung auch küssen, doch bis sie Shay von ihrer Beziehung erzählt hatten und das erlaubt war, musste ein Blick genügen.

Zum Abendessen gab es goldbraun gebackene Pasteten mit einer cremigen Füllung aus Lauch, Champignons und Schinken. Shay brüstete sich mit ihren Erfolgen beim Tapezieren, Orla erzählte den neusten Tratsch von Nan und ihren Bridge-Damen. Nach dem Essen schauten sie alle zusammen, auf das alte Sofa seiner leiblichen Eltern gekuschelt, drei Folgen einer Serie, die sie vor ein paar Tagen angefangen hatten. Es war die Art häusliches Idyll, wie er es sich immer gewünscht hatte. Seine Eltern mit ihren unruhigen Füßen waren immer auf dem Sprung, immer in Bewegung, und wenn schon nicht in echt, dann wenigstens in Gedanken. Stets plante Dad irgendein Bauprojekt, gab es irgendwas zu verbessern, zu vergrößern, zu verändern. Von ihm hatte Aiden Tapezieren, Sägen und Schleifen gelernt. Und wenn Aiden nach einem langen Arbeitstag mit seinem Dad müde war, ließ seine Mutter die schillerndsten Welten vor seinem inneren Auge entstehen. Sie erzählte von den Reisen, die sie noch unternehmen wollten, wie von Abenteuern aus einem Märchenbuch. Aiden hatte es gehasst, auf fremde Klos zu gehen, wenn seine Eltern ihn als Kind mit dem Rucksack durch Thailand schleppten; aber abends den Kopf auf den Schoß seiner Mutter zu legen und zuzuhören, wie sie den Anstrengungen in seiner Erinnerung allein durch ihre Stimme eine neue, wunderbare Bedeutung verlieh, das hatte er geliebt.

Er blickte auf Shay, der zwischen ihnen saß, und auf Orla, die seinen Blick bemerkte und auf der Sofalehne hinter Shays Kopf seinen Arm streichelte, und zum ersten Mal, seit er Thomas Doyles Brief in Händen gehalten hatte, fühlte er eine schmerzhafte Sehnsucht nach seinen Eltern. Nicht nach Francis und Nora Lynch, sondern nach Ben und Rachel Taylor. Sie hatten ihr Bestes gegeben, ging ihm auf, und manchmal war dieses Beste genau richtig gewesen.

Die Serienfolge ging zu Ende. Shay gähnte und rieb sich die Augen. Orla wies ihn an, seine Sachen zusammenzupacken, blieb selbst aber noch sitzen. Wie von selbst rutschten ihre Körper in die frei gewordene Lücke zwischen ihnen. Knie an Knie, Schenkel an Schenkel, Schulter an Schulter, Orlas Kopf an seinen gelehnt. Für diese Momente lohnte sich das Warten. Für diese Momente lohnte sich das Sehnen. Niemand hatte gesagt, dass es leicht würde, sich einen Platz in Orlas Leben zu erkämpfen. Die meisten Dinge, für die es sich lohnte zu kämpfen, waren es nicht.

Shay rief aus dem Flur, dass er fertig sei, Aiden stand auf, reichte Orla eine Hand, um auch ihr beim Aufstehen zu helfen. Sie verabschiedeten sich, und dann war er allein. Wie fast jeden Abend, nachdem Orla und Shay gegangen waren, zog es ihn in sein Dachbodenobservatorium. Bevor er sich in einen der Sitzsäcke fallen ließ, die noch aus der Zeit von Nora und Francis stammten, fischte er sein Handy aus der Gesäßtasche seiner Jeans. Er knipste zwei Tischlampen an und warf das Handy auf den Beistelltisch, wo seit Tagen sein eigenes Notizbuch neben Noras Schwangerschaftstagebuch lag. Es war noch immer dasselbe Heft, in das Orla vor über zehn Jahren ihr allererstes Autogramm geschrieben hatte. Im Laufe der Zeit hatte er mehrmals weitere Seiten hinzugefügt. Gerade wollte er danach greifen, als der Bildschirm seines Handys aufleuchtete und den Eingang einer neuen Textnachricht verkündete.

»BITTE MELDE DICH!« Er musste nicht nachsehen, um zu wissen, von wem die Nachricht kam. Bevor er ihre Kontaktversuche ignorierte, hatten sich seine Eltern nie so oft bei ihm gemeldet. Sein Magen verkrampfte sich. Aus Erfahrung wusste er, dass der Schmerz erst nachlassen würde, wenn er den Text wegklickte. Genau das war sein Plan, als er nach dem Gerät griff. Doch statt den Chat zu löschen, öffnete er ihn. Er scrollte nach oben. Wortfetzen sprangen ihm ins Auge.

»... können es dir erklären«, »keine Lüge«, »unser Sohn«. Sie hatten sich also zusammengereimt, was es mit seiner Funkstille auf sich hatte. Sie wollten ihm alles erklären? Er schnaubte. Wie denn bitte? Wie wollten sie ihm erklären, dass sie ihm mit ihrem Schweigen einen großen Teil seiner Identität geraubt hatten? Wie konnten sie wagen, von Liebe zu reden, wenn es ihnen immer nur darum ging, dass er sie liebte. Eine Liebe, die sie für sich wollten, statt sie mit den Geistern zweier Toter teilen zu müssen.

Wie sollte er ihnen jemals verzeihen, wenn er nicht einmal mehr wusste, wer Ben und Rachel Taylor waren? Bis vor ein paar Wochen waren sie in seiner Vorstellung zwei liebevolle Exzentriker gewesen. Ruhelos und offenherzig, begeisterungsfähig und lustig, aber keine Lügner!

Sein Daumen schwebte über dem Display. Ein einziger Klick, und der ganze Chat würde ein für alle Mal verschwinden. Er könnte die Nummern seiner Eltern sperren. Dann müsste er nie wieder zusammenzucken, wenn sein Handybildschirm aufleuchtete. Dann hätte die Wut auf

Ben und Rachel keinen Grund mehr, ihn hinterrücks zu überfallen, immer dann, wenn er am wenigsten damit rechnete. Dann würde er vielleicht endlich wieder ruhig schlafen können. Ohne Albträume, ohne heimlich geweinte Tränen, ohne diesen Malstrom an Gefühlen, in dem er nur deshalb nicht ertrank, weil es Orla und Shay gab. Seine Anker, seine Gründe, weiter an die Liebe und daran zu glauben, dass im Großen und Ganzen doch alles einen Sinn ergab.

Er legte das Handy beiseite, zwang sich, Ben und Rachel zu vergessen und stattdessen an Orla und Shay zu denken. Das machte ihn immer glücklich. Wie schnell Shay zu einer echten Hilfe bei den Renovierungsarbeiten geworden war! Zunächst war der Junge vorsichtig gewesen, hatte sich selbst kaum etwas zugetraut, doch mit jedem Handgriff gewann er an Sicherheit. Noch erfüllender, als zu sehen, wie gut die Renovierungsarbeiten vorankamen, war das Gefühl, Shay dabei zu helfen, ein glücklicherer und selbstbewussterer Mensch zu werden. So musste sich sein Dad gefühlt haben, als er Aiden beibrachte, wie man mit einer Stichsäge oder einem Sandstrahlgerät umging.

Wieder fiel sein Blick auf das Handy. Und was, wenn sie sich wirklich Sorgen machten? Immerhin hatte er ihnen nicht einmal gesagt, wohin ihn seine Flucht getrieben hatte. Ben und Rachel saßen auf diesem Kreuzfahrtschiff irgendwo am anderen Ende der Welt, und soweit sie wussten, könnte er genauso gut tot sein. Wie würde Orla sich fühlen, wenn Shay sie so kategorisch aus seinem Leben ausschließen würde? Sein Brustkorb zog sich zusammen. Sie würde daran zugrunde gehen. Bei allen Fehlern, die sie als Mutter gemacht haben mochte, bezweifelte Aiden keine Sekunde, dass sie stets aus Liebe zu Shay gehandelt hatte.

Waren seine Eltern wirklich so anders als Orla? Nur weil sie älter waren und mehr Zeit gehabt hätten, ihre Fehler wiedergutzumachen, ehe er selbst dahinterkam, hieß das nicht, dass sie sie nicht bereuten. Zu lieben bedeutete nicht, fehlerlos zu sein. Das sagte ihm sein Verstand, aber warum tat es trotzdem so weh, wenn er an Rachel und Ben dachte?

Ehe er es sich noch einmal anders überlegen konnte, schnappte er sich das Mobiltelefon.

»Macht euch keine Sorgen«, textete er an die Nummer seiner Mutter. »Bin in Irland und brauche Zeit, um über alles nachzudenken. Den Umständen entsprechend geht es mir gut.«

Zu mehr war er nicht in der Lage.

☆

»Also, Aiden, das ganze Dorf spricht ja davon, wie gut du mit deinen Händen umgehen kannst. Lust, das unter Beweis zu stellen?« Cillian grinste ihn an. Orla ahnte, worauf das hinauslaufen würde. Unterm Tisch drückte sie ihr Knie gegen das von Aiden.

Ihre Freitagabendbesuche im *Jolly Sailor* waren mittlerweile so etwas wie eine liebgewonnene Tradition geworden. Allzu lange blieben sie selten, aber Orla genoss es, mitzuerleben, wie Aiden Woche für Woche mehr in die Dorfgemeinschaft hineinwuchs. Neben dem wachsenden Kleintierzoo auf Nans Campingplatz waren die Neckereien im

Jolly Sailor das deutlichste Zeichen dafür, wie sehr der ehemals Fremde den anderen ans Herz wuchs. Jetzt also Darts. Nur Aiden selbst schien das noch nicht begriffen zu haben.

»Wie meinst du das?«, fragte er den Baumarktbesitzer. »Wenn du jetzt irgendeine Erklärung aus dem Hut ziehst, warum noch ein Tier ...«

Das Lachen der versammelten Mannschaft unterbrach Aiden. Cillian riss die Hände in die Höhe.

»Wo denkst du hin? Ich persönlich bin der Meinung, mit einer Ziege, fünf Hühnern und einem heiseren Hahn hast du genug zu tun. Vor allem da wir ja alle wissen, dass du die Arbeit Orlas Jungen übertragen hast.«

»He!« Orla sprang zu Aidens Ehrenrettung ein. »Shay macht das gerne. Außerdem stärkt es den Charakter, für andere Lebewesen verantwortlich zu sein.«

»Na, du musst das ja wissen.« Eine Stimme, von der Orla gehofft hatte, sie nie wieder hören zu müssen, durchbrach das kameradschaftliche Geplänkel. Oran Cahill. Orla presste die Lippen aufeinander. Ein paar Jahre lang war sie mit Oran zur Schule gegangen. Er hatte zu den Jungen gehört, die Orla nicht mehr von der Pelle gerückt waren, nachdem ihre Schwangerschaft sich herumgesprochen hatte. »Was stellst du dich so an?«, hatte er ihr einmal ins Ohr geflüstert, als er sie auf dem Heimweg abgepasst und unter einem Vorwand in einen dunklen Schuppen gelockt hatte. »Jetzt kann doch nichts mehr passieren. Ich weiß genau, wie du tickst. Du willst es nämlich auch. Eine wie du, die kann nicht ohne. Sonst wärst du kaum in so einer Situation.«

In ihrer Kehle schwoll die Erinnerung zu einem Kloß an und nahm ihr den Atem. Zehn Jahre später wagte dieser Kerl tatsächlich, wieder anzukommen und genau da weiterzumachen, wo er aufgehört hatte, nachdem sie sich den Dreckskerl mit einem gezielten Tritt in die Weichteile vom Leib gehalten hatte? Erst als sie ihr Pintglas abstellen musste, weil sie Bier verschüttete, merkte sie, wie stark sie zitterte.

»Alles in Ordnung?« Unter der Tischplatte ergriff Aiden ihre Hand. Sorge zeichnete sich auf seiner Miene ab, doch mehr Besorgnis als die raunend gestellte Frage wagte er offenbar nicht zu zeigen. Immerhin hatten sie eine Abmachung.

Sie schloss kurz die Augen, nickte. Oran Cahill besaß keine Macht über sie. Sie war jetzt mit Aiden zusammen, und auch wenn das bisher niemand außer ihm und ihr wusste, machte es einen gewaltigen Unterschied. Aiden liebte Shay, ebenso wie Orla ihren Sohn liebte. Ihr Engländer hatte ihr nie das Gefühl gegeben, weniger wert zu sein, weil sie sich als Teenager auf den falschen Typen eingelassen hatte. Im Gegenteil: Immer wieder beteuerte Aiden ihr, wie sehr er ihre Kraft und Entschlossenheit, für Shay da zu sein, bewunderte.

»Darts, Mann«, kam Cillian auf das eigentliche Gespräch zurück. »Gerade ist eine Scheibe frei geworden. Das hier ist eine Aufforderung. Hast du's drauf oder nicht?«

Aidens Wangen tönten sich rot. »Ich kann es probieren. Erwarte bloß nicht zu viel.« Etwas in Aidens Stimme ließ sie ahnen, dass er nicht so unbedarft an der Dartscheibe war, wie er vorgab. Das versprach ein interessantes Spektakel zu werden. Er erhob sich von der Bank, und sie tat es ihm gleich.

»Ich komm mit.«

»Echt?« Oran machte eine enttäuschte Miene. »Dabei dachte ich, jetzt, wo der Platz neben dir frei wird, können wir unsere alte Freundschaft ein bisschen auffrischen.« Er legte ihr eine Hand auf die Schulter. Ruckartig entzog sie sich der Berührung.

Orla drängte sich an Aiden. Die Enge im Pub entschuldigte ihre Nähe, und trotzdem fühlte sich alles an der Situation falsch an. Als würde sie Oran einladen, sie zu bedrängen, weil sie nicht zu Aiden stand.

Das Dartspiel begann. Zielsicher gewann Aiden das Ausbullen. Der erste Pfeil in der Triple 19 konnte noch als Zufallstreffer durchgehen. Vielleicht auch noch der zweite Pfeil in der Triple 13, aber spätestens als sein letzter Wurf in der Triple 20 landete, war allen Umstehenden klar, dass er seine Fähigkeiten an der Dartscheibe arg heruntergespielt hatte.

Cillian pfiff durch die Zähne. »Ziemlich eindrucksvoll für einen Versuch. Ob ich das aufholen kann?«

Konnte er nicht. Bei seiner ersten Runde erzielte Cillian nur hundert Punkte. Eine dreifache Triple 20 brachte Aiden endgültig in Führung, und schon in seiner dritten Runde holte er mit einer beeindruckenden Kombi aus Triple 17, Triple 18 und Double 16 den Sieg nach Hause.

Orla juchzte vor Begeisterung.

Cillian schüttelte fassungslos den Kopf. Bisher war er der beste Dartspieler von Ballinskelligs gewesen. »Da schau dir einer unseren guten Doktor an. Bist du ein heimlicher Profi, oder war das Anfängerglück?«

Aidens rechter Mundwinkel hob sich. Kein echtes Grinsen, eher eine Anerkennung seiner eigenen Leistung. »Meine Hand-Augen-Koordination ist ganz gut.«

»Ach was!« Auch Oran hatte sich unter die Zuschauer gemischt. »Das kann jeder sagen. Ich setze zwanzig Mäuse auf den nächsten Gegner von dem schnieken Grünschnabel.« Schon reckte er den passenden Schein in die Luft.

Orla wollte protestieren, aber schließlich waren sie hier in Ballinskelligs, wo die Leute zum Zeitvertreib wetteten, seit es überhaupt Menschen auf diesem entlegenen Streifen Land gab. Arthur straffte die mageren Schultern und hob die Hand.

»Ich versuch mein Glück.« Er fischte einen Zwanziger aus seiner Börse und drückte ihn Oran gegen die Brust.

»Hast du wirklich nichts Besseres zu tun, Arthur McBurney?«, empörte sich Orla, doch gegen die aufgeheizte Stimmung im Pub hatte sie keine Chance.

Aiden schob die Ärmelaufschläge des Pullovers nach oben und stärkte sich mit einem Schluck Ale für das nächste Match.

»Traust dem Neuling wohl auch nichts zu, was?« Stückchen für Stückchen hatte Oran sich an sie herangepirscht. Jetzt stand er nah genug, dass sie seine Bierfahne riechen konnte. Er klang nicht betrunken, aber von dem Geruch wurde Orla übel. Im Hintergrund spielte eine aktuelle irische Folk-Band im Radio. Orla kannte das Lied, sie war bei der Aufnahme mit im Studio gewesen. Ab und zu war im Background sogar ihre Stimme zu hören. Immer die Arbeiterin, niemals die Königin. Sie hatte so viel von sich gegeben. Und wofür? Damit sie zehn Jahre später wieder am

Anfang stand, im *Jolly Sailor*, als wäre sie in all der Zeit keinen Schritt vorangekommen. Statt Oran zu antworten, drehte sie sich weg und suchte Aidens Blick.

Über die Köpfe der anderen hinweg zwinkerte er ihr zu. »Wünsch mir Glück«, formten seine Lippen. Sie lächelte, führte Zeige- und Mittelfinger zum Mund und deutete einen Kuss auf die Innenflächen der Finger an, ehe sie eine Geste machte, als würde sie ihm den Kuss zuwerfen. Sollten die anderen doch denken, was sie wollten. Die meisten hatten ohnehin keine Augen für sie. Im Background war man unsichtbar.

»Wer gewinnt, muss sich als Freiwilliger für die nächste Lichtschutzwanderung melden«, mischte sich nun auch Cormack ein. »Ich mach den Buchmacher, im Gegensatz zu Oran bin ich nämlich neutral. Aber ihr müsst versprechen, mit dem Spiel etwas für den guten Zweck beizutragen. Es geht um die Sanierung der Straßenbeleuchtung in Dungegan. Ich kann jeden Freiwilligen gebrauchen.«

Widerspruchslos händigte Oran das bisher eingesammelte Wettgeld an Cormack aus. »Sorry, Bürgermeister, aber bei deiner Bastelaktion kann ich dir nicht helfen. Das Weibchen meckert schon, wenn ich einmal die Woche in den Pub gehe, einen zweiten Abend frei krieg ich bestimmt nicht.«

Er hatte eine Frau und rückte ihr trotzdem auf die Pelle? Das sah Oran ähnlich. Ebenso wie seine Frau »Weibchen« zu nennen. Orla konnte gar nicht so viel essen, wie sie gerne kotzen würde.

»Ich helfe gerne«, versicherte Aiden. »Egal wie das Spiel hier ausgeht. Alles, was du bisher über die Lichtschutzmaßnahmen erzählt hast, fasziniert mich. Ich bin gerne ein Teil davon und lerne dazu.«

Mit der einen Hand klopfte Cormack ihm anerkennend auf die Schulter, mit der anderen sammelte er weiterhin Wetteinsätze ein.

Der halbe Pub schloss nun Wetten ab. Am Ende stand die Quote 4:3 für Aiden. Toi, toi, toi, dachte sie, toi, toi, toi. In ihrem Hals spürte sie ihren Pulsschlag, so sehr wünschte sie sich, dass er gewann.

Das Match begann.

Wieder erspielte er sich beim Ausbullen einen Vorteil. Wieder legte er mit den ersten drei Würfen einen eindrucksvollen Start hin. Jedes Mal, wenn der Pfeil durch die Luft sirrte, hielt Orla den Atem an. Sie war so sehr auf das Spiel konzentriert, dass sie gar nicht bemerkte, dass Oran schon wieder an ihrer Seite stand.

»Die Geschmacksrichtung des Monats heißt also City-Hipster mit einem Hauch Nerd. Wissen es die anderen? Wie lang, meinst du, dauert es, und dein Doc kommt dahinter, was für eine du bist? Für gebrauchte Ware ist sich einer wie der doch viel zu gut.« Selbst über das Gläserklirren und Tellerklappern, über das Schaben von Besteck über Porzellan und das Lachen der anderen Pubbesucher erreichte das Gift in Orans Stimme ihr Ziel. Seine Boshaftigkeit wirkte wie ein Zauberserum. Plötzlich war sie wieder siebzehn. Nein, sagte sie sich. Nein, nein, nein! Das war nicht mehr sie. Die Orla von heute war nicht mehr die Orla von damals. Heute hatte sie ein Leben, Menschen, die sie liebten, ein Ziel.

»Nennst du mich gerade ›gebrauchte Ware‹?« Ihre Stimme zitterte, doch sie brachte die Worte heraus.

»Wie denn sonst?« Er zuckte mit den Schultern. »Mir brauchst du nichts erzählen. Hab ja selbst 'ne Lütte mittlerweile. Ich weiß schon, wie das ist nach der Geburt.«

Das halbe Pint, das sie getrunken hatte, drängte der Freiheit entgegen. Sie musste hier raus! Am liebsten hätte sie diesem Arschloch erneut in die Eier getreten, fest genug, damit der veränderte Körper seiner Frau nach der Geburt nie wieder ein Problem für ihn darstellen würde. Aber auch das hatte sie in den letzten zehn Jahren gelernt. Wenn sie jetzt eine Szene machte, würden die Leute nicht fragen, warum. Sie würden nicht fragen, was dieser schmierige Kerl ihr angetan hatte, sie würden mit den Fingern auf sie zeigen und kichern. Die einen würden anerkennend munkeln, was für ein Wildfang sie doch sei, während die anderen die Nase rümpfen und ihr den blödsinnigen Ratschlag geben würden, sich künftig besser im Griff zu haben. Oh nein, diesen Sieg gönnte sie Oran nicht.

Dass sie bei ihrer Flucht mit dem Absatz ihres Schuhs genau auf seinem großen Zeh landete, war natürlich reiner Zufall.

☆

101 Punkte trennten Aiden von einem zweiten Sieg. Ebenso wie Cillian zuvor war Arthur kein wirklich ernst zu nehmender Gegner für ihn. Er überschlug die Zahlen im Kopf. Eine Double 16, eine Single 9 und zum krönenden Abschluss noch eine Triple 20, und voilà, der Sieg wäre seiner. Alle Augen im Raum hefteten sich auf ihn. Aus den Lautsprechern der Musikanlage dröhnte »Another One Bites

the Dust« von Queen. Ob Aisling und Liam, die Besitzer des Pubs, ihm damit eine Botschaft senden wollten? Er wog die Pfeile in der Hand, richtete den Körper in gerader Linie zur Dartscheibe aus.

Aus dem Augenwinkel erhaschte er einen Blick auf Orlas rotes Oberteil. Und auf diesen schmierigen Typen, der sich schon wieder an sie ranmachte. In diesem Augenblick beugte er sich zu ihr herab und flüsterte ihr etwas ins Ohr. Vielleicht war es nur ein Trugspiel des Lichts, aber Aiden war sich sicher, dass Orla alle Farbe aus dem Gesicht wich.

»Was ist jetzt, Aiden? Geht dir plötzlich der Mumm aus? Meinetwegen gib auf, dann steh ich mit meiner verlorenen Runde nicht so dumm da.« Cillians Stimme war freundlich genug, um die harschen Worte als kameradschaftliches Necken wahrzunehmen. In Aidens Ohren klangen sie wie weißes Rauschen. Immer wieder sah er die Pranke dieses Arschlochs vor sich, wie er Orla betatschte. Was hatte dieser Kerl Orla zugeflüstert, das sie derart aus der Fassung brachte?

Nur noch drei Würfe, dann würde er es erfahren. Er würde Orla nicht mehr von der Seite weichen und sicherstellen, dass dieser Heini ihr nicht mehr zu nahe kam.

Sicher, und als Nächstes pinkelst du sie dann an, damit alle wissen, dass sie zu dir gehört? Was war los mit ihm? Neandertalergehabe war sonst absolut nicht sein Ding.

Sein Unterbewusstsein war allerdings offenbar weitaus weniger aufgeklärt unterwegs als er, dachte er nicht ganz ohne Hohn. Denn ja, verdammt noch mal, er wollte, dass Gott und die Welt wusste, dass Orla und er zusammengehörten. Er war ein grauenvoller Lügner. Schon als Kind hatte seine Mutter ihn immer durchschaut, wenn er versucht hatte, ihr eine Schwindelei aufzutischen, und in den letzten Jahren waren seine Fähigkeiten in diesem Punkt nicht besser geworden. Früher oder später würden die anderen merken, dass zwischen ihm und Orla etwas im Busch war. Wenn er ganz ehrlich mit sich war, setzte ihm die Lügerei aber nicht nur zu, weil er Angst hatte, aufzufliegen. Die ganze Heimlichtuerei überzog seine Gefühle für Orla mit etwas Hässlichem. Statt im Überschwang erster Verliebtheit zu baden, hatte er ständig das Gefühl, Orla und er würden etwas Falsches tun, etwas Verbotenes. Natürlich durften sie Shay nicht überfordern, aber es musste doch einen anderen Weg geben.

Die anderen fielen in Cillians Necken mit ein. Diejenigen, die auf Aiden gesetzt hatten, feuerten ihn an, der Rest versuchte, ihn abzulenken. Je schneller er den Sieg einfuhr, desto schneller könnte er wieder bei Orla sein. Er hob den Ellenbogen, zog den Arm zurück, zielte.

In der Millisekunde bevor der Pfeil seine Hand verließ, nahm er am Rand seines Gesichtsfelds eine Bewegung wahr. Orla, die die Arme um den Körper schlang und aus dem Pub floh. Oran, der ihr höhnisch nachgrinste.

Im letzten Moment verriss Aiden den Pfeil. Statt in der Double 16 zu landen, prallte er von der Scheibe ab. Ein Bouncer! Himmelherrgott, wann war ihm das zuletzt passiert? Nicht nur Arthur, auch alle, die gegen ihn gewettet hatten, freute sein Missgeschick kolossal. Wer den Schaden hatte, brauchte für den Spott nicht zu sorgen, aber dieses eine Mal war es ihm absolut gleichgültig, wer sich über ihn lustig machte und warum. Er warf die beiden verbliebenen Pfeile auf die Theke und setzte Orla nach. Rücksichtslos bahnte er sich einen Weg durch die Menge.

»He, was soll das? Kannst du nicht aufpassen, wo du hinläufst?«

Nicht einmal die Zeit, sich zu entschuldigen, nahm er sich. Er eilte an den Toiletten vorbei, stolperte beinah über ein junges Paar, das sich diesen wenig romantischen Ort für eine wilde Knutscherei ausgesucht hatte, und flog zur Hintertür hinaus.

»Orla?« Der Nebenausgang führte auf den Parkplatz. Zum ersten Mal verfluchte er die Lichtschutzmaßnahmen der Gemeinde. Nach dem künstlichen Licht im Pub wirkte die Nacht im Freien wie in Tinte getaucht. »Wo bist du?«

Aus der Ecke mit den Glascontainern ertönte das klirrende Geräusch einer über den Asphalt rollenden Flasche, dicht gefolgt von einem unterdrückten Fluch.

Das war sein Hinweis. Der Bereich, wo die Mülltonnen standen, war mit einem halb hohen Holzzaun vom Rest des Parkplatzes abgetrennt. Das Tor war mit einem Vorhängeschloss gesichert, aber zwischen Zaun und Mauer war gerade genug Platz, um sich hindurchzuquetschen. »Was hat dieser Kerl zu dir gesagt? Warum verkriechst du dich hier?«

Sie lehnte mit dem Rücken an der Wand zwischen dem Grünglascontainer und der Papierpresse. Ein Bein hatte sie angewinkelt und ebenfalls gegen die Wand gelehnt. Aus der Mülltonne gegenüber waberte ein fauliger Geruch. Noch nie hatte Aiden Orla so … geschlagen gesehen.

»Hey.« Außer Atem verlangsamte er seinen Schritt. »Vor mir musst du dich nicht verstecken. Wer war das überhaupt?«

Sehr langsam hob sie den Kopf. Ihre Haare wehten um ihr Gesicht, ihre Blässe wurde von der Dunkelheit betont. Mittlerweile hatten sich seine Augen genug an die Umgebung gewöhnt, um zu erkennen, dass sie geweint hatte.

Er wollte sie in eine Umarmung ziehen, aber sie wich vor ihm zurück. Ihre Lippen bildeten einen schmalen Strich.

»Wie kommst du bitte auf die Idee, dass ich dir darüber Rechenschaft schuldig bin?« Zielgerichtet wie die Spitze des Floretts eines Meisterfechters traf ihre Frage sein Herz. Er taumelte einen Schritt rückwärts.

»Das habe ich nicht gesagt. Ich denke nur …«

»Was?«, unterbrach sie ihn. »Dass du ein Recht hast, zu wissen, mit wem ich rede und warum? Warum, Aiden? Weil du mich beschützen willst? Weil du glaubst, dass ich schwach bin und ohne einen Retter nicht klarkomme in der großen, großen Welt?« Sie machte ein Geräusch, als wollte sie vor ihm auf den Asphalt spucken. Vielleicht war es auch ein unterdrückter Schluchzer. Er wusste es nicht.

»Ich habe nie gesagt, dass du schwach bist, aber …«

Wieder unterbrach sie ihn. Diesmal mit einem höhnischen Lachen. Die Wut, die sie ganz offensichtlich gerade empfand, ging auf ihn über.

»Was soll das, Orla? Ich darf also nicht mehr nett sein und mich sorgen? Bitte! Dann lass ich es eben!« Frustriert warf er die Hände in die Höhe. »Ist anscheinend nicht mehr in Mode hier. Genauso wenig wie andere ausreden zu lassen.«

Sie stieß sich von der Wand ab, kam auf ihn zu. Lauernd, ein Raubtier auf der Pirsch. Normalerweise wäre er zurückgewichen, hätte ihr und ihrer Wut Raum gegeben, doch heute nicht. Er hatte es satt, hin und her geschubst zu werden. Er war kein Niemand, verdammt noch mal!

»Tut mir leid, Aiden!« So, wie sie es sagte, tat es ihr das Gegenteil von leid. »Willkommen in der echten Welt. Wer hier nicht schreit, wird nicht gehört. Ich brauch keinen Retter, und weißt du auch, warum? Weil ich ziemlich schnell lernen musste, wie man sich allein durchschlägt, nachdem ich mit Shay schwanger geworden bin. Ich bin damals ohne Beschützer klargekommen, und das werde ich auch heute.«

»Bist du das denn?« Die Wut in seinem Bauch zwang die Worte harscher aus seinem Mund, als er beabsichtigt hatte.

»Was?«

»Alleine klargekommen? Wo war Shay in der Zwischenzeit? Was war mit dieser Managerin, von der du erzählt hast?«

»Fick dich, Aiden!«

»Jederzeit!«

Die Spannung zwischen ihnen entlud sich, und im nächsten Moment waren ihre Lippen auf seinen, seine Zunge in ihrem Mund, seine Hände an ihrem Gesäß. Sie küssten sich wie von Sinnen. Mit aller Macht drängte der Instinkt, sie beschützen zu wollen, sie besitzen zu wollen, an die Oberfläche. Er wollte sie haben, sie nehmen. Sie so lange küssen, bis ihre Lippen geschwollen waren und ihre Wangen wund von seinen Bartstoppeln.

Ihr schien es nicht anders zu gehen. Jeder Kuss war ein Ringen um Dominanz, jede Zärtlichkeit eine Kampfansage. Sie schob ihre Hände unter seinen Pullover. Er zuckte zusammen. Auf seiner überhitzten Haut fühlten sich ihre Finger an wie Eiszapfen, doch nicht einmal das konnte den Wahnsinn stoppen, der sich zwischen ihnen entlud.

Erst als die Hintertür erneut zuschlug und eine lallende Stimme den Text von »Wellerman« vor sich hin sang, kamen sie zu Verstand.

Keuchend löste Aiden sich von Orla. Er zog seinen Kopf zurück, legte seinen Zeigefinger auf ihre kussheißen Lippen und bewegte das Kinn in Richtung des Parkplatzes.

Sie verstand. Schweigend warteten sie, bis ein Automotor erklang und sich schließlich entfernte.

Die wütende Leidenschaft zwischen ihnen war verraucht, hatte Erschöpfung und melancholisch gefärbter Sehnsucht Platz gemacht. Orla legte ihren Kopf an seine Schulter. Wo ihr Atem seinen Hals berührte, wurde es ganz warm.

»Ich mag es nicht, versteckt zu werden«, sagte er schließlich in die Dunkelheit. Gewisse Dinge waren leichter auszusprechen, wenn er sie dabei nicht ansehen musste. »Es fühlt sich an wie Lügen. Als ob ich dir peinlich wäre oder so.«

»Du bist mir nicht peinlich«, versicherte sie ihm. »Im Gegenteil. Ich …« Sie suchte nach Worten. Aiden hätte schwören können, dass das Wort, nach dem sie suchte, »Liebe« war, doch der Mut, das auszusprechen, fehlte ihr noch. »Ich empfinde sehr viel für dich.«

»Warum warst du dann so sauer auf mich? Ich habe deine Reaktion gesehen, als dieser Typ dich angemacht hat. Du bist ganz blass geworden.«

»Ich bin nicht sauer auf dich.«

Mit erhobenen Augenbrauen sah er sie skeptisch an.

»Nicht wirklich zumindest.« Ihr Seufzen schmeckte nach malzigem Ale und süßem Brot. »Zehn Jahre lang haben mir nur alle möglichen Leute ständig gesagt, was ich denken, fühlen und tun soll. Kann sein, dass ich in der Beziehung ein bisschen dünnhäutig bin.«

»So wie ich mit Lügen?«

Sie lachte leise, kuschelte sich enger in seine Umarmung. »Sieht aus, als ob wir beide ein paar Baustellen haben.«

»Sieht aus, als ob weder du noch ich perfekt sind. Wer hätte das gedacht?«

»Ja.« Diesmal klang ihr Lachen schon weniger nach Leid und mehr nach Liebe. »Wer hätte das gedacht.«

Eine ganze Weile lang standen sie so da, spürten dem Sturm nach, den sie durchsegelt hatten, und hielten sich aneinander fest. Nein, Orla war nicht perfekt. Ebenso wenig wie dieser Moment. Zwischen den Mülltonnen roch es nach schalem Bier und fauligem Kohl. Die Wand, an der sie lehnten, war rau, und weil weder er noch sie sich die Zeit genommen hatten, eine Jacke anzuziehen, begannen sie schon bald zu frieren.

Doch mit Orla in seinen Armen konnte ihm »perfekt« gestohlen bleiben. Das Glück im Unperfekten, das waren die Momente, für die es sich wirklich zu kämpfen lohnte.

11

Nans Tipp von den Sternen:
Neumond in der Waage lädt zu einem Spielchen ein. Er liebt mich – er liebt mich nicht. Sie liebt mich – sie liebt mich nicht. Wann habt ihr wohl genug gespielt?

Durch den Spalt zwischen den Vorhängen fiel Licht in die Nacht. Cormack würde es die Sprache verschlagen. Aber Nan weigerte sich, auf ihre geliebten 75-Watt-Glühbirnen zu verzichten. Ihr Kompromiss bestand darin, die Vorhänge zu schließen, wenn sie spätabends oder nachts noch wach war. So taten die 900 Lumen ihr gut, der Umwelt aber nicht schlecht. Im Prinzip eine gute Idee – die leider nur dann funktionierte, wenn sie die Gardinen auch wirklich zuzog. Aber so war ihre Nan nun mal. Womöglich sogar jeder. Die Menschen wollten das Beste, aber irgendwo zwischen Wollen und Tun verlor sich die Absicht, und heraus kam ein lauwarmer Kompromiss. Ihr selbst ging es ja nicht anders. Sie hatte Aiden nicht wehtun wollen, und doch hatte sie es getan. Warum war es oft so schwer, das Richtige zu tun, vor allem wenn die eigenen Gefühle ins Spiel kamen?

Kalte Nachtluft hatte im Inneren des Caravans nichts zu suchen, also huschte sie, so schnell es ging, durch die Tür.

»Du bist schon zu Hause?«

Orla zog sich Jacke und Schuhe aus. Von der Garderobe nahm sie eine Wolljacke, die Nan vor Jahren gestrickt hatte. Seit sie sich zwischen Mülltonnen und Altglascontainern von Aiden verabschiedet hatte, wurde ihr nicht mehr warm. Die Jacke war ausgeleiert und zog an einigen Stellen Fäden, aber kein anderes Kleidungsstück vermochte sie besser zu wärmen.

»Ja.« Ausatmend schob sie sich auf die Bank gegenüber von Nan.

Nan hob den Kopf. »Geht es dir nicht gut? Ich dachte, du wolltest Aiden im *Jolly Sailor* treffen.«

»Wir haben uns gesehen.« Bei der Erinnerung an sein Geschick an der Dartscheibe musste sie grinsen. »Stellt sich heraus, dass er ein ziemlicher Dart-Hai ist. So schnell traut sich niemand mehr, ihn herauszufordern.«

Nan hob die Augenbrauen. Mit der Lesebrille auf der Nase wirkte die Geste grimassenhaft. »Und warum dann die Gewitterwolken auf deiner Miene? Habt ihr euch gestritten?«

Orla schüttelte den Kopf. »Nicht direkt. Ach, Nan!« Auf einmal war alles wieder da. Die Scham, die Schuldgefühle, die Wut und Hilflosigkeit. Oran Cahill war ein Arschloch. Warum ließ sie überhaupt zu, dass das Gift, das er verspritzte, sie berührte? Sie schlug die Hände vors Gesicht. »Ich weiß auch nicht.«

»Wenn ich nicht mehr weiter weiß, schaue ich in die Sterne. Welches Sternzeichen ist Aiden noch mal?«

»Krebs. Er hat am sechsten Juli Geburtstag.«

»Hm, das ist gut. Fische und Krebse passen hervorragend zusammen. Sie treffen sich von Anfang an auf der

Gefühlsebene. Du fragst mich zwar nicht, aber ich sage dir, dass Krebs-Männer als romantische Partner oft unterschätzt werden. Anfangs wirken sie oft etwas scheu und zurückhaltend, dafür erwidern sie Gefühle auf einer sehr tiefen Ebene. Dir dürfte das entgegenkommen.«

»Weil ich ein Fisch bin?« So ganz sicher war Orla sich nie, ob sie Nans Glauben an den kosmischen Einfluss ernst nehmen konnte. Diesmal überraschte ihre Großmutter sie.

»Weil du schon oft enttäuscht wurdest, Dummerchen. Wann merkst du dir endlich, dass die Sterne keine gerade Straße vorgeben, sondern in Symbolen offenbaren, was ohnehin schon im Inneren existiert?«

»Ich will ihm nicht wehtun, Nan.« Als sie mit der Hand über ihre Wangen rieb, spürte sie Nässe an den Fingern. Wo kamen die plötzlichen Tränen her? Woher die ganze Verzweiflung? »Wahrscheinlich verrate ich nicht das allergrößte Geheimnis, wenn ich dir erzähle, dass Aiden und ich ein Paar sind.«

Nan nahm ihre Lesebrille ab. Einen Bügel steckte sie in den Mund und knabberte darauf herum. Falls das ihr Grinsen verstecken sollte, so scheiterte sie kläglich. »Sagen wir mal so: Ich hatte eine gewisse Ahnung.«

»Wir haben abgesprochen, dass Shay erst mal noch nichts davon erfahren soll. Er ist so schon ganz vernarrt in Aiden. Ich will nicht, dass er sich Hoffnungen macht und ich dann wieder die Böse bin, die sie ihm zerstören muss.«

»Du gehst also davon aus, dass eure Beziehung keine Chance hat? Kein Wunder, dass Aiden verletzt ist.«

»Das habe ich nicht gesagt!« Gott, warum war es so schwer, das alles in Worte zu fassen? Früher hatte sie in solchen Momenten geschrieben. Mit der Gitarre im Arm flossen die Gedanken leichter. Der Gitarrenkoffer lehnte zwischen der Rückenlehne der Essbank und dem schmalen Schrank, in dem sie Besen, Eimer und so weiter aufbewahrten. Es war, als wartete ihr geliebtes Instrument darauf, dass auch sie wieder bereit wäre.

»Ich verrat dir was«, spann Nan den Gesprächsfaden weiter. »Was Aiden da in dir spürt, ist deine eigene Angst. Du schiebst Shays Wohlergehen vor, doch in Wahrheit bist du selbst es, die sich in Ausreden flüchtet.«

»Das ist nicht wahr! Willst du wirklich behaupten, Shay wäre mir nicht wichtig? Alles, was ich tue, mache ich für ihn!«

»Hörst du mir zu? Was ich sage, ist, dass du den Wald vor lauter Bäumen nicht siehst. Glaubst du denn, Aiden würde Shay fallenlassen, wenn ihr euch mal streitet?«

»Nein.« Orla zweifelte an vielem, aber in dieser Sache war sie sich sicher.

»Eben. Du dagegen kennst nur einen Weg, mit Angst und Überforderung umzugehen, und das ist Flucht. Fische lassen sich gern verführen. Das hat Shays Vater erkannt und auch diese Managerin, der du viel zu lange die Stange gehalten hast. Aber wenn es ihnen zu viel wird, brauchen sie Ruhe und Stille, und oft meinen sie, die nur an einem anderen Ort finden zu können als dort, wo sie gerade sind. Ist das wirklich die Art, wie du leben willst? Du bist von Mam und Dad zu mir geflüchtet. Du bist von mir nach London geflüchtet und von dort wieder zurück hierher.

Wann willst du aufhören, wegzulaufen, und anfangen, das, was du brauchst, dort zu suchen, wo du bist?«

»Das ist nicht fair.« So, wie Nan es darstellte, stimmte es einfach nicht. Orla war nicht vor ihren Problemen davongelaufen, weil sie sich davor fürchtete, sie zu lösen. Das Leben hatte ihr keine andere Wahl gelassen!

Nan schnaubte und stand auf. Zärtlich streichelte sie Orlas Kopf. »Niemand hat gesagt, dass es das wäre. Ich lass dich jetzt allein, mein Schatz. Denk darüber nach. Mit etwas Abstand ist die Lösung oft ganz klar.«

Nan ging ins Bett, und Orla starrte eine Weile in die Luft. Sie nahm einen Zettel von Nans Papierstapel. Ein Versicherungsvertreter versuchte, Nan eine Lebensversicherung anzudrehen. Die Rückseite war frei, und Orla begann, darauf herumzukritzeln. Ihre Gedanken wanderten weiter. Zu der Melodie, die sie sich in der Nacht hatte einfallen lassen, als Aiden, Shay und sie ihr nächtliches Picknick gehabt hatten. Endlich griff sie nach der Gitarre. Tatsächlich fiel ihr das Denken sofort leichter. Wie von selbst zupften ihre Finger die Saiten.

Ich seh die Lichter, die vom Himmel fallen,
kann nicht sehen, wo sie landen.
Ich fühl mich einsam und allein,
hab große Angst, bin unverstanden.

Die Melodie erinnerte sie an die Lieder von früher. Auf der Gitarre klangen sie gut, aber auch eine Fiddle als Begleitung würde sich gut machen. In ihrem Kopf entstand die Begleitstimme, sie brauchte die Worte gar nicht mehr aufzuschreiben, um zu spüren, wie aus Ideen und Gefühlen ein Lied wurde. Es war wie Magie. Die Noten, die Harmonien, die Worte und die Gedanken – sie waren einfach da und bildeten ein perfektes Ganzes. Das war der Zauber der Musik. Ein Lied funktionierte nicht nur durch die Worte, es funktionierte, weil es eine Sprache für all die Dinge fand, die unaussprechlich waren.

Ja, sie hatte Angst. Noch immer fühlte sie sich wie auf einer Straße ohne Ziel, voller Furcht, dass der nächste Schritt der falsche sein würde. Aber Orla war Orla, weil sie aus Angst Musik machen konnte, aus Zweifel Liebe.

Orla konnte die Welt nicht ändern. Nicht einmal ihre Musik konnte das. Aber bei sich selbst beginnen, das konnte sie. Sie konnte ihrer Angst die Stirn bieten. Kein Weglaufen mehr, keine hohlen Kompromisse. Dieser Song war erst der Anfang.

☆

Dungegan war das größte Townland in Ballinskelligs. Im Gegensatz zu Cill Rialaig hatten sich die Einwohner von Dungegan auch früher nicht hauptsächlich mit Fischerei über Wasser gehalten. Ihre Leidenschaft galt dem Handel. Bereits 1886 gab es in Dungegan drei Läden. 1950 waren es sogar fünf.

Aiden musste jedes Mal schmunzeln, wenn er auf diese Informationen auf der Gemeindewebsite stieß. Dass es ihnen an Heimatstolz und -verbundenheit mangelte, konnte man den Einwohnerinnen und Einwohnern von Ballinskelligs jedenfalls nicht nachsagen.

Auch heute noch ging Dungegan als Hauptgemeinde der Gegend durch. Immerhin stand das Ballinskelligs Community Centre dort. Das war auch der Ausgangspunkt ihrer heutigen Mission.

Fünf in Regencapes gehüllte Gestalten drückten sich unter das niedrige Vordach des Centre. Cormack, dem sie es zu verdanken hatten, an diesem graunassen Tag einen ausgedehnten Spaziergang vor sich zu haben, hatte sich vor ihnen aufgebaut. Ein Regenfaden floss von einem Loch aus der Dachrinne genau auf seinen Kopf, doch nicht einmal das konnte seine Begeisterung für die Sache bremsen.

»Wir machen es so«, erklärte er. »Zwei von uns nehmen sich die Straßen rechts von hier vor, zwei die links, und Declan hilft mir bei der Bestandsaufnahme, welche Pfosten einen neuen Anstrich benötigen.«

Dass sich sogar sein Chef an der Sanierungsaktion beteiligte, überraschte Aiden. Er hatte den alten Doc bisher nicht als jemanden kennengelernt, der gerne auf seine Bequemlichkeit verzichtete. Neben dem Bürgermeister, Doc Robinson und Aiden waren auch Cillian, Imela und Arthur gekommen. Arthur, weil er meinte, eine vernünftige Straßenbeleuchtung würde seine Arbeit als Briefträger erleichtern, und Imela, weil ihr die Natur am Herzen lag. Als leidenschaftliche Hobbygärtnerin war sie auf eine aktive Insektenpopulation angewiesen, und diese wurde durch die Vermeidung von Streulicht geschützt. Weil sie ohnehin schon nebeneinanderstanden, fanden sich Imela und Aiden sowie Arthur und Cillian zu Paaren zusammen.

»Lasst mich euch noch mal in Erinnerung rufen, worum es heute geht: Um die Lichtverschmutzung durch die Straßenbeleuchtung möglichst gering zu halten, kommt es nicht nur auf die richtigen Leuchtmittel an, sondern vor allem die Lichtlenkung und der Lichtkorpus sind sehr wichtig. Heute sind wir hier, um diese Abdeckungsgläser zu montieren.« Er deutete auf die Ladefläche seines Pickups, wo sich mehrere offene Kartons und zusammengeklappte Leitern befanden. »Die Montage ist ganz einfach: Jedes Team schnappt sich eine Leiter und ein paar von den Abdeckgläsern. Da die Gläser genau auf die Lampen zugeschnitten sind, lassen sie sich ganz einfach durch Einklicken befestigen. Bitte stellt aber sicher, dass mir hier niemand von der Leiter fällt. Auch wenn wir heute zwar gleich zwei Mediziner mit an Bord haben, würde ich es gerne vermeiden, einen Unfallbericht zu schreiben.«

Pflichtschuldig lachten die Freiwilligen.

Cormack fuhr fort. »Dank der neuen Schirme werden die Leuchtmittel in den Laternen so abgeschirmt, dass sie keine Blendung verursachen können. Die Reflektoren lenken das Licht ausschließlich auf den Gehweg und die Straße. Versichert euch am Ende aber noch einmal, dass kein Licht an die Halterungen oder Masten kommt. Wenn ihr die Laternen hochklettert und daran herumhantiert, wollen wir auf jeden Fall vermeiden, dass der Leuchtkorpus hinterher schräg steht. Dann hätten wir nämlich das genaue Gegenteil erreicht. Stellt sicher, dass das Leuchtmittel nicht unten aus dem Gehäuse herausragt und das Abdeckglas wirklich sitzt. Der Rest erklärt sich eigentlich von selbst. Ich gehe davon aus, dass ihr alle eure Hausaufgaben gemacht habt und euch als Vorbereitung das Infomaterial auf der Gemeindehomepage angeschaut habt?«

Aiden nickte. Das zustimmende Brummen der anderen klang eher wie Verlegenheitsräuspern.

Imela und er fanden schnell in einen Rhythmus. Sie hielt die Leiter, während er bis zum Leuchtkörper emporkletterte. Sie reichte ihm die Abdeckscheibe, er klickte sie ein. Beim Abstieg musste er vorsichtig sein, weil die Leitersprossen schon bald glitschig vom Regen waren, aber im Großen und Ganzen war es keine harte Arbeit. Leicht genug, um schon bald nach weiterer Ablenkung zu suchen.

»Also«, begann Imela das Gespräch. »Man hört, du hast einen Narren an der kleinen Reilly und ihrem Kurzen gefressen.« Sie betonte es nicht wie eine Frage. Noch einmal Glück gehabt, denn das hieß wohl, dass er auch nicht antworten musste.

Er zog den Kopf ein und gab vor, es wegen der Nässe zu tun.

Imela lachte. »Jetzt komm schon. Du musst nicht so schüchtern tun. Die ganze Gemeinde weiß Bescheid. Ihr bemüht euch ja auch nicht gerade um Diskretion.«

Sein Kopf ruckte herum. Wenn er vorgehabt hatte, Imelas Vermutungen mit einem Pokerface zu zerstreuen, war die Gelegenheit dazu jetzt vorbei. »Wieso?«

»Wieso was? Wieso ihr euch nicht um Diskretion bemüht?« Imelas Lachen wurde lauter. »Das kann ich dir nicht beantworten. Oder meinst du, wieso ihr euer heimliches Techtelmechtel genauso gut im *Daily Telegraph* hättet annoncieren können? Lass mich überlegen. Punkt eins.« Sie rutschte den Karton mit den Abdeckschirmen in ihrem Arm zurecht und reckte den Zeigefinger in die Höhe. »Der Knutschfleck an deinem Hals.«

»Mein …« Er verstummte. Tatsächlich hatte sein Stelldichein mit Orla auf dem Parkplatz des *Jolly Sailor* einen Beweis an der empfindlichen Haut in der Beuge zwischen seinem Schlüsselbein und dem Hals hinterlassen. Er hatte das Mal am Morgen im Spiegel bemerkt und sich sogar ein bisschen gefreut. Es war der Beweis, dass das mit ihm und Orla nicht nur seiner Fantasie entsprang, sondern echt war. Sorgen, dass jemandem das klitzekleine Hämatom auffallen könnte, hatte er sich nicht gemacht. Die Stelle war quasi ständig von seiner Kleidung bedeckt. Hitze stieg ihm in die Wangen, aber Imela machte bereits weiter.

»Zweitens hat Johanna Griffin mir erzählt, dass der kleine Shay in letzter Zeit ordentlich gewachsen ist. Nicht an Körpergröße«, schob sie schnell hinterher, »innen drin. Und Johanna ist seit ewig und drei Tagen Schülerlotsin an der Bushaltestelle und muss es schließlich wissen. Früher hat sich der Knirps von den anderen Jungs ständig triezen lassen, heute lässt er die dummen Sprüche an sich abperlen. Johanna meinte, das liegt sicher daran, dass er sich mit dem neuen Doc angefreundet hat und endlich eine Vaterfigur hat.«

»Ich bin kein Arzt.« Wann würden das die Leute hier endlich lernen? »Und auch nicht sein Vater.« Sein Protest klang schwach.

An der nächsten Straßenecke blieb Imela stehen und wies Aiden an, die Leiter aufzustellen. Die Metallfüße kratzten über den nassen Asphalt. Aiden hob sein Gesicht dem Regen entgegen, hoffte, die Glut, die auf seinen Wangen tanzte, so wenigstens ein bisschen abzukühlen.

»Ob jemand ein Vater ist oder nicht, hat einen Scheiß mit

Genen zu tun, sag ich dir.« Sie fixierte ihn mit einem durchdringenden Blick. »Oh, jetzt schau mich nicht so an, hast du wirklich noch nie eine Frau fluchen gehört?«

Hatte er, natürlich. Bei so einem kleinen Persönchen wie Imela hatte er es allerdings nicht erwartet. Ziemlich dumm von ihm – als hätte Körpergröße irgendetwas damit zu tun. Er kniff die Lippen zusammen.

»Ein Vater wird man durchs Leben. Dadurch, ein Vorbild zu sein und sich Zeit zu nehmen.«

»Das mit Orla und mir ist kompliziert.« Es ergab keinen Sinn, alles weiter abzustreiten. »Wir wollen unsere Beziehung nicht an die große Glocke hängen. Was, wenn Shay alles spitzkriegt und Orla und ich uns dann doch trennen?«

»Damit rechnest du?« Imela runzelte die Stirn.

»Nein! Aber es ist möglich, oder?«

»Genauso gut ist es möglich, dass ihr für lange Zeit glücklich miteinander seid. Und selbst wenn nicht, wäre auch eine Trennung eine Möglichkeit, um Shay gute Vorbilder zu sein. Indem ihr ihm zeigt, dass man sich gegenseitig respektieren kann, auch ohne ein Liebespaar zu sein. Eine Trennung muss nicht bedeuten, den anderen komplett zurückzulassen. Nur weil etwas vorbei ist, muss es nicht gescheitert sein.«

Er ließ sich Imelas Worte durch den Kopf gehen, doch sie war offenbar noch nicht fertig mit ihm.

»Wie, meinst du, wird es Shay gehen, wenn er von jemand anderem erfährt, was Orla und du hinter seinem Rücken treiben? Du bist neu hier, du weißt noch nicht, wie die Dinge laufen, aber ich sag dir eins: Es ist nur eine Frage der

Zeit, bis sich einer der Jungs von der Bushaltestelle verplappert. Und was dann, hm?«

Was dann? Die Frage erwischte ihn eiskalt, ließ das Blut, das gerade noch glühend heiß durch seine Adern geflossen war, aus dem Kopf weichen. Ein Schaudern ergriff von ihm Besitz, plötzlich schien die Regenkälte überall zu sein.

Die Sache war nämlich die: Er brauchte keine Fantasie, um sich auszumalen, was ein Vertrauensbruch mit einem anstellen konnte. Er erlebte es gerade selbst. Aiden war ein erwachsener Mann, und die Lügen und Geheimnisse seiner Eltern ließen ihn seit Wochen nicht mehr richtig schlafen. Wie viel schlimmer würde ein Kind leiden? Sein Magen rebellierte. Er presste eine Hand darauf und lehnte sich vornüber.

»Liebe Güte, Aiden!« Mit so einer heftigen Reaktion hatte Imela wohl nicht gerechnet. »So schlimm? Oder hast du was Falsches gegessen? So kletterst du mir aber nicht auf die Leiter.«

»Es geht schon.« Selbst er hörte, wie wenig überzeugend er klang. Er richtete sich auf, seine Knie zitterten noch immer.

»Nichts da. Ich bin zwar eine Frau, aber mir hat das sowieso nicht gepasst, dass du die ganze Zeit den Gentleman der alten Schule spielen musstest. Als ob ich nicht auf eine Leiter steigen könnte. Hier, halt mal.« Sie nickte zu dem Winkel unter den beiden Leiterschenkeln. »Von dort geht es am besten. Jetzt bist du dran mit dem Anreichen, und ich darf den Spaß haben.«

Er protestierte nicht. Um ehrlich zu sein, wollte er nur

noch nach Hause. Ihm war kalt. Er war nass. Es war, als wäre er aus einem wohligen Traum erwacht. Imela hatte ihm die Augen geöffnet. Orla und er machten sich etwas vor. Sie schützten Shay nicht, indem sie ihn belogen. Tief drinnen hatte Aiden das schon eine ganze Zeit lang gewusst, aber es war leichter gewesen, sein Bauchgefühl zu ignorieren. Er wollte nicht mit Orla streiten. Er hielt sich an dem fest, was sie ihm gab, und hoffte, nicht abzustürzen. Aber wenn er nicht nur Orlas Geliebter, sondern auch Shays Freund sein wollte, wurde es Zeit, Klartext zu reden.

Vielleicht zum ersten Mal in seinem Leben würde Aiden von sich aus eine Konfrontation suchen. Der Gedanke erfüllte ihn zu gleichen Teilen mit Aufregung und Horror. Dungegan war nicht groß, und so dauerte es glücklicherweise nicht mehr lange, bis sie alle Straßenlampen mit neuen Schutzscheiben bestückt hatten. Cormacks dankende Worte brandeten über Aiden hinweg, die Einladung der anderen, sich bei einem Irish Coffee im *Jolly Sailor* aufzuwärmen, schlug er aus.

Am liebsten wäre er direkt zu Orla gefahren, aber diesmal wollte er nicht aus einer Laune heraus und nassgeregnet wie eine Kirchenmaus auf dem Campingplatz auftauchen. Orla sollte wissen, dass es ihm ernst war.

Er fuhr nach Hause. Immer wieder pustete er warme Atemluft auf die Finger. Der Weg zog sich, er sehnte sich nach einer heißen Dusche. In Gedanken ging er immer wieder durch, was er Orla sagen würde. Punkt für Punkt würde er seine Argumente vortragen. Solange er ruhig blieb, würde sie ihm sicherlich …

Er stockte. Schon auf der Türschwelle fiel ihm auf, dass etwas nicht stimmte. Ein warmer, heimeliger Duft kam ihm entgegen. Nicht wie von selbst gekochtem Essen, eher von …

Kerzen. Es waren Kerzen! Dutzende davon, in Windlichter gestellt, um nicht versehentlich sein Haus abzufackeln, nahm er an. Fasziniert trat er näher, streifte sich Jacke und Schuhe ab, folgte den Lichtern durchs Wohnzimmer zur Treppe. Rosenblätter lagen auf dem Boden verstreut, führten die Stiege hinauf. Vergessen waren Kälte und Nässe. Aiden folgte der Spur ins Obergeschoss, zum Eckzimmer. Einzelne Töne einer Melodie mischten sich unter das Rauschen seines Pulses. Es war das Lied, das er an dem Abend gehört hatte, als er zum ersten Mal Orlas Nähe gesucht hatte, in der Nacht, als ihm klar geworden war, dass er niemals nur Orlas Freund sein konnte.

Dass die Steigleiter zum Speicherobservatorium heruntergezogen war, überraschte ihn nicht mehr. Wo sonst sollte sie auf ihn warten?

Mit klopfendem Herzen und weichen Knien erkletterte er die Leiter. Auch im Speicher brannten Kerzen. Es roch nach Bienenwachs und Liebe. Inmitten der flackernden Lichter saß Orla. Sie hatte sich den Stuhl geschnappt, der vor dem Teleskop gestanden hatte. Kerzenschatten tanzten über ihr Gesicht. Die Gitarre hielt sie eng an ihren Körper gedrückt, vertieft in ihre Musik. Nichts an ihrer Haltung verriet, ob sie ihn bemerkt hatte, doch sie musste seine Anwesenheit spüren, denn auf einmal wurde aus ihrem Summen Worte, aus Worten wurden Zeilen und aus Zeilen ein ganzer Song. Glockenhell und federleicht liebkoste Orlas

Stimme die Verse. Nie in seinem ganzen Leben hatte er etwas vergleichbar Schönes gehört.

☆

In der Nacht, wenn alles schläft,
bleibt mir die Angst, die in mir lebt.
Dann seh ich die Sterne dort am Himmel stehen
und trau mich wieder weiterzugehen.

Ich seh die Lichter, die vom Himmel fallen,
kann nicht sehen, wo sie landen.
Fühl mich einsam und allein,
hab große Angst, bin unverstanden.

Manchmal denke ich, ich bin zu viel,
doch du bist da, ich hab dich im Gefühl.
Und wenn ich falle, fängst du mich auf.
Du bist der Grund, ich geb nicht auf.

Ich seh die Lichter, die vom Himmel fallen,
kann nicht sehen, wo sie landen.
Fühl mich einsam und allein,
hab große Angst, bin unverstanden.

Denn Lichter, die vom Himmel fallen,
sind wie deine Liebe, die mich hält.
Mut ist der Pfeiler unsrer Welt,
du bist das Licht, das mich trotz aller Lügen wählt.

Ich seh die Lichter, die vom Himmel fallen,
kann nicht sehen, wo sie landen.
Fühl mich einsam und allein,
hab große Angst, bin unverstanden.

Du bist mein Licht in dunklen Zeiten,
mein Anker, der mich hält und leitet.
Gemeinsam gehen wir durchs Leben,
denn wir hab'n uns unser Glück gegeben.

Ihre Finger zupften die letzten Töne. Sie ließ die Saiten ausklingen, wartete, bis die letzte Note in der Stille des Dachbodens verklungen war, erst dann nahm sie die Finger von den Saiten und suchte Aidens Blick. Er stand am Rand der Dachluke. Die Haare klebten ihm im Gesicht, bei seinen Schuhen hatte sich eine Pfütze gebildet. Die Haut an seinen Fingern war bläulich verfärbt, seine Lippen vor Kälte ganz blass. So sah niemand aus, der gerade die Liebeserklärung seines Lebens erhalten hatte. So sah jemand aus, den eine Verrückte nach einem langen Tag überrumpelt hatte. Sie klemmte sich den Daumennagel zwischen die Zähne, rieb mit der Schneidekante darüber. Selbst das Kauen half ihr nicht, ihre Nervosität in den Griff zu bekommen. Was hatte sie sich dabei gedacht, einfach so bei ihm aufzutauchen? Zugegeben, sie hatte sich das alles furchtbar romantisch vorgestellt, aber das hier war nun mal das wirkliche Leben. Aiden war nach seinem ehrenamtlichen Einsatz für die Gemeinde bis auf die Knochen durchnässt. Sicher wollte er sich aufwärmen, bevor sie ihn mit einem verdammten Lied zu lebensverändernden Entscheidungen nötigte.

Als sich das Schweigen zwischen ihnen ausdehnte, zwang sie sich, zu handeln. Sie legte die Gitarre beiseite, schnappte sich eine der vielen herumliegenden Wolldecken und eilte zu Aiden. Sie legte die Decke wie ein Handtuch um seinen Kopf, rubbelte mit der Wolle seine Haare trocken, rieb Wärme in seine steifen Arme, wischte ihm die Feuchtigkeit aus dem Gesicht.

»Es tut mir leid«, stammelte sie. »Ich hätte dich nicht so überfallen dürfen. Das war dumm von mir. Du willst sicher erst einmal duschen und dich aufwärmen, und dann können wir reden und …«

»Orla.«

Sie plapperte weiter. Er packte ihre Handgelenke, zog ihre Hände sanft von seinem Körper. Da waren sie wieder, die Wolfsaugen. Fragend bohrte sich sein Blick in ihren. Whiskeywarm und brennend. »Ist es wahr?« Sie kniff die Lippen zusammen. »Orla, stimmt das?«

Die Worte wollten ihr nicht über die Lippen gehen. Deshalb war sie Liedermacherin. Wenn sie durch Musik ausdrücken konnte, was in ihr war, fiel ihr alles leichter. »Ich weiß nicht, was …«

»Stimmt es, was du in dem Lied gesungen hast? Ich muss das wissen! Ist es wahr, oder geht es nur um das Lied, und der Text hat nichts mit dir und mir zu tun?«

»Jedes Wort.« Plötzlich traten ihr Tränen in die Augen. Sie schluckte. »Jedes Wort ist wahr, Aiden.«

»Seit wann? Ist das …« Jetzt suchte er nach Worten. Aber Aiden war mutiger als sie, immer gewesen. Furcht hielt ihn nicht von dem ab, was ihm wichtig war. Er nahm einen zweiten Anlauf. »Ist das nur eine Momentaufnahme, oder hast du es dir gut überlegt? Wenn es nur wegen Oran ist, dann …«

»Ich liebe dich, Aiden.« Seine Pupillen weiteten sich, und sie sprach weiter. »Das ist keine hohle Phrase und auch keine bloße Schwärmerei. Ich liebe dich, und es tut mir leid, dass ich es dir bisher nicht richtig zeigen konnte. Ich habe Angst.« Sie zeigte ihm ihre zitternden Finger. »Ich habe so eine verdammte Angst, wieder nicht gut genug zu sein, dass alles in mir schreit, es gar nicht erst zu probieren. Den Kopf einziehen und weg – das ist der einzige Weg, den ich kenne, um zu überleben. Gott weiß, wie ich jemals der Meinung sein konnte, eine Musikerin von Rang werden zu können. Auf der Bühne ist es nicht so toll, den Kopf einzuziehen.«

»Du bist eine großartige Musikerin.«

Mit einem Kuss auf den Mund brachte sie ihn zum Schweigen, zog sich dann aber gleich wieder zurück. »Darum geht es jetzt nicht.«

Er legte seine Stirn an ihre und nickte. »Das heißt, wir werden es Shay sagen? Keine Lügen mehr? Keine halben Sachen und Geheimnisse?«

»Wir sagen es Shay.« Sie spürte seinen Herzschlag an ihrer eigenen Brust. Zwei Herzen, die wie eines schlugen. Zwei Leben, die in Liebe miteinander verbunden waren. »Aber nicht jetzt.«

»Nein.« Er legte seinen Kopf auf ihren Scheitel, hielt sie ganz nah an sich. »Jetzt brauche ich wirklich erst einmal eine heiße Dusche. Ich bin noch ganz durchgefroren.«

»Wie wäre es mit einem heißen Bad?«, schlug sie vor.

»Wenn du mitkommst …«

Das musste er ihr nicht zweimal vorschlagen. Grinsend zwinkerte sie ihm zu. »Sie haben Glück, Mister. Wie es der Zufall will, habe ich heute keine anderen Verpflichtungen mehr. Shay ist mit Nan das Wochenende über bei Onkel Paddy zu Besuch.«

»Was bin ich für ein Glückspilz!« Er packte sie um die Taille, wirbelte sie im Kreis. Sie juchzte. Vor ihren Augen verschwammen die Lichter der Kerzen, und der Dachboden verwandelte sich in einen Ozean aus Sternschnuppen.

12

Nans Tipp von den Sternen:
Kein anderes Sternzeichen versteht die Fische-Frau so gut wie der Krebs. Er fördert deine Leidenschaft und sorgt dafür, dass du nicht vor Problemen fliehst. Ihr beide wollt nur eins: gemeinsam glücklich sein.

Wenn Orla darüber nachgedacht hatte, wie es sein würde, wenn sie zum ersten Mal miteinander schliefen, hatte sie sich immer vor Leidenschaft aufgeladene Luft vorgestellt. Eine fast animalische Annäherung, stürmische Berührungen, wilde Küsse, ein atemloses Rennen zum gemeinsamen Höhepunkt. Zu lange hatte sich die Lust aufgestaut, zu oft hatten sie sich den letzten Schritt verwehrt, um ihn ausgiebig zu genießen, wenn es endlich so weit wäre.

Die Wahrheit hätte nicht weiter von ihrer Vorstellung entfernt sein können. Während das Badewasser einlief, löschten sie die Kerzen. Nur rund ein knappes Dutzend nahmen sie mit ins Bad. Weil Aiden keinen Badeschaum hatte, lösten sie Shampoo im Wasser auf, und Orla gab ein paar Handvoll Rosenblätter dazu. Sie hatte die Blütenblätter von Imela bekommen. Sie verströmten einen betörenden Duft.

Aiden stieg als Erster in die Wanne. Sie überließ ihm den Platz ohne Stöpsel. Dann stieg sie zu ihm, Angesicht zu Angesicht, ihre Beine zwischen seinen, die Blicke ineinander verschränkt. Wie Hügel ragten ihre Knie aus dem Wasser. Immer wieder schöpfte sie Wasser mit ihren klammen Händen, verteilte es auf seiner Haut. Langsam veränderte sich die Marmorierung seiner Haut. Die blauen Adern verschwanden, die Lippen wurden wieder rot. Sie beugte sich vor, streichelte sein Gesicht, spürte, wie nicht nur das Wasser, sondern auch ihre Berührungen ihn wärmten.

Ehe das Wasser Gefahr lief, abzukühlen, beendeten sie das Bad. Sie hüllten sich in Handtücher und stiegen zurück in das Speicherobservatorium. Dort hatte Aiden ihr von seiner Vergangenheit erzählt, hier hatte sie ihm ihre Liebe gestanden. Niemand sonst kannte das geheime Refugium. An keinem anderen Ort der Welt verbanden sich Vergangenheit und Zukunft auf so perfekte Weise zu einer vollkommenen Gegenwart.

Sie streiften die Handtücher ab, legten sich nackt in ein Nest aus Teppichen, Decken und Kissen. Aus einem kleinen Elektro-Ofen strömte warme Luft, strich über ihre Haut. Aiden und Orla betrachteten einander, brannten jede winzige Eigenheit des Gegenübers ins Gedächtnis. Jeder Millimeter seines Körpers faszinierte sie. Das Schuppenmuster dunkler Härchen auf seinem Bauch und den Beinen, das sich zu seinem Schwanz hin verdichtete. Das flache Oval seines Nabels, das sich nach unten hin öffnete und wo die Haut im Inneren einen dunkleren Ton hatte als außen. Der Winkel seiner Achselhöhlen, wo die langen weichen Haare die Wärme seines Körpers speicherten und in moschusartige Süße verwandelten. Die Stecknadelköpfe seiner Brüste hatten dieselbe Farbe wie seine Lippen, die Höfe waren einen Ton dunkler und hatten dieselbe Farbe wie seine Eichel, die sich glänzend und glatt aus dem Ring der Vorhaut schob. Seine Gliedmaßen waren lang und sehnig, die Arme und Beine womöglich eine Spur zu lang für seinen Torso. Unter seinem Hals traten klar die Knochen des Schlüsselbeins hervor, wie die Ansätze von Flügeln eines Engels. Seine Schultern waren rund, und die Brust- und Bauchmuskeln gerade ausgeprägt genug, um seinem Körper Form zu geben.

Im Lichtspiel der Kerzenflammen glühten seine Augen vor Hunger, doch er drängte sie nicht, schien ebenso wie sie den Moment zu genießen, in dem sie nichts machten, als sich mit Blicken zu liebkosen. Je länger sie das taten, desto mehr lud sich die Luft zwischen ihnen auf. Was für ein berauschendes Erlebnis es war, dem Drang nicht nachzugeben, sondern alles zu fühlen, was es zu fühlen gab. Die Sehnsucht, die Gier, die Frustration. In Wellen und Tälern rauschte die Lust durch sie hindurch, nahm sie mit auf eine Reise. Sie hatten ein Leben lang Zeit, einander zu lieben. Warum hetzen? Warum nicht jedes Erschauern auskosten? Nachspüren, wie ein einziger Gedanke durch den ganzen Körper wandern und sich ausbreiten konnte, wie konzentrische Kreise, die Gänsehaut hinterließen. Sich die unmittelbare Befriedigung zu verwehren, machte sie stark und machte sie eins. Es war das intimste Erlebnis ihres Lebens.

Lange lagen sie so da, näherten sich millimeterweise an, gerade weit genug, damit Aiden sie in seine Arme ziehen und sie ihr Gesicht an seine Brust legen konnte. Da war er, ganz nah, sein Mund nur durch einen Lufthauch von ihrem entfernt, sein Herzschlag an ihrer Brust, sein Glied zwischen ihren Schenkeln, und endlich waren sie nicht stark genug, um zu widerstehen, sondern ließen der Natur ihren Lauf.

Erst liebten sie sich langsam, schaukelnd und süß, doch je wacher sie wurden, desto gieriger wurden sie. Alles, was sie zuvor mit den Augen dem Gedächtnis anvertraut hatten, mussten sie jetzt erfühlen, begreifen. Sicher würde er Striemen davontragen, so fest krallte sich Orla an ihn, und als sie kam, kniff sie die Augen zusammen und gab sich hin. Denn nach allem, was sie geteilt hatten, war auch das okay. Einen Moment lang nur an sich zu denken, zu nehmen und zu genießen. Ohne Rücksicht und ohne Erwartung, und trotzdem war es das, dieser Augenblick selbstvergessenen Egoismus, der ihn über die Kante kippen ließ. Genauso in sich selbst versunken wie sie und doch zusammen.

Dann schliefen sie ein. Diesmal war es ein ruhiger, tiefer Schlaf, in den sie fielen, und als Orla aufwachte, hatte ein neuer Tag begonnen. Vielleicht war es auch ein neues Leben.

☆

»Noch mal.«

Orla verdrehte die Augen, aber Aiden konnte einfach nicht genug von ihr bekommen. Sie war noch immer nackt. Seit sie vor bald sechsundzwanzig Stunden aus der Badewanne gestiegen und sich in ihr Liebesnest auf dem Dachboden verkrochen hatten, hatten sie sich nicht mehr richtig angezogen. Sie lebten wie Adam und Eva, nur dass ihre Feigenblätter Wolldecken und Handtücher waren. Ab und zu verließ einer von ihnen ihr Paradies, um ins Bad zu huschen oder Essen und Getränke zu holen.

Vor der Dachluke verwischte der Tag zu einem wässrigen Grau. Die Grenzen zwischen Tag und Nacht lösten sich auf. Sie schliefen, wenn sie müde waren, aßen, wenn sie hungrig waren, liebten sich, wenn der Hunger nach Nähe größer wurde als der nach Nahrung und Schlaf. Die Stunden dazwischen füllten sie mit Gesprächen. Sie redeten über alles, was sie jemals beschäftigt hatte, gestanden einander ihre Ängste, Wünsche und Träume.

Wie der Mond zur Erde, so gehörte die Musik zu Orlas Träumen, das lernte er an diesem Wochenende. Wenn sie keine Worte mehr fand, begann sie zu spielen. Ihr dabei zuzuhören, fühlte sich nicht an, wie einem Lied zu lauschen, ihr zuzuhören, fühlte sich an, als würde sie ihre Seele öffnen und ihr Innerstes nach Außen kehren. Kein Wunder, dass sie seit ihrer Rückkehr aus London diesen Teil von sich verborgen gehalten hatte. Wie schmerzhaft musste es sein, so viel von sich zu geben und dafür nur Enttäuschung zu ernten?

»Bald hängt es dir zu den Ohren raus, und dann habe ich mir umsonst die Mühe gemacht, den Song für dich zu schreiben.«

»Niemals.« Er selbst musste über seinen ernsten Ton lachen. »Warte, ich beweise es dir.« Irgendwo in dem Kissenberg war sein Handy. Er hatte es bei einem seiner Küchengänge mitgebracht, um es aufzuladen. Ein Tippen auf das entsprechende Icon aktivierte die Kamerafunktion. Er stellte das Setting auf *Video.*

»Du willst ein Nacktbild von mir machen?« In gespieltem Entsetzen riss sie die Augen auf.

»Ein Video.«

»Das macht es nicht besser.« Sie zwinkerte ihm zu. »Du weißt, dass du nur fragen musst, wenn du mich nackt sehen willst.«

»Du bist nicht nackt.«

Mit erhobenen Augenbrauen blickte sie an sich hinab.

»Okay, du bist nackt, aber du siehst nicht nackt aus.«

»Ich wusste nicht, dass eine Gitarre neuerdings als Kleidungsstück gilt.« Es war nicht nur die Gitarre. Stimmt, Orla hielt das Instrument so vor ihren Körper, dass es sie von den Oberschenkeln bis über die Brüste bedeckte, aber da war noch mehr. Ihr Haar fiel ihr lockig und zerzaust über die Schultern. Gegen die Kälte hatte sie sich in eine Decke gehüllt. Wo nackte Haut zu sehen war, trug sie Kerzenlicht. In seinem ganzen Leben hatte Aiden noch nie etwas so Schönes gesehen wie Orla in diesem Moment.

»Wenn du wirklich nicht willst, dass ich dich aufnehme, dann lasse ich es natürlich.« Er legte das Handy weg. Seine Enttäuschung konnte er nicht ganz verbergen. »Ich wünschte nur, ich könnte das hier festhalten. Das Lied bedeutet mir so viel. Ich möchte es immer wieder hören können. Auch wenn du nicht da bist.«

»Mann, du bist schrecklich.« Lachend warf sie ihm ein Kissen zu. Gerade noch rechtzeitig gelang es ihm, sich zu ducken.

»Was hab ich getan?«

»Wie soll ich Nein sagen, wenn du mich so fragst?«

»Ich muss wirklich nicht …«

»Jetzt nimm das doofe Handy und leg los.« Sie rückte die Gitarre zurecht, arrangierte ein paar Kissen so, dass sie bequem sitzen konnte, und zupfte ihre Haare in Form. »Sehe ich wenigstens gut aus?«

»Du siehst toll aus.« Er richtete den Kamerawinkel aus. »Bist du sicher?«

»Jetzt fang schon an.«

Er drückte auf Start, gab ihr ein Daumen-hoch, und sie begann zu spielen. Seit das Lied ihn am Vortag auf den Dachboden gelockt hatte, hatte sie es ihm bestimmt schon zwanzigmal vorgesungen, aber jedes Mal trafen ihn die Zeilen mitten ins Herz. Er versank völlig in dem Song. Der Glanz, der von Orla ausging, sprang auf ihn über und ließ sein Blut vor Stolz und Liebe schäumen. Als Orla den letzten Ton gesungen hatte, wartete er noch eine Sekunde, dann beendete er die Aufnahme. Er ließ das Handy sinken, sah ihr tief in die Augen.

»Danke.«

Vorsichtig legte sie die Gitarre zur Seite, schälte sich aus der Decke und schloss ihn in ihre Arme.

»Schon wieder?«, fragte er lachend, als sie spielerisch die Zähne in die empfindliche Stelle über seinem Schlüsselbein grub.

»Schon wieder«, bestätigte sie, und erneut vergaßen sie die Welt um sich herum.

Als sie das nächste Mal auftauchten, war es für Orla beinah Zeit zu gehen.

Sie rissen die Fensterchen im Speicher so weit auf, wie es nur ging. Mit der aufgebrauchten Luft verließ das Aroma aufgeheizter Körper, Bienenwachs und Zweisamkeit ihr Refugium. Sie zogen sich an, kletterten nacheinander die Stiege hinunter. Trotz seiner Kleidung fröstelte er.

»Noch einen Tee, bevor du gehst?« Ohne ihre Antwort abzuwarten, setzte er den Kessel auf. In diesem Moment hätte er es nicht geschafft, sie anzusehen. Aber nicht nur er hatte Orla an diesem Wochenende so gut kennengelernt wie nie einen Menschen zuvor. Umgekehrt war es genauso. Behutsam legte sie ihm eine Hand auf die Schulter und drückte so lange, bis er nachgab und sich zu ihr umdrehte. »Hältst du mich für eine Lügnerin?«

»Nein.« Er wich vor ihr zurück, als hätte sie ihn geschlagen.

»Warum tust du dann so, als wäre alles, was wir in den letzten Tagen miteinander geteilt haben, ein Spiel gewesen? Ich habe dir schon einmal gesagt, dass ich es mit uns wirklich ernst meine. Glaubst du mir nicht?«

»Ich glaube dir.«

»Aber?«

Er schüttelte den Kopf. »Aber nichts. Ich schätze … Ich habe wohl so was wie Lampenfieber.«

»Dir ist schon klar, dass Shay vor Freude ausflippen wird, wenn er erfährt, dass wir zusammen sind.«

»Trotzdem müssen wir es richtig machen.« Er fuhr sich mit der Zunge über die Lippen. Der Teekessel pfiff, und Aiden war froh über den Aufschub. Er nahm den Kessel, holte zwei Tassen vom Oberschrank, legte Teebeutel hinein und goss Wasser auf. Bis er so weit war, eine der beiden Tassen über den Tresen zu Orla zu schieben, war es ihm gelungen, seine Gedanken zu ordnen. »Shay ist ein kluger Junge. Er wird sich denken können, dass das mit uns nichts Neues ist. Wir müssen ihm klarmachen, dass wir ihn nicht absichtlich ausgegrenzt haben, sondern uns erst über einiges klar werden mussten, bevor wir ihn einweihen.«

Sie lächelte ihn an und schüttelte leicht den Kopf. »Habe ich dir schon mal gesagt, dass ich dich liebe?«

»Ich liebe dich auch, aber …«

»Einer der Gründe, warum ich dich liebe, ist, dass du Shay genauso sehr liebst wie ich.«

Oh.

Bevor er etwas erwidern konnte, hob sie die Hand. »Es ist nicht der einzige Grund, aber einer der wichtigsten. Ich liebe dich, weil du lieber dir selbst wehtun würdest, als absichtlich jemanden zu verletzen, der dir etwas bedeutet. Deshalb bin ich sicher, dass Shay verstehen wird, warum wir so lange gewartet haben, ihm von uns zu erzählen. Dieser Junge hat ein ebenso großes Herz wie du. Er weiß genau, wer es gut mit ihm meint und wer nicht.«

»Dann sagen wir es ihm wirklich?«

Sie nickte.

»Gleich heute Abend?«

Orla blies in ihren Tee. Weißer Dampf hüllte ihr Gesicht in einen duftenden Nebel. »Vielleicht nicht gleich heute Abend. Er ist bestimmt noch ganz aufgeregt von seinem Wochenende mit den Ponys. Und auch müde. Ein müdes Kind und lebensverändernde Neuigkeiten sind vielleicht nicht die beste Kombination.«

»Und morgen? Hast du einen konkreten Plan?«

Sie überlegte einen Moment. »Warum machen wir es nicht so: Lass uns die Woche über so weitermachen wie bisher. Shay und ich sind sowieso schon fast jeden Abend bei dir, und bis zum Wochenende können wir uns in aller Ruhe einen Schlachtplan ausdenken.« Sie trank einen Schluck Tee, zog aber gleich den Kopf zurück. Zischend stellte sie die Tasse ab.

»Kommendes Wochenende ist schlecht. Da habe ich Bereitschaftsdienst in der Praxis. Dafür habe ich am Dienstag frei.«

Orla hatte sich offensichtlich die Zunge verbrannt. Hektisch sog sie Luft ein. »Dann machen wir es eben am Dienstag, sobald Shay aus der Schule kommt«, nuschelte sie.

»Klingt nach einem Plan.« Er hoffte nur, dass sie sich an ihrem tollen Plan nicht genauso verbrannten wie Orla an dem Tee. Nur weil etwas mit Liebe gemacht war, hieß das noch lange nicht, dass es nicht wehtun konnte.

13

Nans Tipp von den Sternen:
Wenn der Fische-Neptun sich im Priapus-Pol befindet, wirken die Sterne zum Greifen nah, doch es ist nicht immer klug, einer Illusion zu glauben.

Eineinhalb Tage waren eine lange Zeit, um sich den Kopf darüber zu zermartern, wie sie Shay die Neuigkeiten überbringen sollte. Orla schlief schlecht und war tagsüber gereizt. Aiden versuchte, sie zu beruhigen. Er sagte, sie solle sich nicht so viele Sorgen machen. Als ob dieser Rat jemals geholfen hätte! »Lach doch mal«, hatte Da früher zu ihrer Mutter gesagt, wenn ihn das Feierabendbier in Gönnerlaune versetzt hatte und er sich nach familiärer Nähe sehnte. Mas antwortende Grimasse stand Orla noch deutlich vor Augen. Sie war so ziemlich das Gegenteil von einem echten Lachen. Aber das alles wusste Aiden nicht. Er meinte es gut mit ihr. Deshalb gab sie sich Mühe, seinem Rat zu folgen – gelingen wollte es ihr nicht.

»Warum hören wir nicht einfach auf, uns vor Shay zu verstecken?«, schlug er schließlich vor, als sie am Montagabend zum x-ten Mal alle Optionen per Textnachricht diskutierten. Es wäre so viel einfacher gewesen, dieses Gespräch von Angesicht zu Angesicht zu führen, aber das ging nicht, ehe Shay Bescheid wusste. Und damit Shay es erfuhr, mussten sie sich einigen. Es war zum Mäusemelken!

»Wie meinst du das?«, tippte sie zurück.

Von der anderen Seite des Esstischs aus warf Nan ihr über den Rand der Lesebrille einen prüfenden Blick zu. Schon vor einer halben Stunde hatte sie die Augen verdreht und etwas gemurmelt, das »wie die Teenager« geklungen hatte. Warum Aiden und sie sich die Finger wundschreiben mussten, obwohl sie sich gerade erst voneinander verabschiedet hatten, war Nan unbegreiflich.

Orlas Handy vibrierte mit Aidens Antwort. »So, wie ich es geschrieben habe. Wir hören einfach auf, uns zu verstecken. Wenn wir Händchen halten wollen, halten wir Händchen. Wenn ich meinen Arm um dich legen will, tue ich das. Und wenn du dich an meine breite Männerbrust lehnen willst, schiebe ich dich nicht mehr weg ;-).« Eine zweite Textblase erschien direkt nach der ersten. Es war verrückt. Dass sein letzter Satz scherzhaft gemeint war, konnte sie selbst durch den Miniaturbildschirm sehen. Jetzt wurde er wieder ernst. »Shay ist vernünftig. Er wird es verstehen, und wenn nicht, wird er Fragen stellen. Hab ein bisschen Vertrauen in deine Männer, okay?«

Ihre Männer! Aiden und Shay – zu dritt bildeten sie jetzt eine Einheit. Ein Lächeln umspielte ihre Mundwinkel. Der Gedanke war so schön. Aber das Vertrauen, um das Aiden sie bat, fiel ihr immer noch schwer. So oft waren es gerade die Menschen, denen sie am meisten vertraut hatte, die sie auf die schlimmste Weise enttäuscht hatten.

Sie legte das Handy weg und stützte die Stirn in die Handflächen.

»So schlimm?«, fragte Nan. »Ich dachte, zwischen Aiden und dir läuft es gut. Jedes Mal, wenn jemand nur seinen Namen erwähnt, leuchtet dein Gesicht auf.«

Seufzend hob sie den Kopf. »Wir wollen es Shay sagen.«

Abwartend sah Nan sie an.

»Ich habe fürchterliche Angst, nicht die richtigen Worte zu finden und Shay zu verletzen. Aiden meint, wir sollen gar kein großes Ding draus machen und einfach aufhören, uns zu verstellen. Wenn Shay dann Fragen hat, können wir die beantworten, und fertig.«

Nan nahm die Brille von der Nase und schob sich den Bügel in den Mundwinkel. »Klingt vernünftig.«

»Aber was …«

Nan unterbrach sie. »Du willst Sicherheit?« Sie zog den Brillenbügel aus dem Mund und machte ein schmatzendes Geräusch. »Tut mir leid, Liebes, aber die wird es nicht geben. Nicht einmal das Universum kann die Zukunft voraussagen. Es gibt nur eine einzige Möglichkeit, zu erfahren, wie dein Leben verlaufen wird, und die ist, es zu leben.«

»Du meinst also, wir sollen es machen, wie Aiden vorschlägt?«

Statt ihr zu antworteten, sah Nan sie nur weiter an. Kein Muskelzucken gab Orla einen Hinweis darauf, wie ihre Großmutter zu der Frage stand. Diese Entscheidung musste Orla alleine treffen.

Kurz schloss sie die Augen, dann griff sie nach dem Mobiltelefon. »In Ordnung«, tippte sie zurück. »Lass es uns so machen. Bis morgen um zwei am Pier.«

☆

Allen guten Vorsätzen zum Trotz fand sie in dieser Nacht wenig Schlaf. Der Dienstagmorgen schlich dahin. Als sie Kaffee in eine Thermoskanne und Kakao in eine andere füllte, verschüttete sie die Hälfte und musste noch einmal nachgießen. Dann, als es endlich so weit war und sie und Shay sich dem wartenden Aiden näherten, ging plötzlich alles ganz schnell. Shay und Aiden begrüßten sich wie immer mit einer komplizierten Abfolge von Händeschütteln, Fingerhakeln, Abklatschen und Winken. Doch statt Orla anschließend nur zuzunicken, legte Aiden ihr diesmal eine Hand locker um die Taille und gab ihr einen kurzen Kuss auf die Lippen.

»Hi«, flüsterte er. Sein Atem roch nach Minzzahnpasta.

»Hi«, sagte sie zurück. Ihre Begrüßung wurde von dem euphorischen »Ja!« ihres Sohnes verschluckt.

»Ich wusste es!«, jubelte Shay. »Das ist so cool! Ich habe meinem Freund in der Schule gesagt, dass ich hoffe, dass ihr ein Paar werdet. Wir sind jetzt schon wie eine Familie. Und wenn ihr jetzt zusammen seid, habe ich endlich richtige Eltern wie alle anderen auch.«

Hätte ihr angesichts von Shays Freude nicht ein Stein vom Herzen fallen müssen? Stattdessen setzte sich dieser Stein jetzt wie ein lehmiger Klumpen in ihrem Magen fest. Zum Glück war sie nicht alleine.

Spielerisch wuschelte Aiden Shay durch die Haare. »Ich bin froh, dass wir deinen Segen haben, Kumpel. Jetzt gehen wir aber Boot fahren, oder?«

»Auf jeden Fall!« Shay strahlte.

Es war gar nicht so einfach gewesen, in der Kürze der Zeit eine Unternehmung zu finden, die umsetzbar war und von der Orla trotzdem glaubte, dass sie Shay Spaß machen würde. Am Ende hatte sie Nans liebevolles Gestänker über Eamonn auf die zündende Idee gebracht. In der Hochsaison kam es immer wieder vor, dass der Fischer statt Fangnetzen Touristen mit an Bord nahm. Die schipperte er dann vom Ballinskelligs Pier einmal um die beiden Inseln Skellig Michael und Little Skellig. Die Tour dauerte etwa zwei Stunden, nicht zu lang für einen Nachmittag nach der Schule. In der Hoffnung, ein paar Sympathiepunkte bei Nan zu sammeln, hatte der alte Seebär sofort zugestimmt, als Orla ihn fragte, ob er ihr, Aiden und Shay auch einen privaten Törn anbieten könnte.

Winkend leitete Eamonn sie an Bord der *Iolar na Mara*. Übersetzt hieß der Name »Adler der See« – der arme Vogel hatte allerdings schon ordentlich Federn gelassen. Der Kahn war ganz aus Holz gefertigt und besaß die für die irischen Küsten typisch schnörkellos robuste Konstruktion. Pocken aus Muschelschalen bedeckten den Rumpf. Wo der Nordatlantik Welle um Welle gegen das Schiff geschlagen hatte, blätterte die Farbe ab. Selbst dort, wo der Anstrich noch intakt war, verschmolz das gedämpfte Grün beinah mit der Farbe des Meeres. Vom Bug ragte ein kurzer Mast auf, von dem Netze und Taue hingen. Alles in allem war die *Iolar na Mara* kein hübsches Boot, aber Orla verstand, warum Touristen sie liebten. Sie strahlte Ehrlichkeit aus. Schon auf den ersten Blick begriff man, dass dieser Kahn zum Arbeiten gemacht war. Seine robuste Schlichtheit schien tief verwurzelt mit der Natur drum herum.

Mehr als ein Nicken zur Begrüßung bekamen sie nicht von Eamonn. Er trug eine grob gestrickte Wollmütze, die tief in sein Gesicht gezogen war. Sein Körper war in mehrere Schichten Kleidung gehüllt – ein kariertes Hemd, eine grobe Wolljacke und eine wetterfeste Regenjacke. Obwohl die Sonne schien, konnte sich das Wetter jederzeit ändern, und wenn auch noch der Fahrtwind dazukam, konnte es an Bord des Schiffes schnell kalt werden. Trotz aller Vorsichtsmaßnahmen hatten die Jahre auf See Eamonns Gesicht Spuren gezeichnet. Seine Haut war wettergegerbt, der buschige Schnurrbart seltsam fahl, als hätten Wind und Regen jede Farbe herausgewaschen. Bei aller Bärbeißigkeit entlockte ihm Shays sichtbare Vorfreude auf den Trip dennoch ein Lächeln. Die raue Schale des Seebären betonte geradezu die versteckte Aura von Humor und Gelassenheit im Inneren.

»Ihr seid also hier, um die Schönheit der Skellig Islands zu erleben, aye?« Noch während er das sagte, begann er damit, das Boot vom Kai zu lösen. Geschickt sprang er von Klemme zu Klemme, betätigte abwechselnd den Gashebel und lenkte.

Die anderen Schiffe am Kai schaukelten in der Bugwelle der *Iolar na Mara*, und schon befanden sie sich auf offenem Meer. Sanfte Wellen kräuselten die Oberfläche, nur ab und zu gekrönt von schaumigem Weiß. Am Horizont verwischte die Grenze zwischen Meer und Himmel, alles um sie herum war ein Farbenspiel aus Dunkelgrün, Blau, Grau und Anthrazit.

Aiden legte einen Arm um Orla. Shay tänzelte aufgeregt an Deck hin und her und saugte Eamonns Erklärungen über das, was sie sahen, auf. Mit offenem Mund staunte er, als schließlich Skellig Michael, die größere der beiden

Inseln, vor ihnen auftauchte. Über einhundertsechzig Fuß ragte der Felsen aus dem Meer auf. Vor Tausenden von Jahren hatte die Gischt felsgroße Brocken aus dem Gestein geschlagen und aus flachen Bruchkanten, Kuppen und Stalagmiten ein Monument geschaffen, wie nur die Natur es vermochte. Hoch oben auf dem Felsen sahen sie die Überreste frühchristlicher Mönchshütten, in Wolkenschleier gehüllte Zeugen einer anderen Zeit. Mehrmals hielt Eamonn an, damit sie Fotos machen konnten, dann ging es weiter zu Little Skellig. Schon von Weitem hörten sie die Rufe der Basstölpel. Wo die Vögel nisteten, war der Felsen weiß von ihrem Kot.

»Ihhh.« Theatralisch hielt Shay sich die Nase zu. »Das stinkt ja widerlich.«

Eamonn nickte grummelnd und strich seinen Schnurrbart zurecht. »Das kannst du wohl glauben! Es ist die zweitgrößte Basstölpelkolonie der ganzen Welt. So viele Vögel machen jede Menge Mist.«

Doch selbst als er hörte, dass die Basstölpel mit ihren spitzen Flügeln und langen Schnäbeln und einer Flügelspannweite von fast zwei Metern die größten Seevögel Irlands waren, konnte sich Shay nicht für sie begeistern. Auch die Küstenseeschwalben und Silbermöwen ließen ihn kalt. Umso mehr begeisterten ihn die Kegelrobben, die sie beim trägen Sonnenbad auf einer flachen Felsnase entdeckten.

Auf dem Rückweg zum Pier brach die Wolkendecke auf. In den Wellentälern sammelte sich das Sonnenlicht zu Silberpfützen. Vielleicht fielen ihnen deshalb ihre tierischen Begleiter erst auf, als ein Platschen sie auf sich aufmerksam machte. In einem kraftvollen Sprung erhob sich der erste Delfin aus dem Wasser.

»Wow, habt ihr das gesehen?«, rief Shay aus.

»Ja!« Begeisterung ergriff auch von Orla Besitz. »Wahnsinn, so nah! Das müssen richtig viele sein, bestimmt sechs oder sieben!«

Schnell wie Torpedos schossen die Tiere durch das Wasser. Ihre Rückenflossen durchbrachen die Wasseroberfläche. Jedes Mal, wenn eines von ihnen sich zu einem Sprung aus dem Wasser erhob, schimmerte sein Körper wie Quecksilber in der Sonne. Genauso geschmeidig waren auch die Bewegungen der Tiere, fließend elegant und dennoch kraftvoll. Was für ein Geschenk diese Begegnung war! Die Tiere schienen richtiggehend Spaß daran zu haben, ihr Publikum zu unterhalten. Mal vollführten sie ihre Kunststücke allein, mal zu zweit oder zu dritt, doch je mehr Aiden, Shay und Orla lachten und klatschten, desto höher und weiter wurden ihre Sprünge. Minutenlang ging das so, dann drehte die Schule ab und ließ die Menschen wieder allein.

Wie frei diese Tiere waren. Wie ungebunden von Erwartungen, Ängsten und Vorsicht.

»Na, das war ein Spektakel, was?« Sicherlich hatte Eamonn schon unzählige Male Delfine gesehen, dennoch schien auch ihn die Begegnung nicht kaltzulassen. »Es heißt, es bringt Glück, wenn Delfine ein Schiff begleiten. Ihr könnt euch glücklich schätzen.«

Aiden verstärkte den Griff um Orlas Schultern, lehnte seine Schläfe gegen ihre. »Ich hab dich«, flüsterte er ihr ins Ohr. »Mehr Glück brauche ich nicht.«

Sie wünschte nur, sie könnte dieses Gefühl mit ihm teilen. Kaum hatten sie die Delfine verlassen, spürte Orla wieder diesen bleiernen Knoten im Bauch, und je näher sie dem Festland kamen, desto schwerer wurde er. Der Ausflug war besser verlaufen, als sie je zu hoffen gewagt hatte. Warum konnte sie nicht einfach nur glücklich sein? Hoffentlich bekamen wenigstens Shay und Aiden nichts von ihrer niedergeschlagenen Stimmung mit.

Zum Abschied versprach Eamonn Shay, ihn öfter mitzunehmen, wenn er im Gegenzug an Bord mithalf. Shay rümpfte die Nase und sagte, er würde es sich überlegen. Da sie mit getrennten Autos zum Pier gefahren waren, trafen sie sich erst wieder bei Aiden. Zum Abendessen gab es Spaghetti mit Tomatensoße. Shay schaufelte das Essen in sich hinein, als hätte er ein Loch im Bauch. Orla dagegen brachte nur ein lustloses Stochern zustande.

»Sitzt dir der Seegang noch im Magen?« Aiden warf einen vielsagenden Blick auf ihren beinah unberührten Teller und schob auch seinen beiseite. Wie sie hatte er seine Portion nicht aufgegessen. Machten ihm die Erwartungen an den Abend ebenso sehr zu schaffen wie ihr? Spürte er genauso den Druck, dass sich etwas ändern sollte, jetzt, wo Shay es wusste, obwohl sie immer noch die Gleichen waren? Wochenlang hatten sie nur auf dieses eine Ziel hingearbeitet – Shay von ihrer Beziehung zu erzählen. Jetzt wusste Shay Bescheid, und alles könnte wunderbar sein. Doch statt Erleichterung zu verspüren, wuchs Orlas Angst. Was, wenn sie wieder nicht genug war? Wenn Aiden sie jetzt verließ, konnte sie nicht einmal mehr die Umstände dafür verantwortlich machen, dann wäre es wieder einmal sie allein, die alles versaut hatte. Was, wenn der Preis von farawayhome nur ein Traum von ihr blieb? Sie hatte so hart an dem Konzept gearbeitet. Was, wenn ihre harte Arbeit zu nichts führte und sie wieder einmal zu spüren bekam, dass nichts, was sie anpackte, gut genug war? Würde Aiden dann immer noch mit ihr zusammen sein wollen? Er wusste nicht einmal von ihrem Glamping-Traum, aber sicher glaubte er nicht, dass sie vorhatte, den Rest ihres Lebens von den Almosen ihrer Großmutter zu leben. Aiden sah immer nur das Beste in den Menschen. Doch wie lange konnte Orla diese Scharade aufrechterhalten? Wie lange würde es dauern, bis auch er durchschauen würde, dass sie eine Betrügerin war? Eine, die noch nie etwas geleistet hatte, was andere zu schätzen wussten? Shays Freude über ihre Beziehung sollte Mauern zwischen ihr und Aiden einreißen, stattdessen fühlte sie sich, als läge ein Mühlstein um ihren Hals.

»Kann sein.« Auch sie schob ihren Teller beiseite. »Ich war schon lange nicht mehr auf einem Schiff. Shay, bist du fertig?« Im Gegensatz zu Aiden und ihr hatte ihr Sohn seine Portion bis zum letzten Soßenrest verspeist. »Ist es okay, wenn wir dich mit dem Abwasch allein lassen?«

»Kann ich nicht noch deine Portion aufessen?« Offenbar hielt ihr Sohn nichts von ihrem Plan, aufzubrechen. Gierig beäugte er ihren halb vollen Teller.

»Wenn du so weiter machst, denkt Aiden, du bekommst zu Hause nichts zu essen.« Trotz ihrer Worte tauschte sie die Teller. Sofort begann Shay sich die Reste der Spaghetti in den Mund zu schaufeln.

»Nan sagt, Essen wegzuwerfen, ist Verschwendung«, erklärte er mit vollem Mund. »Außerdem dachte ich, das hier sei jetzt unser Zuhause. Ich meine, wenn Aiden und du jetzt ein Paar seid und wir eine Familie, dann ziehen wir doch sicher bald ein.«

»Shay!« Warum konnte ihr Sohn dieses Thema nicht ruhen lassen. Sie bekam schon Kopfweh davon. Ächzend rieb sie sich die pochenden Schläfen.

»Schon gut, Kumpel.« Auch Aidens Tonfall klang plötzlich wachsam. »Lass uns die Sache langsam angehen, okay? Das Haus ist noch immer eine Baustelle. Wir machen schön eins nach dem anderen.«

Kurz schien Shay beinah verletzt, dann hellte sich seine Miene wieder auf. »Wegen deinen Plänen fürs Haus, meinst du? Hast du Angst, dass wir zu viel Platz wegnehmen, wenn du hier dein Bed & Breakfast hast?«

Orlas Kopf schnellte hoch. »Du planst, ein B&B zu eröffnen? Das hast du mir nie erzählt. Wie willst du das neben der Arbeit schaffen? Du hast doch so schon kaum Zeit!«

Aiden öffnete den Mund, aber Shay kam ihm zuvor. »Ich hab ihn da draufgebracht. Ich hab ihm von dem Preis erzählt, den du bekommen willst, und dass man da ganz viel Geld mit verdienen kann. Aidens Haus ist doch mindestens so schön wie Nans Campingplatz. Mit dem großen Teleskop im Speicher und allem kann das ein richtiges Astronomiehotel werden. Aiden erklärt den Gästen den Sternenhimmel und was sie zu Hause machen können, um Lichtverschmutzung zu vermeiden. Das wäre doch super, oder?«

Gallenflüssigkeit stieg Orla in die Kehle. »Ja, super.« Gerade eben hatte sie noch drüber nachgedacht, was es bedeuten würde, wenn der Dream-on-Förderpreis an ihr vorbeiging, und es als Schwarzmalerei abgetan. Tja, der Witz ging auf ihre Kosten.

»Eigentlich ist die Idee doch gar nicht so schlecht.« Aidens Tonfall war unsicher. »Wenn ich hier für immer bleiben will, ist dieses Haus viel zu groß für mich. Was soll ich mit sechs Schlafzimmern? Und die Scheune hat noch einmal Platz für mindestens vier weitere Zimmer.«

Seine Vorsicht half nicht. Die Anspannung, die sie den ganzen Tag in Schach gehalten hatte, brach an die Oberfläche. »Und was ist mit mir?«

»Du bist natürlich auch hier …«

»Ich meine nicht, dass Shay und ich in deinem Haus wohnen müssen.« Sie schrie nicht. Aber in ihrer Stimme lag eine Bitterkeit, die schärfer war als die Lautstärke. »Ich meine, meine Pläne. Meine Zukunft. Shay hat dir also von dem Dream-on-Preis erzählt, und das Erste, was du denkst, ist: Warum nehme ich Orla den Preis nicht weg? Sicher ist das, was ich mir ausdenke, noch viel toller als alle Ideen von Orla zusammen. Denn wenn Orla irgendwas macht, ist es ja immer nur halb so gut.« Heiße Tränen brannten ihr in den Augen. Energisch wischte sie sie weg. »Halb so gut wie meine Schwestern, die natürlich nicht ledig schwanger geworden sind, halb so gut wie Emanuelles andere Künstlerinnen, die nicht zehn Jahre lang als Bühnenkulisse verplempern, halb so gut wie jede andere Mutter, die sich verdammt noch mal selbst um ihr Kind kümmert, statt es zur Großmutter abzuschieben, und natürlich auch nur halb so gut wie der große Aiden, dem das richtige Konzept für den Preis im Vorbeigehen in den Schoss fällt, während ich mir jedes Wort nächtelang aus den Fingern saugen muss.«

»Orla.« Das erste Mal sagte er ihren Namen leise, dann wiederholte er ihn laut genug, um den Nebel in ihrem Kopf zu durchdringen. »Orla!« Als sie aufblickte, nickte er Shay zu.

Sie war nicht die Einzige, die weinte.

Scheiße!

Ihre Wut verwandelte sich in Scham. Das hatte sie davon! Das passierte, wenn sie sich gehen ließ und ihren Gefühlen freien Lauf ließ.

»Hey, Großer.« Sie streckte eine Hand nach Shay aus, doch der wich vor ihrer Berührung zurück.

»Tut mir leid«, schluchzte er. Drei Worte. Drei Worte mit der Macht, sie zu zerstören. »Ich wusste nicht, dass es ein Geheimnis ist. Ich wollte nicht …«

»Du hast nichts falsch gemacht.« Ihre Versicherung klang hohl. Erst Mist bauen und es dann bereuen: Darin war sie gut.

»Jetzt bist du sauer auf Aiden. Ich will nicht, dass du und Aiden euch streitet. Ihr habt euch doch gerade erst gefunden, und wenn ihr euch streitet …« Ein Schluchzer … »Wenn ihr euch streitet …« Erst beim dritten Mal schaffte er es, den Satz zu beenden. »Ich mag es, eine Mam und einen Dad zu haben. Ihr dürft euch nicht trennen. Nicht meinetwegen. Nicht weil ich …«

»Du hast nichts falsch gemacht«, beteuerte Orla noch einmal, doch auch diesmal prallte ihr Versuch, ihn zu trösten, an Shay ab.

Mal wieder war es Aiden, der die Situation rettete. Er schob seinen Stuhl zurück, stützte die Ellenbogen auf die

Knie und sah Shay so lange an, bis der Atem des Jungen sich beruhigt hatte und er Aidens Blick erwiderte.

»Menschen streiten«, sagte er schließlich, die Stimme ruhig, die Worte klar, aber nicht unfreundlich. »Deine Mam und ich werden uns sicher noch oft streiten, aber nur weil wir uns streiten, heißt das nicht, dass wir uns nicht mehr mögen, verstehst du? Manchmal werde ich etwas Dummes sagen, und deine Mam wird sauer auf mich sein. Manchmal wird deine Mam ungeduldig sein, oder sie wird angespannt sein, und ich werde es zu persönlich nehmen, und dann werden wir uns streiten. Streiten gehört zum Leben. Es erinnert uns daran, dass uns etwas wichtig ist oder es ein Problem gibt oder vielleicht auch nur, dass wir eine Pause brauchen. Aber Menschen, die sich lieben, können nicht nur streiten, sie können sich auch versöhnen. Das ist, was echte Liebe ausmacht.«

Für die Dauer einiger langer Sekunden sah Shay Aiden bloß an. Schließlich zog er die Unterlippe zwischen die Zähne und nickte. »Streiten heißt nicht, dass jemand geht?«

Wie sehr Orla es hasste, dass Shay diese Frage stellen musste!

»Niemand geht«, bestätigte Aiden mit seiner sanften, liebevollen Stimme, und zum ersten Mal, seit sie den Plan gefasst hatte, Shay heute von ihrer Beziehung zu erzählen, atmete sie ein wenig freier.

Shays Blick wanderte von Aiden zu Orla. »Streiten bedeutet nicht, dass jemand geht«, sagte die Weltmeisterin im Weglaufen. Kein Wunder, dass sie sich nicht einmal selbst glauben konnte. Nicht tief im Inneren. Nicht in den dunklen Ecken ihrer Seele, wo Unsicherheit und Selbstzweifel wohnten.

Shay schauderte. »Okay.« Mehr Atem als ein Wort, dann noch einmal, mit mehr Nachdruck: »Okay.«

»Gruppenkuscheln?«, schlug Aiden vor. Shay nickte, und im nächsten Moment waren sie zu einem Knäuel aus Armen und Beinen zusammengerückt. Shays Jungengeruch vermischte sich mit dem herberen Aroma von Aidens Körper und dem Geruch nach Spaghetti mit Tomatensoße. Orla klammerte sich an ihre Männer, als hinge ihr Leben davon ab, als könnte sie so den Moment festhalten, als wäre das Monster in ihrem Unterbewusstsein, das ihr immer wieder einreden wollte, sie sei nicht gut genug, nicht einfach nur für den Moment eingeschlafen. Bereit zum Aufwachen, bereit, ihr wieder einmal den Glauben an die Zukunft zu rauben. Denn war nicht genau das passiert, was sie befürchtet hatte? Der Streit mit Aiden hatte Shay wehgetan. Wieder einmal hatte sie das Beste für ihren Sohn gewollt und ihm stattdessen geschadet. Egal wie sie es anstellte: Am Ende machte Orla Reilly immer alles kaputt.

☆

Seit Aiden es sich in dem geerbten Haus seiner Eltern eingerichtet hatte, schlief er in demselben Bett. Noch nie war die Matratze ihm zu breit vorgekommen, noch nie hatte er sich so verloren gefühlt wie in dieser Nacht. Er drückte das Kissen an sich, wickelte sich in die Decke ein wie ein Burrito. Die Leere blieb. Orlas Gesichtsausdruck, als sie sich heute verabschiedet hatten, war auf die Innenseite seiner

Augenlider eingebrannt. Shay hatte gequengelt und wollte bei Aiden schlafen, aber Orla war konsequent geblieben und hatte ihren Sohn mehrfach daran erinnert, dass morgen ein ganz normaler Schultag war. Sein Schulzeug war zu Hause, und außerdem musste er früh aufstehen. Das alles stimmte. Dennoch ließ Aiden das Gefühl nicht los, dass das noch nicht alles war. Es war, als würde Orla nur ein Schema abspulen. War das, was beim Abendessen passiert war, ihr erster richtiger Streit? Aiden meinte aus vollem Herzen, was er Shay gesagt hatte: Streiten gehörte zum Leben. Das bedeutete allerdings noch lange nicht, dass es sich gut anfühlte. Er sehnte sich danach, Orla in den Arm zu nehmen, mit ihr zu verschmelzen und ihr und sich selbst zu versichern, dass kein Missverständnis mehr zwischen ihnen stand.

Frustriert arrangierte er die Bettdecke anders, schlug das Kopfkissen auf. Vor dem Fenster zog der Mond seine Bahn. Der altmodische Wecker auf dem Nachttisch tickte. Im Geist zählte er die Namen der Mondmeere auf: Mare Australe, Marie Cognitum, Mare Cirsium, Mare Fecunditatis, Mare Frigoris …

Er wünschte, Orla und er hätten sich ausgesprochen. Er wünschte, sie hätten sich nicht nur versöhnt, sondern auch wieder verstanden.

Er hätte wetten können, dass er nicht geschlafen hatte. Trotzdem zuckte er zusammen, als sein Handy klingelte. Mit halb geschlossenen Augen tastete er danach.

»Orla?«

Es knackte in der Leitung. Er richtete sich auf einem Ellenbogen auf und wischte sich mit der freien Hand den

Schlaf aus den Augen. Jemand sagte etwas, aber die Worte drangen nicht klar zu ihm durch. Selbst an guten Tagen war der Empfang auf seiner Klippe alles andere als perfekt.

»Aiden?« In dem Summen, Klicken und Knacken meinte er seinen Namen auszumachen.

»Ja«, bestätigte er. »Aiden Taylor hier. Worum geht es denn?« Seit er bei Doc Robinson als APN angefangen hatte, war er noch nie nachts aus dem Bett geklingelt worden. Allerdings hatte er einigen Patienten seine Nummer für Notfälle gegeben, und irgendwann war immer das erste Mal. Er schlug die Bettdecke zurück und stellte sich ans Fenster. Die kalte Luft im Zimmer vertrieb sofort die Benommenheit. »Hören Sie mich jetzt besser?« Zum Glück sah ihn niemand, wie er sein Ohr an die Fensterscheibe drückte.

»Aiden, bist du das?«

»Mam?« Seine Stimme überschlug sich.

»Dem Himmel sei Dank, dass du angenommen hast.« Sie atmete hörbar aus. »Ich hatte befürchtet, dass du meine Nummer siehst und nicht drangehst.«

Genau das hätte er getan, hätte sie ihn nicht mitten in der Nacht überrumpelt.

»In Irland ist es drei Uhr morgens.«

»Ja, ich weiß. Hier ist es auch schon spät. Ich hätte dich auch nicht angerufen, aber ich wusste nicht, was ich sonst tun soll.«

»Mam! Wo ist *hier* überhaupt? Ich kann dir nicht folgen. Können wir das nicht auf wann anders verschieben?«

»Nein! Aiden, bitte!« Mit etwas Verspätung kam nun ihre Panik bei ihm an. Auf einmal hatte die Kälte nichts mehr mit der Raumtemperatur zu tun.

»Mam, was ist los? Geht es dir gut? Wie geht es Dad? Wo seid ihr gerade?«

»In Venezuela.« Und ja, jetzt war er sich sicher, dass das ein Schluchzen war, das er am anderen Ende der Leitung hörte. »Wir hatten hier drei Tage Landgang. Die Landschaft ist wunderbar, Aiden, das kannst du dir gar nicht vorstellen, aber auf einmal ging es deinem Vater so schlecht. Er konnte nichts mehr bei sich behalten, und der Bordarzt sagte, er müsse ins Krankenhaus. Das erste Krankenhaus, in das sie ihn gebracht haben, hat ihn sofort in einen Hubschrauber gesetzt und nach Caracas geflogen. Ich bin mit der Fähre und dem Bus hinterher, aber hier in der Klinik wollen sie den Namen deines Vaters nie gehört haben. Niemand versteht ein Wort Englisch. Und da waren Männer mit Gewehren, Aiden. In einem Krankenhaus! Kannst du dir das vorstellen? Meinst du, das geht mit rechten Dingen zu? Ich war den ganzen Tag unterwegs ...« Wieder schluchzte sie. »Was soll ich nur tun?«

Er kniff sich in die Nasenwurzel, schloss kurz die Augen. Konzentrier dich, Aiden! Verdammt noch mal, konzentrier dich!

»Kann dir nicht die Reiseleitung helfen? Sicher bist du Dad doch nicht auf eigene Faust hinterhergereist.«

»Wo denkst du hin?«

Er atmete auf. Gut, wenigstens etwas ...

»Natürlich habe ich mich sofort auf eigene Faust auf den Weg gemacht. Glaubst du wirklich, ich lasse deinen Vater allein?«

Mist. Er schluckte. »Das heißt, die Reiseleitung ist aus dem Spiel?«

»Sieht ganz so aus.« Selbst Tausende Meilen entfernt meinte er das Zähneknirschen seiner Mutter zu hören.

Das Schweigen zwischen ihnen dehnte sich aus. »Aiden?« Was erwartete sie von ihm? Er wusste nicht, wie er seiner Mutter helfen konnte. Nicht von Irland aus. Nicht einer Frau wie seiner Mam, die vor lauter Abenteuerlust nie einen Sinn für die Notwendigkeiten des Lebens entwickelt hatte. Für die langweiligen Aspekte des Alltags war immer Aidens Dad verantwortlich gewesen.

»Kannst du mir nicht helfen?«

Im Grunde gab es auf diese Frage nur eine einzige Antwort. Egal was in der Vergangenheit zwischen ihnen vorgefallen war, egal wie sehr seine Eltern ihn verletzt hatten und wie wütend er noch immer auf sie war: Dort, auf der anderen Seite der Welt, verzweifelt, hilflos und allein, das war immer noch seine Mam. Streiten gehörte zur Liebe dazu, hatte er Shay versichert. Wenn er nicht wollte, dass Shay für den Rest seines Lebens dachte, Aiden sei der größte Heuchler der Welt, gab es nur einen Weg.

Er räusperte sich. Obwohl er wusste, dass seine Mutter ihn nicht sehen konnte, straffte er die Schultern, dann gab er ihr seine Antwort.

14

Nans Tipp von den Sternen:
Vollmond im Stier deutet auf viele Umwälzungen hin. Etwas geht zu Ende, etwas Neues beginnt. Wir schauen hin: Was war gut, und was war schlecht? Was brauchen wir, um in Zukunft glücklich zu leben?

Natürlich hatte Shay verschlafen. Ihn zur Eile zu bewegen, war genauso unmöglich, wie einen sturen Schafbock von einer Straße zu treiben. Nicht einmal ein Frühstück hatte Orla in ihn hineinbekommen. Gerade noch rechtzeitig, um den Schulbus zu erwischen, hatte sie ihn aus der Tür gejagt.

Ein paar Sekunden lang starrte sie auf die Stelle auf dem Klippenweg, wo das Blau von Shays Regenjacke gerade verschwunden war, dann atmete sie aus. Sie wünschte, sie könnte ihrem Sohn folgen. Nur dass sie an der Weggabelung am Eingang des Campingplatzes nicht rechts zum Dorf, sondern links in Richtung von Aidens Haus abbiegen wollte. Während Shay den Schlaf der Gerechten geschlafen hatte, hatte sie die meiste Zeit wach gelegen. Wieder und wieder war sie ihren Streit mit Aiden durchgegangen. War es überhaupt ein Streit gewesen? Gehörten zu einem Streit nicht zwei? Die miese Stimmung gestern, das war nur sie gewesen. Aiden war wie immer gewesen: liebevoll, überlegt und geduldig. Sie hingegen hatte sich genau so verhalten, wie ihr Vater es ihr als Kind und später Emanuelle oft vorgeworfen hatte: hysterisch, unüberlegt, überemotional.

Kein Wunder, dass sie nicht schlafen konnte. Immer wieder ging sie die Anklagen durch, die sie Aiden an den Kopf geworfen hatte, und wünschte, sie hätte bessere Worte gefunden. Doch jedes Mal wenn sie überlegte, wie sie ihre Gefühle besser hätte ausdrücken können, geriet sie ins Stocken. Wenn sie sich ausmalte, wie sie ihn wegen ihrer Anschuldigungen um Verzeihung bat, schwoll ihre Zunge an, und ein ekelhafter Geschmack machte sich in ihrem Mund breit. Sie wollte sich nicht entschuldigen. Denn auch wenn ihr das *wie* leidtat, blieb immer noch das *was*, und das verunsicherte sie nach wie vor. Aiden mochte ja recht haben, dass Streiten zu einer Beziehung gehörte, aber brauchte Liebe nicht auch gegenseitigen Respekt? Wie sollte Aiden sie jemals als gleichwertige Partnerin ansehen, wenn sie absolut nichts zu geben hatte außer ihrer Liebe? Wer war sie, wenn nicht einmal mehr ihre Träume es wert waren, von anderen mitgeträumt zu werden? *Dream-on-Förderpreis*: Allein der Name des Stipendiums hatte sie beflügelt. Doch obwohl jede Idee, die sie in dem Konzept für den Zodiac-Glampingplatz skizziert hatte, ihrem Herzen entsprang, quälten sie immer noch jede Menge Zweifel. Wie weit würde sie mit dem Preisgeld kommen? Wie viele ihrer Träume ließen sich tatsächlich verwirklichen? Hobbithöhlen am Hang, Stelzenkabinen am Strand – mit ein bisschen Heimwerken konnte man so etwas nicht aus dem Boden stampfen. Dafür brauchte es Architektinnen, Bauzeichnerinnen und Statiker. Was, wenn ihre Visionen wieder einmal eine Nummer zu groß für sie waren und ein bescheidenes, süßes Konzept wie das von Shay mit dem Astro-B&B viel mehr den Erwartungen der Jury beifarawayhome entsprach? Würde sie Aiden verzeihen können, wenn er gegen sie gewann? Würde sie sich selbst verzeihen können, wenn es ihr schwerfiel, ihm sein Glück zu gönnen?

Sie stampfte ein paarmal mit den Gummistiefeln auf und richtete ihren Parka. Sie hatte sich die ganze Nacht mit diesen Grübeleien um die Ohren geschlagen, sie durfte nicht auch noch den Tag damit verschwenden. Zuerst brauchten die Tiere ihr Futter. Wenn das erledigt war, würde sie das Vernünftige tun und zu Aiden gehen, um ihm zu gestehen, wie sehr der Gedanke, dass sie in direkter Konkurrenz um den Ferienhaus-Förderpreis standen, sie aufwühlte. Ganz zu schweigen von der Tatsache, dass Shays Tränen ihre schlimmsten Befürchtungen, sie würde mit ihrer Beziehung ihrem Sohn schaden, noch angeheizt hatten.

Bereits auf halbem Weg zum Stall kam ihr Flöckchen entgegen. Fordernd stupste die Ziege Orla in den Oberschenkel.

»Hey, wann bist du denn schon wieder ausgebüxt? Solltest du nicht im Stall sein und geduldig warten, bis jemand dich füttern kommt?« Orla streichelte Flöckchens Kopf und nutzte die Geste, um das Tier an den Hörnern von sich wegzuschieben. Diese Ziege war frech wie Oskar, gerissen wie sonst was und außerdem so süß, dass Orla noch keinen

Menschen getroffen hatte, der ihrem Charme widerstehen konnte.

»Was ist mit den Hühnern?«, fragte sie Flöckchen. »Hast du denen einen Fluchtweg freigemacht, und sie sind auch ausgebrochen?«

Suchend schnupperte Flöckchen in Orlas Jackentasche. Wenn Shay morgens die Tiere fütterte, brachte er der Ziege immer ein Leckerli mit.

Doch Orla war nicht Shay. Sie hielt die Ziege an den Hörnern fest und sah ihr tief in die Augen. »Böse Ziege!«, schalt sie ohne viel Nachdruck. »Du musst lernen, geduldig zu sein. Irgendwann erwischst du noch mal was, das dir nicht bekommt. Man kann doch nicht vierundzwanzig Stunden am Tag nur an Fressen denken. Apropos, was hast du da schon wieder im Maul?« Ein Schnipsel Papier hatte sich in Flöckchens Bart verfangen. Wo hatte sie das schon wieder her? Orla pickte es ihr aus dem Fell. Der Ziege gefiel die Behandlung nicht. Sie wollte Orla den Kopf entziehen, aber Orla ließ nicht locker, bis sie den Schnipsel entfernt und weggeschnippt hatte.

»Papier ist kein Fressen.« Sie ließ Flöckchen los. »Damit du mir nicht verhungerst, bekommst du gleich frisches Heu, okay? Ich hab auch ein paar Karotten und Äpfel dabei. Aber dafür musst du mir versprechen, nicht wieder ans Hühnerfutter zu gehen.«

Flöckchen schien einverstanden. Zufrieden trottete sie neben Orla her zum Hühnerstall. Die Damen und der Hahn hatten sich gut eingelebt, seit Aiden sie angeschleppt hatte. Orla gab neues Heu in die Raufe, öffnete den Hühnern die Tür zum Freilauf und sammelte Eier aus den Legenestern.

Als sie zum Wohnwagen zurückkam, war auch Nan aufgestanden. Sie frühstückten Rührei aus frischen Eiern. Am Abend nach dem Ausflug zu den Skelligs hatte Eamonn Nan besucht und, wie Nan sagte, in den höchsten Tönen von Shay und Aiden geschwärmt.

»Ihr gebt eine richtig nette Familie ab, hat er gesagt«, berichtete ihre Großmutter. »Und was für ein kluges Kerlchen unser lütter Jung ist. Eamonn meinte, er hätte ja immer gedacht, unser Shay sei eine sanfte Seele. Zu künstlerisch und schüchtern für ein Leben auf diesem Fleckchen Erde. Aber jetzt muss er einsehen, wie sehr er sich geirrt hat. Er meint, unserem Shay hat nur ein Vater gefehlt, einer, der ihm zeigt, wie er ein Mann sein kann, ohne sich verstellen zu müssen. Dass ihm Aiden guttut, das sieht man an jedem Wort, das die beiden miteinander wechseln, behauptet er, und auch, dass Aiden bis über beide Ohren in dich vernarrt ist.«

»Hm.« Orla aß den letzten Brocken Rührei und stand auf. »Bist du auch fertig?« Sie griff nach Nans Teller. Normalerweise hätte sich Orla wohl über Nans Bericht gefreut. Heute war sie nicht bei der Sache. Hatte Aiden erwähnt, wann er heute arbeitete? Wie spät war es? Wenn sie sich beeilte, würde sie ihn mit etwas Glück noch erwischen, bevor er in die Praxis ging.

»Freust du dich gar nicht, wie schlau unser Shay ist? Ich habe ja schon immer gesagt, was für ein guter Junge er ist.«

Orla ließ Spülwasser ins Becken laufen und gab einen ordentlichen Schuss Spüli dazu. Augenblicklich bildete sich Schaum.

»Doch, doch.«

»Orla!« Nans Stimme ließ sie zusammenzucken. Ein Teller glitt ihr aus den Händen und fiel mit einem Platschen ins Spülwasser. Auch sie bekam eine ordentliche Ladung ab.

»Mist!« Am Bauch war ihr T-Shirt durchnässt bis auf die Haut. »Scheiße!«

»Wenn du meinst, du bist zu alt, um dir deinen Mund mit Seife auszuwaschen, weil du einen schönen Tag mit deinen Flüchen verdirbst, dann irrst du dich gewaltig.«

»Ich bin klitschnass!«, jammerte Orla. Hektisch versuchte sie, sich mit dem Trockentuch abzutupfen.

»Und dafür gibst du mir die Schuld?« Aus dem Korb mit gewaschener, aber noch nicht zusammengelegter Wäsche neben dem Küchentisch zog Nan ein neues Shirt und warf es ihr hin. »Du bist es, die den Kopf heute in den Wolken hat. Was ist mit dir los?«

Orla wechselte die Oberteile. »Ich muss zu Aiden.«

»Warum?« Jetzt klang Nan alarmiert. Orla hatte keine Geduld für Erklärungen. Wie sollte sie etwas erklären, das sie selbst kaum begriff? Es gab keinen Grund für das plötzliche Gefühl drohenden Unheils. Die durchwachte Nacht, die sich permanent im Kreis drehenden Gedanken und dann auch noch die ausgebrochene Ziege? Ein schlechtes Omen konnte man als Aberglauben abtun, aber eine ganze Reihe davon? Wenn sie heute noch irgendwas Vernünftiges vollbringen wollte, musste sie zu Aiden. Sie musste sich von ihm in den Arm nehmen lassen und ihn ihrerseits in den Arm nehmen. Sie musste sich versichern, dass sie nicht alles kaputt gemacht hatte und es immer noch ein Wir gab.

Aiden hielt zu ihr. Er ließ sie nicht allein, auch dann nicht, wenn sie sich unsicher fühlte und ihre Ängste sie plagten. Gott, schon wieder stiegen ihr Tränen in die Augen. Was war nur los mit ihr in letzter Zeit? Sonst war sie doch nicht so nah am Wasser gebaut. Aber sonst hatte sie auch nicht so viel zu verlieren gehabt, zumindest nicht so viel, von dem sie *beinah* sicher war, dass sie sich darauf verlassen konnte. Manchmal war es leichter, von vorneherein keine Hoffnung zu haben.

»Kannst du den Abwasch machen?« Ihre Stimme brach.

»Orla, Mädchen …«

»Nicht.« Mit dem Handrücken wischte sie sich die Tränen von den Wangen. »Es ist nichts. Ich muss nur wirklich dringend zu Aiden.«

Wenn eine sich mit Sachen auskannte, die man tun musste, einfach weil man sie tun musste, dann war das Nan.

»Ich hab dich lieb, Orla-Schatz. Soll ich dir etwas sagen?«

Schniefend nickte Orla.

»Es gibt nichts Furchterregenderes, als mitzuerleben, wie die eigenen Träume in Erfüllung gehen.«

»Soll das ein Rat sein?«

»Nein, mein Schatz. Du sollst nur wissen, dass du nicht allein bist.«

An Nan war wirklich ein Orakel verloren gegangen. Doch bei aller Rätselhaftigkeit beruhigten ihre Worte tatsächlich etwas in Orla. Aiden war kein schlechter Mann. Ein einziger Streit, ein einziger schlechter Tag konnten nicht zerstören, was sie sich gemeinsam in den vergangenen Wochen aufgebaut hatten. Er müsste sie einfach nur in den Arm nehmen, und sie würde sich wieder besser fühlen.

Sie zog sich ihre Wetterklamotten an. Angetrieben von der Spur Zuversicht, die Nan in ihr Herz gepflanzt hatte, rannte sie den Küstenpfad entlang zu Aidens Haus.

Sie rannte und rannte und hämmerte an Aidens Tür, doch er öffnete nicht. Sie hämmerte weiter, rüttelte an dem Türknauf, doch die Tür gab nicht nach. Auch sein Auto stand nicht in der Einfahrt.

Kein Grund zur Panik, sagte sie sich. Kein Grund, den bösen Stimmen zu glauben, die sich in ihrem Hinterkopf Gehör verschaffen wollten. Die lachten und höhnten und ihr einreden wollten, dass sie es doch gewusst hatte. Dass jedes liebe Wort von Aiden nichts als Lügen gewesen waren, denn wenn Orla Reilly eines wusste, dann dass niemand zu ihr hielt, wenn es kompliziert wurde.

Langsamer als beim Hinweg machte sie sich auf den Rückweg. Sie nahm das Auto ins Dorf, redete sich auf dem ganzen Weg ein, dass sie bloß die Zeiten falsch im Kopf gehabt hatte und Aidens Wagen gleich am Straßenrand vor Doc Robinsons Praxis auftauchen würde. Aiden musste arbeiten, so einfach war das. Wie jeder andere musste er seinen Lebensunterhalt verdienen. Warum sollte er zu Hause sitzen und auf sie warten, wenn es aus seiner Sicht wahrscheinlich nicht einmal ein Problem zwischen ihnen gab? Immerhin hatten sie Shay gestern Abend gemeinsam getröstet.

Streiten bedeutet nicht, dass einer geht.

Wieder und wieder sagte sie sich die Worte vor, mit denen Aiden Shay getröstet hatte. Sie galten auch für sie. Daran hielt sie sich fest.

Zumindest bis sie in Doc Robinsons Straße ankam, an der Praxis vorbeifuhr und Aidens Wagen weit und breit nicht zu sehen war.

Sie musste nicht anhalten, um zu wissen, dass Aiden genauso wenig in der Arbeit war, wie er in seinem Haus auf sie gewartet hatte.

Sie hatte das alles schon oft genug miterlebt, um zu wissen, wie diese Geschichte ausging.

Das hatte sie also davon, gehofft zu haben. Das hatte sie also davon, daran geglaubt zu haben, dass es auch im wahren Leben Märchen gab. Eine Liebe, die in den Sternen stand?

Dass sie nicht lachte!

Wie eine Sternschnuppe war Aiden in ihrem Leben aufgetaucht, und genauso plötzlich war er wieder verschwunden. Eine Weile hatte seine Liebe ihre Dunkelheit erhellt, doch die Sache mit Sternschnuppen war die: So hell sie auch leuchteten, am Ende verglühten sie alle.

Sie zog den Wagen an den Straßenrand, vergrub das Gesicht in den Händen und weinte, bis sie keine Tränen mehr hatte.

☆

Jemand musste Aiden in den falschen Film gebeamt haben. Seine Beine fühlten sich schwer und schwach an, sein Herz raste, als brauchte es seine ganze Kraft, um das Blut durch den Körper zu pumpen. Alles wirkte seltsam entrückt, jedes Geräusch verzerrt und gedämpft. War es wirklich noch immer dieselbe Realität wie die, in der er vor knapp vierzig

Stunden aufgewacht war, aufgeregt und voller freudiger Erwartung auf den Ausflug mit Shay und Orla?

Er rückte sich den Träger der Dufflebag auf der Schulter zurecht, wischte sich mit dem Handrücken Schweiß von der Stirn. Nervös fingerte er sein Handy aus der Hosentasche. Seine Mutter hatte ihm die Zimmer- und Stationsnummer im *Hospital San Francisco de Asís* geschrieben, doch das half ihm kaum, sich in dem Gewirr aus Fluren und Zimmern zurechtzufinden. Kein Wunder, dass seine Mam überfordert gewesen war. Das hier hatte kaum etwas mit den Kliniken zu tun, die er von zu Hause kannte. Überall saßen Menschen auf dem Boden und auf schmalen Bänken. Manche weinten, andere schliefen, als wären sie schon ewig hier.

Im Gehen warf er einen Blick auf das Handydisplay. Die einzigen aktiven Chats waren der mit seiner Mutter und der mit Irene, in dem er die Sprechstundenhilfe informierte, dass er wegen eines Notfalls in der Familie auf unbestimmte Zeit nicht kommen könne. Er scrollte zu Orlas Namen, rief den Nachrichtenbaum auf. Die untersten fünf Textblasen stammten von ihm. Bei jeder Etappe seiner überstürzten Reise hatte er ihr geschrieben. Mit dem Auto war er von zu Hause zum Flughafen nach Kerry gefahren, von dort hatte er den ersten Flieger nach Dublin genommen, dann weiter nach Madrid und schließlich nach Caracas. Was die Verbindungen anging, hatte er nicht wählerisch sein können, sondern immer auf die Resttickets der Fluggesellschaften zurückgreifen müssen. Zu horrenden Preisen natürlich. In den ersten Nachrichten an Orla hatte er noch versucht, ihr zu erklären, warum er mitten in der Nacht verschwunden war, nicht einmal einen halben Tag nachdem er Shay versichert hatte, dass ihn kein Streit der Welt dazu bringen könne, ihn und Orla zu verlassen. Seit seiner Ankunft in Caracas hatte er sich aufs Betteln verlegt. Immer wieder flehte er sie an, sich zu melden. Aus Angst, sie würde seine Nachrichten ignorieren, sobald sie von seiner überstürzten Abreise erfuhr, hatte er sich nicht ausschließlich auf moderne Kommunikation verlassen, sondern ihr außerdem einen Zettel geschrieben. Shay vergaß nie, Flöckchen zu füttern. Er musste Aidens Nachricht am Ziegenstall mittlerweile gefunden haben. Warum also ignorierte Orla ihn?

Die Isolierstation, auf der sein Vater lag, befand sich im zehnten Stock des Krankenhauses. Zusammen mit einer Traube anderer Angehöriger wartete er auf den Aufzug. Der Geruch von Desinfektionsmitteln, billiger Bodenseife und menschlichen Ausdünstungen verstärkte das flaue Gefühl in seinem Magen. Er lehnte sich mit der Schulter an die Wand, ein einzelner Schweißtropfen rann ihm unter dem T-Shirt das Rückgrat hinunter. Er tippte in Orlas Nachrichtenbaum:

Ich liebe dich. Was immer du denkst, es ist nicht wahr. Bitte melde dich.

Der Fahrstuhl kam. Die Türen öffneten sich. Aiden drückte auf Senden. Mit einem *Wuuusch* flog die Nachricht in den Äther. Kurz bevor sich die Türen schlossen, betrat Aiden den Aufzug. Jemand drückte den Knopf für die erste Etage. Jedes Mal wenn sich die Kabine nach einem Stopp wieder in Bewegung setzte, schoss das Blut aus Aidens Kopf und hinterließ ein vages Schwindelgefühl. Auf jeder Etage stiegen mehr Menschen aus als ein. Auf der letzten

Etappe, vom neunten in den zehnten Stock, war er allein, und erst jetzt wurde ihm bewusst, dass er jeden Augenblick seiner Mutter gegenüberstehen würde. Zum ersten Mal seit über drei Monaten! Beim letzten Mal hatte er sie umarmt, ihr und Papa eine gute Reise gewünscht und versprochen, in der Zwischenzeit in London die Stellung zu halten. Sein Leben war nicht unbedingt das gewesen, was er als glücklich bezeichnet hätte, aber unglücklich war er auch nicht gewesen. Nicht wirklich zumindest. Große Emotionen, Liebe, Enttäuschungen und Überraschungen hatten zum Leben anderer gehört. Sein Alltag war vielleicht langweilig gewesen, aber dafür berechenbar.

Jetzt, ein Vierteljahr später, war alles anders. Mit dem Brief von Thomas Doyle hatte alles begonnen, aber das war nur der Anfang gewesen. In Kerry war er nicht nur dabei, ein altes Haus wiederherzurichten. Stein für Stein, Stück für Stück erfand er auch sich selbst neu. Er hatte den Platz und die Menschen gefunden, mit denen er nicht nur er selbst sein konnte, sondern auch er selbst sein wollte. Vielleicht genügte das ja, um seinen Eltern zu verzeihen.

Sein Schritt stockte, als er seine Mam entdeckte. Sie saß zwischen zwei Fremden am Ende des Flurs auf einem von drei an die Wand gerückten Stühlen. Wie von seiner Anwesenheit alarmiert, richtete sie den Blick in seine Richtung. Als sie ihn sah, sprang sie auf, prompt schlug sie einem der Fremden die Handtasche ins Gesicht. Hastig stammelte sie eine Entschuldigung, gleichzeitig eilte sie auf ihn zu, die Arme nach ihm ausgestreckt, doch mit einer Zerbrechlichkeit in der Haltung, die ihm fremd an ihr war. Im Neonlicht der Deckenleuchten schimmerten ihre Augen vor Tränen.

Ihre Unterlippe zitterte, der Knoten in seinem Magen zog sich fester zusammen. Weinte sie seinetwegen? Oder wegen Dad?

»Aiden.« Ihre Lippen formten seinen Namen, wie sie es seit dem Tag seiner Geburt unzählige Male getan hatten. In Freude und Tadel und Trauer. In Aufmunterung und Wut und Enttäuschung und Stolz. Dieser Mund hatte seinen Namen gesagt, als er zum ersten Mal Brei vom Löffel gegessen hatte, als er seine ersten Schritte gemacht hatte, als er Fahrradfahren gelernt und als er zum ersten Mal Liebeskummer gehabt hatte. Dieselben Arme, die sich jetzt nach ihm ausstreckten, hatten ihn gehalten und gestreichelt und gestützt. Ein ganzes Leben lang.

»Mam.« Er schluckte. Die Strapazen der langen Reise, die Ereignisse der letzten Monate, all das holte ihn mit einem Schlag ein. Es fiel ihm schwer zu sprechen, zu denken. Selbst das Stehen war eine Herausforderung. »Ist Dad …«

Bei seiner Mutter brachen die Dämme zuerst. Emotionen lagen bei Rachel Taylor immer dicht unter der Oberfläche. Das machte sie liebenswert – und oft unberechenbar. Diesmal überraschte ihn ihre Reaktion nicht. Ihre Augen liefen über, ein herzzerreißender Schluchzer brach aus ihrer Kehle, und im nächsten Augenblick lag sie in seinen Armen. Er stützte sie, und sie stützte ihn.

»So leid … Dad … gut … gesund … niemals.« In willkürlicher Reihenfolge kamen Satzfetzen über ihre Lippen. Sie klammerte sich an ihn, als wollte sie ihn nie wieder loslassen. So umarmte man nur jemanden, den man liebte.

»Mam, bitte.« Auch er flehte. Wie lange konnte er noch

durchhalten? Sein Kreislauf war am Ende. Unter den Armen und in der Leiste hatten sich Schweißpfützen gebildet, sein Herz raste, als wollte es ihm aus der Brust springen. Gott, wie konnte ein Mensch so viel schwitzen und immer noch aufrecht stehen? »Sag mir, was mit Dad ist?«

Der Mann, den seine Mutter halb mit der Handtasche erschlagen hatte, erhob sich von seinem Platz. Er bedeutete Aiden und seiner Mam mit einer Geste, sich hinzusetzen. Offensichtlich sahen sie genauso schlimm aus, wie Aiden sich fühlte.

Mit einer Wand im Rücken und dem Körpergewicht von seinen Beinen fühlte er sich gleich ein bisschen besser. Aus einem Wasserspender ein paar Schritte den Gang entlang füllte der Fremde zwei Plastikbecher und brachte sie ihnen.

»*Gracias*«, bedankte sich Aiden. Wer hätte gedacht, dass er ausgerechnet in so einer Situation sein Schulspanisch brauchen würde.

»*De nada.*« Der Mann nickte und ließ sie allein, wahrscheinlich um ihnen etwas Privatsphäre zu geben.

Aiden leerte die Hälfte seines Bechers in einem Zug, bevor er sich das kühle Plastik abwechselnd an Stirn und Wangen drückte. »Mam«, begann er noch einmal. »Kannst du mir erst mal sagen, wie es Dad geht? Alles andere können wir später klären, okay?«

»Den Umständen entsprechend geht es ihm gut.« Sie holte ein paarmal tief Luft. Mit der Hand wischte sie sich den Schweiß von der Stirn. »Hier ist es so viel besser als im ersten Krankenhaus. Nach dem ersten Chaos haben sie mir eine Übersetzerin besorgt. Die Ärzte haben mir erklärt, dass Papa das Denguefieber hat. Das wird von Moskitos übertragen. Als er hier ankam, war er sehr dehydriert, deshalb bekommt er jetzt viel Flüssigkeit, aber die Ärzte versichern mir, dass er insgesamt eine gute Prognose hat.«

»Heißt das, wir können zu ihm?«

»Ich weiß nicht.« In ihrem Schoß verknotete Mam ihre Finger. »Dieses Fieber ist wohl sehr ansteckend. Deshalb liegt er auf der Quarantänestation. Nicht einmal ich durfte bisher zu ihm.« Eine kurzes Zögern. »Vielleicht kannst du noch einmal mit den Ärzten reden?« Diese Bitte zeigte, wie viel zwischen seinen Eltern und ihm noch im Argen lag. Nie zuvor hatte seine Mutter gezögert, ihn um etwas zu bitten.

»Das kann ich machen«, versprach er. Ein neuer Schwindelanfall ergriff ihn. Vor seinen Augen waberten schwarze Nebelschleier. »Aber Mam, ich muss zuerst ...«

... *ein bisschen ausruhen*, hatte er sagen wollen, doch sie kam ihm zuvor.

»Es tut mir so leid«, brach es aus ihr heraus. »Und deinem Dad auch. Wir haben so viel darüber gesprochen, nachdem du unsere Anrufe nicht mehr entgegengenommen hast und bevor er krank geworden ist. Wir haben uns zusammengereimt, was passiert sein musste, und mittlerweile glaube ich fast, irgendwo im Unterbewusstsein haben wir es absichtlich so arrangiert, dass du den Brief finden würdest.«

»Mam, bitte, ich ...« Doch jetzt, wo seine Mutter sich in Fahrt geredet hatte, ließ sie sich nicht mehr unterbrechen.

»Wir wissen, dass es ein Fehler war. All die Lügen. Wir wussten es schon immer. Du musst mir glauben, wenn ich dir versichere, dass wir es dir sagen wollten. So oft wollten wir es dir sagen, aber immer war es der falsche Augenblick.«

»Mam, bitte, trink was.« Er reichte ihr den Rest seines Wassers. Wenn er sich schon schrecklich fühlte, musste seine Mutter kurz vor dem Umkippen sein. Ihre Wangen glühten, auf ihrem Hals brannten hektische Flecken. Sie zitterte am ganzen Körper.

Wie er zuvor trank nun sie in gierigen Schlucken. Die letzten Tropfen hingen ihr noch im Mundwinkel, da sprach sie weiter.

»Es war ja nicht nur die Adoption, Aiden. Es waren die ganzen Umstände von … von deiner Geburt. Ich weiß nicht, was dir dieser Anwalt darüber gesagt hat.«

»Er hat gesagt, dass Nora und Francis bei einem Autounfall ums Leben gekommen sind.«

Sie schnaubte bitter. »Und hat er auch erwähnt, dass Nora zu diesem Zeitpunkt mit dir im fünften Monat schwanger war?«

»Aber das kann doch nicht sein. Ist ein Baby so früh überhaupt überlebensfähig?«

»Nicht außerhalb des Körpers der Mutter. Was die Ärzte gemacht haben …« Sie fuhr sich mit der Hand über den Mund, ihre Lider blinzelten hektisch. »Deine Geburt war eine medizinische Sensation. Vor dir war das noch nie probiert worden, musst du wissen. Ein … einen Fötus am Leben zu halten, auch wenn … wenn die Mutter tot ist.«

»Willst du mir sagen …« Ihm gingen die Worte aus.

»Dass dir Nora noch nach ihrem Tod ihren Körper zum Geschenk gemacht hat, damit du gesund auf die Welt kommen kannst?«

»Wenn du es so ausdrückst, klingt es gar nicht mehr so schlimm.« Er versuchte sich an einem Lächeln, und tatsächlich gelang es ihm.

»Nein. Aber wie hätten wir das einem Kind erklären sollen, Aiden? Nicht einmal dieser Anwalt hat es offenbar über sich gebracht, dir die Wahrheit zu sagen. Wir wollten dich schonen. Und du hättest gefragt. Kinder sind neugierig. Wenn du erst einmal angefangen hättest zu fragen, dann hättest du gar nicht mehr damit aufgehört, und da dachten wir, es sei leichter, zu warten. Bis du alt genug bist, um zu verstehen, was es heißt. Nicht nur adoptiert zu sein, sondern …« *Im Leib einer Toten herangewachsen zu sein.* Nicht einmal jetzt, drei Jahrzehnte später, konnte Rachel es aussprechen.

Und er verstand, warum. Zum ersten Mal verstand er das Schweigen seiner Eltern.

»Hattet ihr … Kanntet ihr Nora und Francis?«

Seine Mutter schüttelte den Kopf. »Nach dem Unfall … als sie im Krankenhaus lag … Wir haben dich dort besucht. Wir haben viel mit dir geredet. Die Krankenschwestern haben unsere Stimmen aufgenommen und dir vorgespielt, wenn wir nicht selbst da sein konnten …« Sie schluckte wieder, jede Geste ein Beweis dafür, wie traumatisch diese Wochen zwischen Leben und Tod, zwischen Hoffen und Bangen für sie gewesen sein mussten. Nora war im fünften Monat gewesen, als ihr Hirn gestorben war. Sechzehn Wochen lang hatten die Ärzte die Schwangerschaft noch erhalten können, ehe Aiden auf die Welt kam. Hatte sich Rachel schuldig gefühlt in all den Stunden, die sie neben Noras Körper gesessen hatte, um mit ihrem ungeborenen

Sohn zu sprechen? Welche Versprechen hatte sie dem Schicksal in dieser Zeit gemacht? Und welche davon hatte sie gehalten?

Nach einem knappen Räuspern fuhr sie fort. »Du solltest auch etwas anderes hören, als das Piepsen der medizinischen Geräte. Wir haben eine Spieluhr gekauft, die konnte man selbst bespielen, und mit der haben wir meinen Herzschlag aufgenommen. Damit … weil, da war ja kein Herzschlag mehr. Kein echter zumindest.«

»Ach, Mam …« Er lehnte den Hinterkopf gegen die Wand in seinem Rücken, schloss die Augen, doch mit den Fingern tastete er nach der Hand seiner Mutter, nach der Hand, die er gehalten hatte, seit seine Finger greifen konnten.

»Aiden, ich …«

»Shhh«, machte er. Er musste nichts mehr hören. Noch als er in Dublin in den Flieger gestiegen war, hatte er geglaubt, seinen Eltern den Verrat niemals verzeihen zu können. Wie sehr er sich getäuscht hatte. Hinter den Lügen und der Wut gab es nämlich nichts zu verzeihen. »Ich … Ich bin sehr müde, Mam. Ich wollte nur wissen, wie es Dad geht, aber jetzt muss ich wirklich schlafen.«

»Natürlich.« Sie öffnete die Handtasche, kruschte hektisch darin herum und brachte eine Plastikkarte im Scheckkartenformat zum Vorschein. »Ich habe für dich ein Zimmer gebucht. Gleich als ich wusste, dass du kommen würdest. In demselben Hotel, in dem auch ich …« Sie unterbrach sich selbst. »Ich rede zu viel, oder?«

Er legte den Arm um ihre Schultern, zog sie an sich. »Du redest immer zu viel, Mam.«

Sie lachte ein kurzes, freudloses Lachen.

Er fiel darin ein. »Wir sind schon zwei, was?«

Statt zu antworten, legte sie ihren Kopf an seinen. Trotz des Krankenhausgeruchs erkannte er ihren Duft. Für ihn roch Rachel Taylor nach Heimat und Geborgenheit.

»Mam?«, fragte er mit geschlossenen Augen. Er wollte ihr etwas geben, etwas von sich. Trotz aller Fehler der Vergangenheit liebte er seine Mam oder vielleicht sogar noch ein bisschen mehr gerade deshalb.

»Hm.«

»Ich habe eine Frau kennengelernt. Sie heißt Orla, und ich liebe sie.«

Er spürte ihr Lächeln, auch wenn er es nicht sah.

»Werden Dad und ich sie kennenlernen?«

»Das wünsche ich mir sehr.«

»Wir werden sie lieben, Aiden. Weil du sie liebst, werden auch wir sie lieben. Du warst und bist unser allergrößtes Glück. Wir wollten nie etwas anderes, als dass du glücklich bist.«

»Ich weiß, Mam.« Und in diesem Moment zählte nichts anderes.

15

Nans Tipp von den Sternen:
Die Saturn-Energie in den Fischen stellt viele Fragen: Wo ist meine Hilfe gefragt? Wie flexibel sind meine Grenzen? Wie tragfähig sind meine Träume? Wie auch immer die Antworten ausfallen, denke daran: Du bist stark genug, auch Schwäche zuzulassen.

»Du hast schon wieder eine neue Nachricht.« Falls das eine neutrale Information sein sollte, scheiterte Shay kläglich. In seiner Stimme schwangen zu gleichen Teilen Hoffnung wie Empörung. Hoffnung, dass Orla endlich lesen würde, was Aiden ihr zu sagen hatte? Empörung über die Entscheidung, die sie auch für Shay traf, indem sie Aidens Versuche, mit ihr Kontakt aufzunehmen, ignorierte? Sie sollte das blöde Ding einfach nicht mehr aufladen, dann würde das ganze Trauerspiel endlich ein Ende nehmen. Fünf Tage waren seit Aidens plötzlichem Verschwinden mitten in der Nacht vergangen. Fünf Tage, in denen seine Hartnäckigkeit, sie erreichen zu wollen, immer noch nicht nachgelassen hatte.

Bevor sie schwach werden konnte, löschte sie die Nachricht. Dass ihre Finger dabei zitterten, hatte nichts zu sagen. Genauso wenig wie der Schmerz in der Brust, der zu einem ewigen Begleiter geworden war.

Sie hatte nicht geweint. Nicht mehr nach diesem ersten schrecklichen Tag, als die Gewissheit, dass Aiden sie verlassen hatte, sie mit aller Wucht eingeholt hatte. Nichts was er ihr in den zahlreichen Nachrichten schrieb, konnte den Schock wiedergutmachen. Eine einzige Frage erfüllte all ihre wachen Stunden: *Warum bin ich nie gut genug?*

»Willst du die Nachricht nicht öffnen?«, versuchte Shay es noch einmal.

»Nicht jetzt, Schatz. Willst du nicht draußen spielen gehen? Was ist mit der Drohne?«

»Ich hasse die Scheißdrohne!« Im Aufstehen verpasste er dem Tisch einen wütenden Tritt. »Ich hasse dich, und ich hasse dieses Scheißleben hier! Ich lass mich doch nicht kaufen! Meinst du wirklich, mit einem Scheißgeschenk ist alles getan? Warum muss immer alles kaputtgehen? Als Aiden da war, war alles viel besser! Aber du willst ja gar nicht, dass er zurückkommt. Sonst würdest du seine Nachrichten lesen oder ihm wenigstens die Chance geben, sich zu erklären. Aber du bist ja lieber unglücklich. Weil wenn du glücklich wärst, dann könntest du nicht mehr an allem immer den anderen die Schuld geben.«

Schon früher war Shay manchmal ausgerastet, wenn ihn etwas besonders ärgerte. Schon als Baby. Kaum war er auf der Welt gewesen, hatte er geschrien. Stundenlang. Sein kleines Gesicht hatte sich rot gefärbt, der ganze Körper hatte vibriert. Bis zur Erschöpfung war sie mit ihm im Tragetuch auf und ab gegangen. Immer wieder auf und ab. Zurückgeschrien hatte Orla nie. Es stand ihr nicht zu. Mit ihr als Mutter hatte dieses Kind jeden Grund, empört zu sein.

Auch diesmal war es Nan, die Shay zurechtwies. »So spricht man nicht mit seiner Mutter, junger Mann. Du entschuldigst dich jetzt. Und dieses Ding hier«, sie deutete auf das Handy auf dem Tisch, »kommt erst mal weg. Die miese Stimmung hier? Das ist die elektrische Strahlung, sag ich euch. Die ist schlecht für die Aura.«

Für die Aura, ganz klar.

»Tschuldigung, Mam.«

Sie protestierte nicht, als Nan das Handy vom Stromkabel löste und beiseitelegte. Weg aus Orlas Gesichtsfeld, irgendwohin, wo sein Anblick sie nicht dauernd quälte. Shays Entschuldigung war allerhöchstens halbherzig, aber auch das war ihr egal. Mit dem Zeigefingernagel zeichnete sie das Muster der Tischdecke nach. Früher hatte sie geglaubt, in jedem Haushalt läge Plastikfolie über der Tischdecke, um den Stoff vor Schmutz zu schützen. Heute wusste sie, dass der Rest der Welt viel früher verstanden hatte, was Nan einfach nicht wahrhaben wollte. Dreck fand immer einen Weg.

Als Nan wieder auftauchte, hatte sie eine große Schüssel mit Kartoffeln im Arm und einen entschlossenen Ausdruck im Gesicht.

Die Kartoffeln stellte sie vor Orla hin. »Was ist eigentlich mit diesem Businessplan für deinen Glampingplatz?« Nach fünf Tagen Liebeskummer reichte es Nan offenbar. Weiter einfach nur herumzusitzen und sich leidtun, kam nicht mehr infrage. »Hast du das Konzept mittlerweile an diese Firma abgeschickt?«

»An farawayhome, meinst du?« Orla zuckte mit den Schultern. Die Kartoffeln ignorierte sie. »Da habe ich doch ohnehin keine Chancen.«

»Warum nicht?« Neben die Schüssel legte Nan ein Schälmesser.

»Darum.«

Nan murmelte einen Fluch auf Shelta. Auffordernd schob sie das Schälmesser zu Orla. »Das musst du mir schon genauer erklären. Während du das hier erledigst, am besten.«

»Da gibt es nichts zu erklären.« Wenigstens Nan beim Kartoffelschälen helfen konnte sie. Mechanisch griff sie nach dem Messer und der ersten Kartoffel. »Das ganze Konzept ergibt keinen Sinn. Meine Idee klang ja schön und gut, bis ich zu dem Teil mit der Finanzierung kam. Baumhäuser für die Luftkreiszeichen? Stelzenkabinen für die Wasserkreiszeichen?« Sie schnaubte verächtlich. »Das würde Millionen kosten. Mit hunderttausend Euro könnte ich wahrscheinlich nicht mal die Statiker bezahlen. Diese ganze Glamping-Sache war ein einziges Luftschloss. Wie halt immer, wenn ich von was begeistert bin.«

»Ich finde die Idee nach wie vor gut.« Nan zückte ein zweites Schälmesser und begann, Orla zu helfen. »Aber mit Finanzen kenn ich mich nicht aus. Wird schon stimmen, was du sagst.« Die erste fertig geschälte Kartoffel ließ Orla auf den Tisch vor sich gleiten. Sie sollte noch eine Schüssel holen. In die sollte sie Wasser geben und dann erst die geschälten Kartoffeln hinein. Einmal, ein einziges Mal sollte sie die Dinge so machen, wie sie sich gehörten. Allein der Gedanke, aufzustehen, verlangte ihr zu viel ab. Sie blieb sitzen und griff nach der zweiten Kartoffel.

Von der anderen Seite des Tisches beobachtete Nan Orlas Tun. »Was mich nur von Anfang an gewundert hat, ist, dass du die Sache mit dem Glampingplatz überhaupt durchziehen wolltest. So lange ich dich kenne, hast du nie davon geträumt, in die Tourismusbranche zu gehen.«

»Was sind schon Träume, Nan? Im Grunde wollte ich immer nur für irgendwen in irgendwas gut genug sein. Das, was Shay mir da vorhin an den Kopf geworfen hat?« Sie schnaubte, starrte aus dem Fenster in den Regen. War Shay dorthin verschwunden? Raus in die Kälte, Hauptsache, weg von ihr? »Das war immer mein allergrößter Albtraum. Seit über zehn Jahren denke ich bei jedem Handschlag, den ich tue, daran, ob Shay irgendwann einmal stolz auf mich sein wird. Ob ich ihm irgendwann einmal einen Grund geben kann, mir in die Augen zu schauen und sich zu denken: Hey, das ist meine Mam, und auch wenn früher Gott und die Welt geglaubt haben, sie sei die letzte Loserin, weiß ich, dass es nicht so ist. Für mich ist sie die Beste.« Sie holte Atem, doch so sehr sie sich bemühte, ihre Lungen weigerten sich, Luft aufzunehmen. »Schätze, das hab ich ordentlich versemmelt. Viel deutlicher als gerade eben hätte er mir kaum sagen können, was er von mir hält.«

»Shay ist zehn Jahre alt, da kochen die Emotionen schnell hoch.«

Und wenn schon! Weh taten seine Vorwürfe trotzdem. Vor allem weil sie nicht aus der Luft gegriffen waren. Mit Aiden war das Leben schöner gewesen, und Orla weigerte sich, ihm die Tür wieder zu öffnen, aus Angst, erneut zurückgestoßen zu werden. So war wenigstens sie diejenige, die die Entscheidung traf.

»Wenn du wirklich willst, dass er stolz auf dich ist, gibt es dafür nur einen Weg«, fuhr Nan fort.

»Ach ja?«

»Du selbst musst stolz auf dich sein. Selbstbewusstsein ist ansteckend, weißt du? Sobald du anfängst, mit dir ins Reine zu kommen, werden es die anderen auch tun. Ich wünsche mir sehr, dass du dann endlich aufhören kannst, in jedem nur das Schlechteste zu sehen. Inklusive dir selbst. Damit hat Shay nämlich recht. So sicherst du dir nur dein Unglück.«

Sie rutschte mit dem Schälmesser ab. »Au!« Augenblicklich sammelte sich in dem Schnitt Blut. Sie steckte den Finger in den Mund, saugte an der Wunde. Der Schmerz blieb. »Willst du damit sagen, dass es meine eigene Schuld ist, dass James mich im Stich gelassen hat? Dass Dad mich rausgeworfen hat? Ich war ein schwangerer Teenager ohne einen Cent in meiner Tasche. Ist es meine Schuld, dass Emanuelle mir nie einen richtig großen Gig besorgt hat? Ich habe doch alles gemacht! Egal was man von mir verlangt hat, ich habe es immer getan!«

»Ach, mein Schatz.« Mit einem tiefen Seufzer ließ Nan ihre Utensilien fallen, stand auf und ging zu Orlas Seite des Tisches. Von ihrer Großmutter in den Arm genommen zu werden, fühlte sich noch genauso gut an wie als Kind. »Niemand hier spricht von Schuld.« Sie zog Orlas Kopf an ihre Schulter, streichelte ihr Haar. »Du bist aus dem Bauch deiner Ma gekommen und hast schon gesungen.« In Nans Stimme hörte sie ihr Lächeln. »Und sobald du reden konntest, hast du Geschichten erzählt. Wo andere ein Herz haben, da ist bei dir Musik. Kannst du dich an Onkel Niall erinnern? Bei der Wallfahrt zu Maria Himmelfahrt? Da warst du vielleicht fünf oder sechs. Er hatte ein Banjo dabei.

Aus Spaß hat er es dir auf den Schoß gelegt, und du hast einfach angefangen zu spielen. Niemand musste dir zeigen, wie es geht. Deine Fingerchen haben die Saiten gezupft, und es kam Musik dabei raus.«

Ja, Orla erinnerte sich. Bis gerade hätte sie geschworen, dass eine solche Situation nie passiert war, doch jetzt, wo Nan davon sprach, erinnerte sie sich. An die Fahrten mit der ganzen Familie nach Deutschland oder England oder sogar bis nach Nordspanien. Immer hatte sie gesungen und getanzt. Alle hatten lachend zugestimmt, dass man ihr nur ein Instrument in die Hand zu drücken brauchte, und sie wüsste, wie man es spielte. Damals waren ihre Eltern noch stolz auf sie gewesen.

Nein! Sie schlug der aufkommenden Selbstverachtung die Tür vor der Nase zu. Nan erinnerte sie nicht an ihr früheres Ich, damit sie sich noch mehr bemitleidete. Stattdessen beschwor Orla die schönen Erinnerungen herauf: Essen am Lagerfeuer mit der ganzen Familie. Nächte zu sechst in ein Bett gekuschelt, der Atem der Geschwister ein gleichmäßiges Auf und Ab in ihrem Ohr. Mam hatte ein Spiel daraus gemacht, öffentliche Brunnen zu suchen, wo sie ihre Kanister auffüllen konnten. Und immer hatte Orla gesungen. Die Texte von »Danny Boy«, »Galway Girl« und »The Fields of Athenry« kannte sie schon bevor sie richtig sprechen konnte. Später kamen dann ihre eigenen Texte dazu. Sie sang, was ihr in den Sinn kam. Von Hasen und Hunden, als sie klein war, später von unerfüllter Liebe, Sehnsucht und Hoffnung.

Wie von allein fing sie auch jetzt an zu summen. Alte Lieder und neue, und wie früher, wie immer, wenn sie es zugelassen hatte, füllte die Musik die Lücken in ihrer Seele, die das Leben geschlagen hatte. Sie passte sich an, forderte nicht. Jedes einzelne Gefühl war mit Musik größer, besser, greifbarer.

Immer noch streichelte Nan ihr den Kopf. »Du bist keine Gastgeberin, Orla.« Sie klang so sanft, so voller Liebe, dass Orla keine Sekunde bezweifelte, dass Nan voller Zuneigung zu ihr sprach. Ihre Großmutter kritisierte sie nicht, sie stellte fest. »Egal ob Camping oder Glamping: Du bist Musikerin, mein Schatz. Das wegzuwerfen, was der da oben dir gegeben hat, wäre ein Sakrileg.«

»Ich hab es doch versucht.« Der Knoten um ihre Kehle machte es ihr schwer, zu sprechen. Sie schluckte, räusperte sich, dann fuhr sie fort. »Aber ich bin gescheitert. Ich will mich nie wieder zwischen Shay und der Musik entscheiden müssen, Nan. Vor allem nicht, wenn es gar nicht um die Musik geht, sondern ums Geschäft. Niemand in London hat mir zugehört. Sie haben vielleicht meine Stimme gehört – in Werbespots oder im Background oder im Hintergrund bei irgendwelchen Fernsehshows –, aber wirklich zugehört hat mir keiner. Ich habe für Emanuelle nicht nur mich und Shay verraten, sondern auch die Musik. Bis gerade hatte ich komplett vergessen, dass mir Schreiben und Singen einmal Spaß gemacht hat. Dass es mehr war als Pflicht und Enttäuschung.«

»Emanuelle war nicht die Richtige, um dir den Weg zu deinem Herzen zu öffnen.«

Orla befreite sich aus Nans Griff. Verwirrt schaute sie sie an. »Redest du von Aiden? Was hat der mit meiner Karriere als Sängerin zu tun?«

»Ach, du Dummerchen.« Amüsiert schüttelte Nan den Kopf. »Nichts. Und alles. Hast du mir nicht zugehört? Sei glücklich! Mach, was dich glücklich macht, dann findet das Glück auch dich. Verstehst du wirklich nicht, was ich meine? Was hat Aiden wohl mit deinem Glück zu tun?« Sie zog die Augenbrauen in die Stirn, und da fiel es Orla wie Schuppen von den Augen.

»Du glaubst wirklich, Aiden kann mich glücklich machen?«

»Nein.«

Orlas Herz stolperte. Das war nicht die Antwort gewesen, mit der sie gerechnet hatte.

»Glücklich machen kannst nur du dich. Aber helfen lassen kannst du dir dabei. Aiden hat Antworten, die du brauchst, um mit dir ins Reine zu kommen.«

»Warum er einfach so verschwunden ist, meinst du?«

»Zum Beispiel. Aber da ist noch mehr. Hast du schon mal überlegt, dass sein Verschwinden gar nichts mit dir zu tun haben könnte? Wer sagt denn, dass nicht du ihn gerade in Stich lässt?«

Sie schaute auf die Stelle auf der Tischdecke, wo bis gerade noch ihr Handy gelegen hatte. Das Telefon, auf dem Aiden sie unzählige Male versucht hatte zu erreichen. Wie gut, dass Telefonleitungen in beide Richtungen funktionierten. Genauso wie Schmerz und Freude und Glück. Von den Dingen, die wirklich zählten, wurden die meisten größer, wenn man sie teilte. Enttäuschung oder Erleichterung? Was von beidem würde sie erwarten, wenn sie sich ein Herz fasste und Aiden anrief? Sie würde es nie erfahren, wenn sie es nicht versuchte.

Gerade wollte sie sich einen Ruck geben, um das Handy zu holen, da flog die Tür zu ihrem Schlafzimmer auf, und Shay stand im Rahmen.

»Mam!«, rief er, viel zu laut für das Innere des Campers. »Mam, das musst du dir anschauen!«

☆

Nach einem langen Tag im Krankenhaus begrüßte ihn beim Betreten des Hotelzimmers der Duft nach frischen Schnittblumen. Am Tag seiner Ankunft hatte ihn der Luxus des Hotels noch überrumpelt. Jetzt, fünf Tage später, hatte er sich daran gewöhnt. Mehr noch, er verstand, warum seine Mutter sich entschieden hatte, in einem der besten Hotels der Stadt abzusteigen. Obwohl es seinem Vater von Tag zu Tag besser ging, kosteten die Besuche an seinem Krankenbett Kraft. Die Aussprache mit seiner Mutter am Tag seiner Ankunft war nur der Anfang gewesen. Seine Eltern und er hatten jede Menge aufzuarbeiten. Es galt ein Leben voller Lügen zu entwirren, herauszufinden, was sie verband und was sie trennte. Oft nickte sein Vater mitten in ihren Gesprächen ein, schließlich befand er sich nicht zum Spaß im Krankenhaus. Meist brauchte es nicht mehr als einen Blick auf Dads fahle Haut, auf die dicken Tränensäcke unter seinen Augen und die Falten seiner pergamentdünnen Haut, und Aiden vergaß, wie viel Schmerz die Lügen seiner Eltern ihm verursacht hatten. Wobei: Nein, das stimmte nicht. Vergessen konnte er es nie. Aber mit einer Mahnung an die Vergänglichkeit des Lebens direkt vor Augen fiel Verzeihen leichter.

Er schloss die Zimmertür hinter sich, atmete tief durch. Nichts als das entfernte Rauschen der Klimaanlage und das leise Summen des Kühlschranks. Zwei Stockwerke unter ihm pulsierte das Leben, doch hier oben bekam er nichts davon mit.

Vor dem nächtlichen Hilferuf seiner Mutter hatte er sich nie Gedanken über die lateinamerikanische Metropole am Fuße des Berges El Ávila gemacht. Wenn wie jetzt die Dämmerung hereinbrach, konnte man fast vergessen, dass seine Hänge dicht an dicht mit den Hütten der Favelas bebaut waren. Mit etwas Abstand und bei Nacht sahen die Lichter der Armenviertel aus wie ein Sternenmeer.

In seinem Hotelzimmer hing gegenüber des Bettes ein Flachbildfernseher an der Wand. Im Badezimmer lagen fruchtig duftende Shampoos und Duschgels bereit. Es gab einen Bademantel und Hausslipper, und auf einem Holzschreibtisch lagen eine ledergebundene Aktenmappe mit Büttenpapier sowie ein Füller mit goldener Feder. Während er im Krankenhaus gewesen war, hatte der Zimmerservice die Kissen frisch aufgeschlagen. Das glänzende Holz des Schreibtischs in der Ecke, die gestärkten Bettleinen, der Safe im Kleiderschrank – die gesamte Einrichtung wirkte, als hätte sich ein Innenarchitekt darum bemüht, möglichst viel Luxus und möglichst wenig Persönlichkeit in dem Raum zu hinterlassen. Nans Trailer stieg vor Aidens innerem Auge auf. Der Plastikschutz über der Tischdecke, die abgenutzte Meterware auf dem Fußboden, die Macken im Furnier der winzigen Küchenzeile. In diesem Campingwagen, der so viel besser an die Hänge des Ávila passen würde als zu diesem luxuriösen Hotelzimmer, hatte er sich wohlgefühlt.

Seufzend gab er sich einen Ruck. Das, was ihn so unleidlich machte, nannte sich Liebeskummer. Die Gespräche mit seinen Eltern hatten nur wenig mit dem Ziehen in seiner Brust und der ständigen Schwere in seinen Gliedern zu tun, und die Ausstattung des Hotelzimmers konnte schon gar nichts dafür. Er vermisste Orla. Eine Sehnsucht, die so allgegenwärtig war, dass sie ihn jede Sekunde in jeder Minute jeder Stunde eines jeden Tages begleitete.

Eine ausgiebige Dusche änderte die Dinge zumindest ein bisschen zu seinem Vorteil. Hatte er sich zuvor müde, erschlagen und krank vor Trennungsschmerz gefühlt, so fühlte er sich jetzt müde, erschlagen und krank vor Trennungsschmerz mit Orangenblütengeruch.

Nur in ein Handtuch gehüllt, ließ er sich aufs Bett fallen. Die Matratze war zu groß für ihn allein. Er schnappte sich das zweite Kissen, drückte es fest an die Brust. Wenn er einschlief, konnte er wenigstens von ihr träumen. Doch in eineinhalb Stunden war er mit seiner Mutter zum Abendessen verabredet. Wenn er jetzt einschliefe, würde er die ganze Nacht wach liegen.

Auf dem Nachttisch tastete er nach seinem Telefon. Immer noch keine Nachricht von Orla. Er machte einen Deal mit sich selbst. Ehe er heute Abend ins Bett ging, durfte er ihr höchstens einmal schreiben. Kein Anruf. Kein Gebettel auf der Mailbox. Nur eine einzige Textnachricht. Maximal zwei Sätze. Nicht mehr als eine Erinnerung daran, dass er noch nicht aufgegeben hatte. Dass es für sie beide einen Weg zurück gab und dass er alles erklären konnte, wenn sie ihn nur ließ.

Sein Daumen schwebte über dem Icon der Nachrichten-App, aber er hielt sich noch zurück. Aus Erfahrung wusste er, dass die Sehnsucht nachts am schlimmsten war. Wenn er nicht zu einem Stalker werden wollte, durfte er dem Drang jetzt noch nicht nachgeben.

Also die Foto-App, in der er Dutzende von Fotos gespeichert hatte. Von Orla und Shay. Zu dritt mit ihm auf Eamonns Boot bei ihrem Ausflug zu den Skellig Islands. Selfies von ihm und Shay beim Renovieren. Er und Orla beim Strandspaziergang, im Rücken die Klippen, vor ihnen die schäumenden Wellen. Wolken am Himmel kündigen Regen an, aber sie beide lassen sich davon nicht beeindrucken. Orla streckt für das Foto den Arm aus, drückt ihm von unten einen Kuss auf den Kiefer. Die nächsten Bilder zeigten Flöckchen mit ein paar Grasbüscheln im Maul, Orla, die die gefräßige Ziege knuddelt. Dann kam eines von Nan, die Aiden lachend mit dem Kochlöffel droht. Bild für Bild entfaltete sich ein ganzes Leben vor ihm. Ein Leben, wie es sein könnte, wenn Orla endlich zu ihm zurückkehren würde. Ein Leben, wie er es leben wollte. Jeden Tag, immer wieder.

Plötzlich öffnete sich ein Video. Orla, nackt in seinem Speicherobservatorium, Brüste und Schoß bedeckt von der Gitarre, die sie sich vor den Leib hält. Dafür, dass es sich um eine wacklige Handyaufnahme handelte, war die Soundqualität erstaunlich gut. Orla sang von Angst und Hoffnung, von Liebe und Mut, und mehr noch als damals in ihrem gemeinsamen Liebesnest im Haus von Nora und Francis brachten ihre Worte, ihre Stimme, ihre Musik auch etwas in ihm zum Schwingen.

Seine Sprache war nicht Musik. Er musste Dinge sehen, um sie zu begreifen, doch mit der richtigen App war auch das machbar. Als seine Kumpels in London angefangen hatten, mit einer simplen Film-KI zu experimentieren, hatte ihn das völlig kaltgelassen. Nichts in seinem Leben war aufregend genug gewesen, um es filmisch zu verewigen. Heruntergeladen hatte er sich die Software trotzdem. Jetzt brachte ihn die Spielerei mit der App Orla näher. Er suchte Bilder aus, ließ sie nacheinander abspielen, dazwischen fügte er immer wieder Ausschnitte des Clips von Orla mit der Gitarre ein. Die Tonspur ließ sich leicht isolieren, selbst eine Auto-Tune-Funktion bot die App an, und tatsächlich – nicht einmal eine Stunde später konnte sich das Filmchen wirklich sehen lassen. Wieder und wieder spielte er es ab. Jedes Mal gefiel ihm der Clip besser, reichten Orlas Worte tiefer, klang ihre Stimme in seinen Ohren emotionaler.

Was war falsch mit der Welt, dass diese Frau – seine Frau – nicht ganze Stadien mit ihren Liedern füllte? Hörte und sah wirklich nur er das Besondere, das sie umgab wie eine Aura aus Sternenlicht?

In den sozialen Medien war er ein Niemand. Sein Instagram-Profil zierten ein paar Sternenhimmelaufnahmen. Auf TikTok war er nur, weil es sich leicht mit Instagram verlinken ließ. Bisher hatte er nie den Drang verspürt, etwas Persönliches von sich mit der Öffentlichkeit zu teilen, doch das, was Orla in ihm weckte, das wollte hinaus. War Kunst noch Kunst, wenn sie keine Bühne bekam? Klügere Menschen als er hatten sich erfolglos darüber den Kopf zerbrochen. Alles, was er wusste, war, dass das, was Orla schuf, zu schade fürs Vergessen war.

Er öffnete Instagram, drückte auf das Plus-Icon, um ein neues Reel zu erstellen, und lud den gerade vollendeten

Clip hoch. Keine hundert Abonnenten folgten seinem Profil, fast alles Bekannte aus London, mit denen er seit seinem Umzug nach Irland kaum Kontakt gehabt hatte. Wahrscheinlich würden sie das Reel nicht mal sehen. Soweit er wusste, mochte der Algorithmus es nicht, wenn man sich zu rar machte. Aber immerhin konnte Aiden jetzt sicher sein, dass Orlas Kunst weiterexistierte. Auch wenn sie ihm nie verzeihen würde.

☆

»Aiden hat was?«

Orla blinzelte ein paarmal. Der Wortwasserfall, der aus Shays Mund kam, ergab keinen Sinn. Als würde das helfen, wedelte er ungeduldig mit dem Handy. Demselben Handy, das Nan vorhin erst aus Orlas Blickfeld verbannt hatte.

Nan sah genauso ratlos aus wie sie. »Willst du dich nicht erst mal zu uns setzen?«

Shay schüttelte den Kopf. Sein ganzer Körper vibrierte vor Aufregung. Stillsitzen war mit Sicherheit das Letzte, woran er dachte. Er trippelte von einem Fuß auf den anderen. Mit der freien Hand strich er sich ein paar Haare aus der Stirn.

»Kapiert ihr denn nicht? Aiden muss ein Video von dir gemacht haben. Beim Singen. Er hat daraus einen richtig coolen Trailer erstellt, und den hat er auf TikTok hochgeladen. Der Clip hat schon über dreitausend Likes.«

»Ich kann mir nicht vorstellen, dass Aiden überhaupt so viele Leute kennt.«

Shay verdrehte die Augen. »Du weißt genau, dass das so nicht läuft. Jemand likt das Video und teilt es dann, und so sehen es immer mehr. Ich wette, in ein paar Stunden sind es schon nicht mehr dreitausend, sondern zehn. Dein Name ist verlinkt, deshalb hast du jede Menge Benachrichtigungen und neue Follower bekommen, und so habe ich es bemerkt. Willst du es denn gar nicht sehen? Mam! In dem Video siehst du aus wie ein richtiger Rockstar!«

»Ich will es sehen.« Auffordernd streckte Nan die Hand nach dem Gerät aus. Für Nan und Shay galt das Medienverbot offenbar nicht.

Das Telefon wie einen Schatz in der Hand haltend, tippelte Shay auf seine Urgroßmutter zu und präsentierte ihr das Display.

»Was machst du eigentlich mit meinem Telefon?« Orlas Verstand war immer noch nicht ganz bei der Sache. Gerade erst hatte sie sich eingestanden, wie sehr sie die Musik vermisste. Wochenlang hatte sie sich eingeredet, dass sie sie nicht brauche, war davon überzeugt gewesen, dass Emanuelle und alles, was sie von ihr verlangt hatte, jeden Funken Begeisterung, den sie einmal für ihre Kunst gehabt hatte, ausgelöscht hatte. Und keine zehn Minuten später kam Shay und erzählte ihr, dass Aiden sie … Was? Zu einem Internetstar gemacht hatte? Wohl kaum. Nicht mit dreitausend Likes. Und überhaupt, wie kam Aiden dazu, ohne Absprache ein Video von ihr zu veröffentlichen?

Von der anderen Seite der Sitzbank ertönte ein Gitarrenintro. Es dauerte nicht mal einen halben Takt, dann erkannte Orla den Song. Sie hatte ihn selbst geschrieben. Jeder Ton, jede Note trug ihre Handschrift. Als ihre Stimme einsetzte, konnte sie nicht mehr widerstehen. Sie bedeutete Shay, das Display so zu halten, dass sie alle draufschauen konnten.

In der Nacht, wenn alles schläft,
bleibt mir die Angst, die in mir lebt.
Dann seh ich die Sterne dort am Himmel stehen
und trau mich wieder weiterzugehen.

Mehr noch als der selbst geschriebene Text waren es die Bilder, die sie packten. So viele Bilder, und sie zeigten alle sie. Wann hatte Aiden so viele Fotos von ihr gemacht? Sie hatte ja nicht geahnt, was für ein talentierter Fotograf er war. So sah er sie? Die Frau dort auf den Fotos, manchmal ernst, manchmal lächelnd, manchmal verträumt und manchmal ganz im Moment: Das war sie? Mut. Immer wieder ging es um Mut. Den Mut, sich zu öffnen. Den Mut, Dinge zu riskieren. Den Mut, auch das zu fühlen, was einem nicht gefiel. Als ihr Vater zum ersten Mal die Hand gegen sie erhoben hatte, hatte sie gelernt, sich zu fürchten. Bis heute war Angst oft ihr sicherer Hafen. Furcht schützte sie, schirmte sie vor allem Bösen ab. Wer immer im Hafen blieb, sah nie etwas von der Welt. Aiden hatte das begriffen. Er hatte ihre Angst gesehen und war nicht davor zurückgeschreckt.

Tränen stiegen ihr in die Augen. Sie war eine solche Närrin gewesen. Sie hatte geglaubt, immer das Schlechteste anzunehmen, mache sie frei. Pessimisten erlebten keine schlechten Überraschungen, nicht wahr? Falsch! Pessimisten waren feige! Sie erlaubten sich nicht, Schönheit zu erleben, und litten doppelt.

Aiden war so viel mutiger als sie. Immer wieder streckte er seine Hand nach ihr aus, machte sich verletzlich und lud sie ein, auch selbst Mut zu haben. Er erfüllte ihre Träume, noch ehe sie sich wagte, sie überhaupt zu träumen. Ausgerechnet diesem Menschen hatte sie Egoismus vorgeworfen, weil er mit dem Gedanken spielte, sich um den Preis von farawayhome zu bewerben. Ausgerechnet Aiden, der keinen einzigen egoistischen Knochen in seinem Leib trug. Es musste einen Grund geben, warum er in einer Nacht- und Nebelaktion verschwunden war. Sicher gab es einen Grund, sie hatte sich nur geweigert, ihm zuzuhören.

Von allen Fehlern, die sie in ihrem bisherigen Leben gemacht hatte, war das derjenige, der sich hoffentlich am leichtesten geradebiegen ließ.

Das Lied ging zu Ende. Ein paarmal wechselte das Bild noch, als Orla schon den letzten Akkord gespielt hatte.

Du bist mein Licht in dunklen Zeiten,
mein Anker, der mich hält und leitet.
Gemeinsam gehen wir durchs Leben,
denn wir haben uns unser Glück gegeben.

Schon als sie die Textzeilen geschrieben hatte, hatte sie daran geglaubt. Doch damals war es eher ein Ziel gewesen, etwas, worum sie kämpfen, wofür sie sich anstrengen musste. Warum begriff sie erst jetzt, dass Liebe keine Mühsal sein musste? Dass Menschen einander liebten, nicht weil es leicht war, sondern obwohl es manchmal wehtat?

Sie wartete, bis der Bildschirm schwarz wurde, dann nahm sie Shay das Gerät aus der Hand.

»He!« Er protestierte. »Du meldest es aber nicht oder sagst, dass Aiden es nicht online stellen durfte oder so was? Wenn du das machst …«

»Ich hab nichts dergleichen vor.« Mit einem Daumenwischen wechselte sie zu ihrer Nachrichten-App. »Ich muss mich bei ihm entschuldigen. Er muss wissen …«

Eine neue Nachricht füllte den Bildschirm, ehe sie zu Ende sprechen konnte.

Von Aiden:

Liebe Orla, wahrscheinlich hältst du mich mittlerweile für einen Stalker, aber ich gebe die Hoffnung nicht auf, dass du mir die Gelegenheit geben wirst, über alles zu sprechen. Vielleicht geht das persönlich einfacher als via Chat. Hier meine Ankunftsdaten. Ich hab dich nicht verlassen und freue mich auf ein hoffentlich baldiges Wiedersehen. Fünf Tage, dann kann ich dir alles erklären.
In Liebe
Aiden

Angehängt war der Screenshot einer Reisebuchung. Die letzte Etappe war ein Flug von Dublin zum Kerry Airport. Sie musste den Bildschirmausschnitt vergrößern, um die genaue Ankunftszeit zu erkennen. Mit rasendem Herzen legte sie das Telefon zurück auf die Tischplatte. War das die Art von Nachrichten, die sie ungelesen gelöscht hatte? Wie viel Herzschmerz hätte sie ihnen beiden ersparen können, wenn sie nicht tagelang damit beschäftigt gewesen wäre, den Kopf in den Sand zu stecken?

Aber nein, sie hatte sich genug wegen ihrer eigenen Dummheit gegeißelt. Es war an der Zeit, nach vorne zu schauen. Mit seinem Musikvideo von ihr hatte Aiden ihr eine neue Sicht auf sich selbst geschenkt. Jetzt war sie an der Reihe, und sie hatte auch schon eine Idee, wie sie ihm beweisen konnte, dass auch sie endlich begriffen hatte, dass sie gemeinsam mehr erreichen konnten als alleine.

Entschlossen blicke sie von Nan zu Shay und wieder zu Nan.

»Ruft alle Leute an, die ihr kennt«, verlangte sie. »Wir brauchen Hilfe. Wenn Aiden zurückkommt, soll er nie wieder daran zweifeln müssen, wie sehr er erwünscht ist.«

16

Nans Tipp von den Sternen:
Ein Trigon aus Jungfrau-Venus und Steinbock-Pluto lässt alles glänzen, was Gold ist. Manchmal täuscht Schönheit nicht. Erfreue dich an ihr!

Weit unter ihm breitete sich eine Patchworkdecke aus Grün aus, die einzelnen Vierecke getrennt von Nähten aus Büschen und Bäumen. Ab und zu eine Anhäufung von Häusern. Das Flugzeug war so klein, dass er die Unterhaltung der Piloten mit dem Tower verfolgen konnte. Das Brummen der beiden Propeller dröhnte in seinen Ohren. Jedes Ruckeln der Maschine, jedes noch so kleine Auf und Ab, setzte sich in seinem Körper fort.

Aiden war nie ein ängstlicher Passagier gewesen. Auch heute war es nicht Furcht, die sein Herz in unregelmäßigen Abständen stolpern ließ. Ob sie da wäre? Am Flughafen?

Seine letzte Nachricht an Orla hatte er vor gut einer Woche geschrieben. Direkt nachdem er den Rückflug gebucht und Mam ihn daran erinnert hatte, dass man die Menschen, die einem wirklich wichtig sind, gehen lassen muss. Wenn sie von selbst zu einem zurückkehrten, wisse man, dass es für immer sei. Schon klar: Seine Flugdaten zu schicken, war nicht gerade der subtilste Hinweis. Immerhin hatte er sich seither tatsächlich zu Funkstille gezwungen.

Der Pilot leitete den Landeanflug ein. Immer wieder schaukelte der Horizont, dann setzte das Flugzeug auf.

Bei einem so winzigen Flughafen wie dem in Kerry dauerte es nicht lange von der Landung bis zur Gepäckabfertigung. Er stieg gerade die fahrbare Treppe hinab, da wurde auch das Gepäck schon ausgeladen. Wind zerrte an seinen Kleidern und den Haaren, und obwohl er auf einem Flughafen war und es in erster Linie nach Kerosin und nassem Asphalt roch, trug die Luft sogar hier das Versprechen von Salz und Freiheit mit sich. Er rückte den Träger seiner Handgepäcktasche auf der Schulter zurecht, atmete die salzige Luft und dachte: zu Hause.

Die Pass- und Zollkontrolle hatte er bereits bei seinem letzten Zwischenstopp in Dublin durchlaufen. Vom Rollfeld aus gelangte er direkt zur Gepäckausgabehalle. Das Band lief bereits. Durch eine Luke beobachtete er, wie zwei Arbeiter in gelben Neonwesten die Koffer und Taschen von einem Metallwagen auf das Rollband hievten. Zur Glastür zu schauen, die in den Bereich des Flughafens führte, den auch Nichtpassagiere betreten durften, verbot er sich. Falls sie nicht gekommen war, musste er akzeptieren, dass Orla nicht das Gleiche für ihn empfand wie er für sie. Mit dieser Möglichkeit wollte er sich erst auseinandersetzen, wenn es gar nicht mehr anders ging.

Die ersten Passagiere hoben ihre Gepäckstücke vom Fließband. Eine Familie mit zwei kleinen Kindern war offensichtlich zum Wandern gekommen. Ein junger Mann verhandelte mit einer Flughafenmitarbeiterin über die Herausgabe seines Surfbretts. Eine Frau befreite ihren Labradoodle aus einer Reisebox. Endlich kam auch Aidens Koffer. Beinah hätte er ihn übersehen. Weil er so überstürzt abgereist war, hatte er völlig falsch gepackt. In Caracas hatte er sich quasi eine komplett neue Garderobe zulegen müssen.

Er schnappte sich das Gepäckstück vom Band, kam prompt ins Schlingern, fing sich dann aber wieder. Jetzt oder nie.

Mit energischen Schritten näherte er sich dem Ausgang. Das leise Rattern der Kofferräder fand einen Widerhall in dem Rauschen von Blut in seinen Ohren. Sein Herz pochte. *Bu-bumm, bu-bumm.* Noch zwanzig Meter, noch zehn. Schon konnte er die Umrisse der Menschen sehen, die gekommen waren, um Angehörige oder Geschäftspartner abzuholen. Obwohl er sich geschworen hatte, alles auf sich zukommen zu lassen, suchte sein Blick nach diesem einen blonden Haarschopf. Nach diesem einen Gesicht, das ihm lieber war als jedes anderes.

Der Surfer drängelte sich an ihm vorbei. Sein Brett versperrte Aiden die Sicht. Eine junge Frau ließ einen Freudenschrei los. Aidens Herz machte einen Satz. Orla! Aber … Nein, das war nicht Orlas Stimme. Der Surfer landete in den Armen seiner Freundin. Der aufgeregte Labradoodle sprang seinem Herrchen entgegen. Enttäuschung machte sich in Aiden breit. Er hatte sich geschworen, nicht zu hoffen, sondern anzunehmen, was geschah, ohne zu hinterfragen, ohne zu hadern. Wie eitel von ihm. Wie naiv zu glauben, dass er das könnte, dass nicht doch seine ganze Welt in sich zusammenstürzen würde, wenn sie nicht …

»Aiden?«

Sie hatte sich ganz hinten, im Schatten zwischen einem Geldautomaten und einem Ticketcomputer versteckt.

»Willkommen daheim«, stand auf einem rechteckigen Karton, den sie vor ihrer Brust hielt, als würde sie sich dafür schämen. Wie so oft hatte sie die Haare zu einem wilden Durcheinander aufgetürmt. Die Frisur war das einzig Wilde an ihr. Alles andere sah aus, als wäre sie nicht sicher, ob sie wirklich hier sein sollte.

Oh Liebes, dachte er, lass mich dich halten, und du wirst ganz genau wissen, wie richtig du hier bist.

Er löste den Griff von seinem Koffer, ließ den Träger der Tasche von der Schulter gleiten. Fünf Schritte, und er war bei ihr.

»Du bist da.« Er sprach mit der Stimme eines Mannes, der monatelang die Luft angehalten hatte, um nun endlich wieder frei atmen zu können. »Du bist wirklich gekommen.«

Sie ließ das Schild fallen, legte beide Hände an seine Wangen. Im einfallenden Licht der Fenster glänzten ihre Augen wie Sterne. »Ich wäre überallhin gekommen, wenn ich gewusst hätte, wo du bist.«

»Du hättest nur zu antworten brauchen. Ich hab dir so oft geschrieben.«

»Ich weiß.« Sie machte eine Kopfbewegung. Halb Nicken, halb Kopfschütteln. »Ich war noch nicht so weit. Du hattest mich verlassen …«

»Ich habe dich nicht verlassen, Orla. Mein Vater …«

Sehr sacht verschloss sie ihm mit dem Daumen die Lippen. »Ich weiß, dass du mich nicht verlassen hast. Aber für mich hat es sich so angefühlt. Zum ersten Mal streiten wir, und am nächsten Morgen bist du verschwunden. Das war … Ich weiß nicht, wie ich es ausdrücken soll. Es war so etwas wie ein Déjà-vu. Als wäre ich in einer Dauerschleife meines schlimmsten Albtraums gefangen.«

»Wegen Shays Vater?«

»Er, mein eigener Dad. Niemand hat je zu mir gehalten, wenn es kompliziert wurde.« Ihre Miene drückte aus, wie schwer es ihr fiel, über diese Dinge zu sprechen. Doch seine Orla war ein Sturkopf. Tapfer fuhr sie fort. »Selbst meine ehemalige Managerin hat mich abgeschossen, kaum dass ich ihr ein einziges Mal die Stirn geboten und mich geweigert habe, das zu tun, was sie von mir wollte.«

»Und du hast geglaubt, ich sei genauso? Weil du nicht willst, dass ich mich auch um diesen Preis bewerbe?«

Ihre Mundwinkel zuckten, ihre Augen leuchteten auf, doch genauso schnell, wie die Regung gekommen war, verschwand sie auch wieder.

»Ich schätze, schon. Es ist schwer zu erklären. Mein Verstand wusste, dass es nicht so ist, aber ich wollte deine Erklärungen nicht hören. Ich hatte solche Angst, noch einmal für dumm verkauft zu werden, auch wenn ich gehofft habe, dass du nicht so bist. Es fühlte sich einfacher an, dich von mir zu stoßen, als in Kauf zu nehmen, dass du wirklich gegangen bist.«

Er legte seine Hände über ihre, führte sie von seinem Gesicht weg zwischen ihre Körper und sah ihr tief in die Augen. »Was hat sich verändert?«

»Die Sternenkonstellationen?« Sie schmunzelte. »Nan

schwört, dass ein Jungfrau-Venus-Trigon dafür verantwortlich ist, dass ich endlich bereit bin, dem Guten und Schönen in meinem Leben zu vertrauen.«

»Ach so?«

Sie nickte.

»Und wie stehst du dazu?«

»Ich glaube, dass die Sterne geholfen haben. Aber vor allem hast du mir geholfen. Mit deinem Video und deinem Blick auf mich. Du hast mir eine Seite von mir gezeigt, die ich selbst nie an mir sehen konnte.«

»Was für eine starke Frau du bist?« Er küsste den Knöchel ihres rechten Zeigefingers. »Wie talentiert?« Nun war der Knöchel des rechten Mittelfingers dran. »Wie viel du zu sagen hast?« Der nächste Kuss traf den Knöchel des Ringfingers. »Wie leicht es ist, dich zu lieben?«

»Ich bin dir so viel Dank schuldig.« Sie entwand ihm ihre zitternden Finger, nestelte an ihrer Jackentasche herum und zog ihr Mobiltelefon daraus hervor. »Weißt du, wie viele Menschen mich kontaktiert haben, seit das Video viral gegangen ist?«

»Nein, ich …«

»Ich auch nicht. Aber es waren viele, Aiden, richtig viele, und einige davon sind echt wichtig in der Musikbranche. Ich hab Angebote von großen Plattenlabels. Das ist das, wovon ich immer geträumt habe. Nein …«, korrigierte sie sich selbst, »… das, was da gerade passiert, davon habe ich nicht einmal gewagt zu träumen.«

»Mein Star«, flüsterte er, nah an ihren Lippen. »Ich wusste, dass du es schaffen würdest! Schon als ich dich zum allerersten Mal gesehen habe.«

»Es stand in den Sternen«, flüsterte sie zurück, und ihr Flüstern schmeckte nach Zukunft.

☆

Im Auto auf dem Weg nach Ballinskelligs rekonstruierten sie die Ereignisse, die zu Aidens wortlosem Verschwinden geführt hatten. Orla lachte. »Diese verfressene Ziege!« Es konnte nur Flöckchen gewesen sein, die Aidens Nachricht an Orla hatte verschwinden lassen. »Ich wette, sie hat deine Nachricht einfach gefressen. Jetzt im Nachhinein wird mir auch klar, was für ein Stück Papier sie im Maul gehabt hatte, als ich sie an dem Morgen gefüttert habe. Ich habe mir einfach nichts dabei gedacht!«

Aiden stöhnte. »Ich wusste, dass es ein Fehler war, lebende Tiere als Zahlungsmittel in der Praxis anzunehmen. Nie mehr, schwör ich dir! Nie mehr!«

»Aber was wird dann mit Shays und meinem Streichelzoo? Ich habe mir so viel Mühe gegeben, den ollen Campingplatz auf Vordermann zu bringen. Wenn im kommenden Sommer die Touristen kommen, sollen die auch was davon haben.«

Sie blieb? Wollte sie ihm das damit sagen? Dass sie trotz der Plattenlabelangebote nicht wieder nach London ging? Ihm brannte die Frage auf der Zunge, doch er hielt sie zurück. Eins nach dem anderen. Es würde Gelegenheiten geben, um über die Zukunft zu sprechen. In diesem Moment zählte nur die Gegenwart.

»Also kein Ziegenbraten als Willkommensmahl?«

Sie stupste ihm den Ellenbogen in die Rippen. »He, du

Barbar! Du bist schrecklich.« Er boxte ihr sanft gegen den Oberarm. Ihr Spiel endete damit, dass Orla wieder beide Hände am Lenkrad hatte und seine Hand auf ihrem Oberschenkel lag. »Okay, ich nehm's zurück«, sagte sie schließlich. »Du bist nicht schrecklich.«

»Ich habe geahnt, dass es dich stressen würde, wenn ich plötzlich nicht mehr da wäre. Genug, um aus Frust meine Textnachrichten zu ignorieren. Deshalb habe ich dir noch einen richtigen Zettel geschrieben. Nur an die Ziege habe ich nicht gedacht.«

Von der Seite her sah sie ihn an. »Du kannst nicht an alles denken. Und du hattest gerade nach Monaten zum ersten Mal wieder mit deinen Eltern gesprochen.« Sie zögerte kurz. »Konntest du dich denn mit ihnen versöhnen?«

»Ja.« Er horchte in sich hinein, fühlte dem Echo des Schmerzes nach, den die Lügen seiner Eltern ihm zugefügt hatten. »Ganz vergessen, was sie mir vorenthalten haben, werde ich wohl nie, aber ich habe meinen Frieden damit gemacht. Ich weiß jetzt wieder, wie sehr sie mich lieben.«

»Du weißt es, oder du fühlst es?«

»Beides.« Er lächelte. »Sie wollen übrigens bald kommen, um sich mein neues Zuhause anzuschauen. Ich würde mich freuen, wenn du sie kennenlernst.«

»Das würde ich sehr gerne.«

Sie bog in die Einfahrt zu seinem Haus ein. Irgendetwas hatte sich verändert. Nur was? Hatte jemand die Büsche am Wegrand zurückgeschnitten? War das Taubengrau der Fassade schon immer so frisch gewesen? Die Farbe verschmolz gar nicht mit dem Himmel, sondern bot einen deutlichen Kontrast. Die Fensterrahmen strahlten weißer als in seiner Erinnerung. Und war das ein neues Treppengeländer?

»Was …?« Er kam nicht mehr dazu, seine Frage zu Ende zu formulieren. In diesem Augenblick hielt Orla den Wagen an. Sie stieg aus, und er folgte ihr, wollte zum Kofferraum gehen, um das Gepäck auszuladen, doch sie hielt ihn auf.

»Das können wir später gemeinsam machen. Lass uns erst mal einen Tee trinken. Sicher bist du erschöpft von der Reise.«

»In Ordnung.« Je näher er der Haustür kam, desto größer wurde sein Staunen. Die Wegweiser an einem Pfahl am Fuß der Treppe waren definitiv neu. Vier schmale Pfeile zeigten in verschiedene Richtungen. *Feuer* und *Luft* wiesen zur Haustür, *Erde* zum Nebengebäude und *Wasser* in Richtung der Klippen.

»Orla, was hat das …«

»Psst«, machte sie und nahm seine Hand, um ihn die Treppe hochzuziehen. »Gleich.«

Auf dem oberen Treppenabsatz trat sie zur Seite und ließ ihm den Vortritt. Aus Gewohnheit griff er in seine Jackentasche, um nach dem Schlüssel zu suchen, besann sich dann aber eines Besseren. Irgendetwas sagte ihm, dass nicht abgeschlossen war.

Tatsächlich drehte sich der Türknauf, und das Blatt schwang auf. Er setzte den ersten Fuß auf die Türschwelle, da ertönten die Rufe.

»Überraschung!!!«

Alle waren da! Shay und Nan und Irene. Imelas Stimme übertönte alle, Cillian klopfte ihm zur Begrüßung auf die

Schultern und meinte: »Jederzeit wieder, Kumpel. Du weißt, du kannst immer anrufen.«

Jederzeit wieder *was*? Er kam nicht dazu, die Frage zu stellen, denn schon verdrängte der nächste Gratulant den Baumarktbesitzer. Arthurs Grinsen verjüngte das Gesicht des Postboten um mindestens zehn Jahre, und sogar der Bürgermeister höchstpersönlich gab Aiden die Hand, um ihn willkommen zu heißen.

Immer wieder schüttelte Aiden den Kopf. Das Bild vor seinen Augen blieb. Nicht nur außen am Haus hatte sich einiges verändert, auch im Inneren erkannte er sein Heim kaum wieder. Der provisorische Look, der das Beste war, was er in diesem Haus nach zehn Jahren Dornröschenschlaf mit Wischwasser, Putzmittel und Shays Hilfe hatte erreichen können, war einer nostalgischen Gemütlichkeit gewichen. Alles blitzte vor Sauberkeit, vor den Fenstern hingen sogar neue Gardinen. Ein Stapel Infobroschüren über den Sternenpark war fächerförmig auf dem Couchtisch ausgebreitet. Die Stehlampen hatten neue Lampenschirme. Bildbände über den Sternenhimmel standen dekorativ auf der Anrichte.

»Was …« Er stotterte, fand nicht die richtigen Worte. »Was ist hier passiert? Wer hat das …«

Orla drückte seine Hand. »Alle haben mitgeholfen. Du gehörst hierher, Aiden. Egal wie oft du weg musst, du hast jetzt immer ein Zuhause.«

Es sah aus, als wollte sie noch etwas hinzufügen, aber Shay ging die Geduld aus. Er schob sich an Aidens Seite. Für eine Umarmung fühlte er sich mit seinen zehn Jahren schon oft zu alt, aber er stand so nah, dass Aiden seine Aufregung körperlich spürte. »Komm, wir zeigen es dir!« Er griff nach Aidens Hand und zog ihn mit sich.

»Erinnerst du dich an Mams Idee mit dem Zodiac-Glamping? Sie hat eingesehen, dass das eine Schnapsidee ist.«

»Du hast ...« Über die Schulter warf er Orla einen erstaunten Blick zu.

»So, wie ich mir das zuerst vorgestellt hatte, war es einfach eine Nummer zu groß. Aber zusammen mit deinem Astro-B&B können wir etwas richtig Tolles auf die Beine stellen.«

Sie waren im ersten Stock angekommen. Auch hier strahlte alles in neuem Glanz. An den Türen der Schlafzimmer hingen Schilder mit den Namen von Tierkreiszeichen: *Wassermann*, *Zwillinge*, *Waage*.

»Das sind die Luftzeichen«, erklärte Shay. »Weil wir ja im ersten Stock sind.« Er zog ihn in das Zimmer mit der Aufschrift *Wassermann*. Der Raum war jetzt ganz in Lila gehalten. Lavendelfarbene Bettwäsche, dunkelviolette Gardinen mit einem Verlauf ins Rötliche und zahlreichen silbernen Punkten darauf. Nachthimmelgardinen. So schön, so passend zu diesem Haus, an diesem wundervollen Ort. Das Bettgestell war aus Chrom. Blumensträuße aus getrocknetem Flieder und ein Zimmerbrunnen setzten dekorative Akzente.

»Der Brunnen ist aus Bergkristall«, erklärte Shay. »In jedem Zimmer ist so einer, jeder aus einem anderen Stein, immer passend zu dem Sternzeichen.«

»Wow, das ist ...« Noch immer fehlten ihm die Worte. Orla hatte ihre Vision Wirklichkeit werden lassen. Doch noch etwas merkte er: Es war nicht nur ihre Vision, die hier zum Leben erweckt worden war. Vor dem Fenster stand ein Teleskop auf einem Stativ, ein großformatiges Poster mit der Erklärung des Sternenhimmels hing gerahmt hinter Glas an der Wand.

»Ich habe auch ein Konzept geschrieben.« Ihr Lächeln geriet ein wenig schief. Als wäre sie nicht sicher, ob ihre Eigeninitiative willkommen wäre. »Für ein Astro-B&B mit Campingplatz. Ich habe deine Ideen und meine vereint. Wenn da wirklich was draus wird, können Gäste in den Sternzeichenzimmern im Einklang mit dem Kosmos wohnen und mit einem Blick aus dem Fenster etwas über Astronomie und die Entstehung des Universums lernen. Gemeinsam mit Cormack kannst du sie auf Sternenwanderungen mitnehmen und ihnen alles über Lichtschutz erzählen, und unten am Strand veranstalten wir Sternenpicknicks, und als Willkommensgeschenk gibt es ein Horoskop von Nan. Wer es gerne rustikaler mag, kann auf dem Campingplatz bei Nan schlafen, aber das Rahmenprogramm organisieren wir gemeinsam.«

»Du hast das alles genau durchdacht.«

Nickend zuckte sie mit den Schultern. »Ich habe noch ganz viele weitere Ideen. Wenn wir das Preisgeld gewinnen, können wir noch ganz viel mehr machen. In der kurzen Zeit haben wir es nicht geschafft, auch die Nebengebäude in Schuss zu bringen. Im Schuppen könnten wir ein Planetarium installieren, damit Gäste auch an Regentagen den Nachthimmel bewundern können. Es könnte eine Ausstellung mit deinen besten Fotoaufnahmen vom Nachthimmel geben und Kurse in Astronomie.«

»Was ist mir dir? Was ist mit den Angeboten der Plattenlabels? Du kannst kein Bed & Breakfeast führen, wenn du in London bist, um deinen Traum als Sängerin zu verwirklichen.«

»Ich gehe nicht nach London.«

Wie bitte?

»Orla, du hast … Das war immer dein Traum! Das kannst du nicht meinetwegen aufgeben!« Natürlich würde es wehtun, sie nicht jeden Tag um sich zu haben. Aber das konnte sie nicht tun! Nicht nach allem, was sie dafür geopfert hatte, als Künstlerin endlich wahrgenommen zu werden.

»Nicht deinetwegen, Aiden. Meinetwegen.«

»Aber …« In einer Geste, die ihm mittlerweile unendlich vertraut war, legte sie ihm die Hand an die Wange und verschloss ihm mit dem Daumen die Lippen.

»Ich habe so viel verpasst in den letzten Jahren, ich will nicht noch mehr verpassen. Immer wollte ich nur ernst genommen werden. Mein größter Traum war, einmal als mehr als eine Enttäuschung gesehen zu werden. Mit dem Video hast du mir das geschenkt.«

»Was ist mit den Angeboten? Willst du die etwa ausschlagen?«

Sie schüttelte den Kopf. »Ich stehe in Verhandlungen. Wenn die mich wirklich wollen, finden wir einen Weg, wie ich auch von hier aus arbeiten kann. Studioaufnahmen dauern keine Ewigkeiten, deswegen kann ich ja durchaus mal nach London fahren. Aber keine ganzjährigen Touren mehr, kein ständiges Verfügbarsein. Ich werde nur noch das machen, wofür ich meine Stimme wirklich geben will. Was nützt mir eine Karriere, wenn ich dafür die Menschen, die ich liebe, vernachlässigen muss?«

»Du meinst Shay?«

Schmunzelnd hob sie die Augenbrauen. »Sie angeln nach Komplimenten, Sir«, neckte sie ihn sanft. »Aber ja, natürlich gehört Shay zu diesen Menschen. Und Nan. Und du.« Sie nahm den Daumen von seinen Lippen, küsste ihn stattdessen. »Von jetzt für immer auch du.«

Er küsste sie zurück. Mit all seiner Liebe, all der Freude, sie gefunden zu haben, küsste er sie.

Das hier war ihr Anfang. Der erste Moment ihrer gemeinsamen Zukunft. Mit etwas Glück streute das Universum Sternenstaub darauf.